Prodigieuses caresses
&
Portraits libertins

Du même auteur
aux Éditions J'ai lu

Laisse-moi te posséder
Semi-poche

SÉQUENCES PRIVÉES

1 – Troublante addiction
N° 10507

Beth
KERY

SÉQUENCES PRIVÉES

Prodigieuses caresses & Portraits libertins

Traduit de l'anglais (États-Unis)
par Célia Chazel

J'ai lu

POUR elle

Vous souhaitez être informé en avant-première
de nos programmes, nos coups de cœur ou encore
de l'actualité de notre site *J'ai lu pour elle* ?

Abonnez-vous à notre *Newsletter* en vous connectant
sur **www.jailu.com**

Retrouvez-nous également sur Facebook pour avoir
des informations exclusives :
www.facebook/jailu.pourelle

Titre original
BOUND TO YOU

Éditeur original
The Berkley Publishing Group,
published by the Penguin Group (USA) Inc., New York

Titre original
CAPTURED BY YOU

Éditeur original
The Berkley Publishing Group,
published by the Penguin Group (USA) Inc., New York

Prodigieuses caresses

1

Assis devant une table de chêne usée, dans sa cabane perdue, John Corcoran écoutait la voix sensuelle d'une chanteuse.

Il s'était toujours considéré comme quelqu'un de terriblement raisonnable. Et pourtant, pour une raison inexplicable, en cet après-midi ensoleillé de printemps, dans la Forêt Nationale de Shawnee qui bruissait et gazouillait de vie nouvelle, il sentait ses instincts reprendre le dessus.

C'était très ennuyeux.

Il se leva et humidifia sa sculpture avant de la recouvrir d'une bâche en plastique. Puis il saisit sa canne, tendit la main vers son manteau – il faudrait encore deux ou trois semaines de météo clémente pour briser ce réflexe instinctif –, et sortit du chalet. Il laissa la porte ouverte assez longtemps pour permettre à Enzo de le suivre dehors. Il sentit le soleil réchauffer sa peau tandis qu'il s'avançait dans la cour, écoutant toujours le chant insaisissable de la sirène.

Lorsqu'il étendit le bras, Enzo était là. John enfouit ses doigts dans la fourrure de son encolure et lui gratta affectueusement le cou. Enzo n'était pas l'un de ces chiens d'aveugle entraînés qu'on vendait pour des dizaines de milliers de dollars, mais, de l'avis de John, il n'en remplissait pas moins très bien son office.

— Hé, Enzo. Est-ce que tu as entend…

Il se figea brusquement. L'animal s'était immobilisé lui aussi, avant de laisser échapper un gémissement plaintif. John fut soulagé d'entendre son compagnon réagir lui aussi au son dans le lointain, en provenance du canyon. C'était réconfortant d'avoir un autre être vivant pour partager sa folie. Un frisson parcourut sa peau, et il sentit son sexe se durcir. De toute évidence, son hallucination était en train de gravir la colline, parce qu'elle avait l'air légèrement essoufflé.

— Qu'est-ce que c'est que cette histoire ? marmonna-t-il.

Il trouvait un peu étrange que sa folie prenne la forme d'un fantasme de frustré. D'accord, ça faisait trois semaines qu'il vivait retiré dans ces collines, mais… sérieusement ? Il laissa échapper un rire rauque, et Enzo s'agita à côté de lui.

La chanteuse ne pouvait pas être celle qu'il croyait, mais il commençait à soupçonner qu'il s'agissait bel et bien d'une femme, en chair et en os.

Non… C'était forcément elle. Il avança d'un autre pas. Certaines personnes n'oubliaient jamais un visage, mais John, lui, n'oubliait jamais une voix. En particulier celle-ci. Et en particulier alors qu'elle entonnait cette chanson-là.

Il sortit du périmètre de la cour et sentit la nervosité d'Enzo s'accroître alors qu'il s'approchait de la forêt. L'air frais qui régnait sous les feuillages glissa sur son visage. Le chien frotta son museau contre sa cuisse avec un petit grognement d'avertissement.

De nouveau, la mélodie sensuelle résonna au cœur de la forêt, mais cette fois, John ne saisit que quelques notes avant qu'elles se dissolvent dans l'atmosphère.

Il hésita. Il avait arpenté les sentiers forestiers à d'innombrables reprises dans sa jeunesse, quand il venait passer l'été ici avec son père. Jamais seul, il est vrai, mais il n'en connaissait pas moins sa propriété aussi bien que n'importe quel randonneur chevronné. Lorsqu'il partait se promener avec quelqu'un d'autre dans les bois, c'était lui qui prenait la tête. Toujours.

— Viens, Enzo.

Son compagnon grogna et frotta une nouvelle fois son museau contre sa cuisse, comme pour le dissuader de s'aventurer plus loin. Mais John était un homme au caractère bien trempé, et dans les rares cas où il se trouvait en désaccord avec les sages conseils d'Enzo, il s'en tenait toujours à sa décision. Il s'avança sous la canopée, parfaitement conscient de la stupidité de cet acte, et pourtant incapable de résister.

Il percevait la présence d'arbres imposants autour de lui, semblables à de rassurantes sentinelles en ce jour clément de printemps. Pourtant, à mesure qu'il s'enfonçait dans le sous-bois, l'inquiétude de John ne fit que croître. Il s'arrêta au milieu du sentier et poussa un cri d'avertissement. La femme était en train de se diriger vers une zone que la plupart des habitants de Vulture

Canyon et de la forêt de Shawnee n'approchaient jamais à moins d'un kilomètre.

Il laissa échapper un juron. Enzo répondit par un nouveau grognement quand il reprit son chemin en direction de la voix.

Jennifer Turner fit une pause dans sa vigoureuse ascension de la colline, interrompant du même coup son chant. Avait-elle vraiment entendu un cri retentir à travers le canyon ? Elle attendit, un peu essoufflée par l'effort, mais les seuls sons que perçurent ses oreilles furent le pépiement d'un merle, et le grincement des branchages au sommet des grands chênes et des sycomores. Elle sortit sa Thermos d'une poche de sa veste et but une longue gorgée d'eau fraîche.

Elle adorait la forêt, son immensité, la liberté qu'elle y ressentait, l'aventure qui l'attendait juste au-delà de la prochaine colline. Qui plus est, la randonnée représentait un excellent exercice. Ses hôtes à Vulture Canyon, Rill et Katie Pierce, lui avaient conseillé de ne pas se risquer sur les sentiers non balisés, mais Jennifer était dotée d'un remarquable sens de l'orientation. Sa mère disait toujours qu'elle était née avec une boussole dans la tête. Jennifer possédait le don de lire dans la configuration des arbres et du terrain, de deviner la présence des clairières et de dénicher les pistes que suivaient les animaux sauvages. Elle connaissait de très nombreux chemins de randonnée sur la côte Ouest, et partait marcher presque tous les jours à Runyon Canyon, près des collines d'Hollywood où elle résidait.

Elle était tombée amoureuse de la Forêt Nationale de Shawnee. Cet endroit lui rappelait les bois de son enfance, dans le Kentucky.

Quelque chose attira son attention au milieu des épais feuillages. Les rayons du soleil faisaient scintiller le cours d'un ruisseau à quelques encablures. Elle rangea sa Thermos – ce serait agréable de s'asseoir au soleil au bord du torrent bouillonnant.

— Stop ! N'avancez plus, cria une voix masculine. Faites demi-tour, en suivant exactement le chemin que vous avez pris.

Jennifer se retourna brusquement. Un homme se tenait sur le sentier qu'elle venait de quitter – un homme de grande taille et à la robustesse inquiétante. Malgré la barbe de plusieurs jours qui envahissait sa mâchoire, elle distinguait sans peine le pli réprobateur qui déformait ses lèvres – des lèvres qui lui semblèrent étrangement sensuelles, en contraste avec l'apparence rude de l'homme. Il portait une chemise de flanelle bleue et un manteau trop épais pour cette chaude journée de printemps.

Elle entrevit furtivement quelque chose de long et de noir dans sa main.

Faisant volte-face, elle se rua en direction du torrent. La dernière chose dont elle avait besoin, c'était de se retrouver en tête à tête au beau milieu des bois avec un homme armé d'un fusil qui ressemblait à un personnage du terrifiant film *Délivrance*. Le cœur de Jennifer fit un bond atroce dans sa poitrine quand elle entendit un crissement de feuilles derrière elle. Il s'était lancé à sa poursuite !

Elle regarda autour d'elle, éperdue. Devait-elle essayer de distancer l'homme en espérant trouver un lieu où se cacher ? Non, c'était déjà trop tard. Elle entendait le bruit de ses pas juste derrière elle.

— Arrêtez-vous, bon sang ! beugla-t-il.

La jeune femme ralentit, sans trop savoir pourquoi. Était-ce à cause de la nuance de frustration qu'elle avait perçue dans la voix de son poursuivant, ou de l'autorité naturelle qui émanait de lui ? Avant qu'elle ait pu trancher, le sol s'effondra sous ses pieds.

L'horreur s'empara de son corps tout entier alors qu'elle tombait en chute libre, ses poumons vidés de leur air. Elle battit des bras et s'agrippa désespérément à la première chose que ses mains rencontrèrent – une sorte de racine ou de vrille. Elle serra le poing de toutes ses forces et son corps s'arqua tout à coup dans le vide ; sa chute ralentit durant une fraction de seconde, avant de reprendre presque aussitôt, quand la racine se rompit sèchement sous son poids.

Elle atterrit sur un sol de terre dure, et l'impact se répercuta à travers son cerveau. Des cailloux lui tombèrent dessus. Incapable de retrouver son souffle, elle cligna les paupières et sentit de la poussière lui brûler les yeux. Un juron retentit au-dessus d'elle. Perdue dans une sorte de brouillard, elle entrevit une silhouette sombre perchée au sommet d'une colonne de lumière tourbillonnante de poussière et de menus débris.

Il lui fallut un moment pour prendre conscience de la douleur, mais lorsque celle-ci se fit ressentir, ce fut aigu et atroce. Elle poussa un cri déchirant et ses poumons se remirent à fonctionner, ravivés par le choc et la souffrance. Elle se redressa péniblement sur les coudes, parvenant en position semi-assise.

Qu'est-ce qui s'était passé ?

Jennifer toussa et ôta les morceaux de feuilles qui maculaient ses yeux et son visage. En dehors de la portion de terre éclairée par la colonne de lumière, il faisait noir comme dans un four. Elle entendait le bruissement du torrent, plus fort qu'auparavant.

Elle comprit brusquement ce qui venait de lui arriver. Elle s'était aventurée sur une zone de terrain poreux. Elle se trouvait à présent à environ vingt pieds au-dessous du sol, et l'eau du torrent qu'elle avait aperçu un peu plus tôt se déversait sans doute dans un coin de la caverne où elle était tombée. L'homme qui la poursuivait avait lui aussi été aspiré par le trou formé dans le terrain, mais il avait interrompu sa chute en se raccrochant à une portion de sol intacte.

Elle éprouva un curieux sentiment. Un sentiment ambivalent. Si l'homme tombait lui aussi, elle ne serait pas seule au milieu de ce cauchemar. Cependant, s'il échouait à regagner la terre ferme, il n'y aurait plus personne pour contacter les secours.

— Tenez bon ! cria-t-elle d'une voix empreinte de panique.

Elle entendit des pierres tomber, le sol s'effriter et un autre juron, teinté cette fois de résignation.

Jennifer rampa en arrière précipitamment, ignorant la douleur qui cisaillait son épaule, ses côtes et sa hanche. L'homme atterrit avec un bruit étouffé puis roula sur lui-même. En dépit de sa carrure massive et des imprécations rageuses qu'il poussa après l'impact, elle songea qu'il avait sans doute touché terre beaucoup plus gracieusement qu'elle.

La jeune femme ne savait pas quoi faire. Quelques secondes plus tôt, elle cherchait à fuir cet homme, et à présent, elle était coincée avec lui dans un trou sombre, sous la forêt. Elle regarda autour d'elle. Il faisait très noir, en dehors du faisceau de lumière poussiéreux créé par les rayons du soleil qui s'engouffraient à travers la crevasse. Une force invisible lui comprimait les poumons. Plus que de toute autre chose, Jennifer avait peur du noir. Elle n'arrivait pas à respirer.

Il faut que tu sortes de là tout de suite, Turner.

Elle essaya de rassembler ses esprits pour résister à la vague de panique qui menaçait de l'engloutir, et scruta de nouveau le trou sombre. S'il existait une issue, elle n'en distinguait nul indice. L'inconnu à la carrure de bûcheron semblait représenter un pari moins risqué que les ténèbres absolues.

— Est-ce que ça va ? lui demanda-t-elle d'une voix tremblante.

— Vous vous prenez pour qui, bordel ? Vous vous trouvez sur une propriété privée ! fit-il d'un ton agressif, comme s'il poursuivait la conversation entamée quelques minutes plus tôt, quand ils s'étaient croisés pour la première fois au milieu de la forêt avant que le sol ne les avale tous les deux.

Il se rassit et commença à épousseter ses épaules et ses cheveux.

— Je n'en savais rien, répondit-elle avec irritation.

Elle tenta de se redresser et poussa un gémissement.

— N'essayez pas de bouger. Restez tranquille pendant un moment. Rallongez-vous.

À travers les brumes de la douleur, elle vit sa large silhouette se pencher au-dessus d'elle, et sentit les mains de l'homme se poser sur ses avant-bras et ses épaules. Il l'aida à s'étendre au sol et lui ôta son écharpe, qu'il déposa à terre.

— Visiblement, cette fondrière était déjà en train de s'affaisser, dit-il en remontant les mains sur les épaules et la nuque de la jeune femme.

Elle eut l'étrange impression qu'il lisait la surface de sa peau avec l'extrémité de ses doigts.

— Une fondrière ? répéta-t-elle, cherchant le réconfort de sa rude voix.

— Un puisard, si vous préférez. La zone en est infestée. Heureusement que celui-ci avait déjà commencé à se former.

— Heureusement ?

— Grâce à ça, il y a déjà un tapis de terre et de débris au fond. S'il n'y avait eu que de la pierre, nous serions réduits à l'état de sacs d'os, marmonna-t-il.

Les mains de l'homme tâtaient à présent ses omoplates et ses avant-bras. Il suivit ensuite la courbe de ses flancs, effleurant ses seins. Elle ouvrit la bouche pour protester, mais il y avait quelque chose de si détaché – presque clinique – dans la façon dont il la touchait, qu'elle se ravisa. Elle se concentra sur sa respiration douloureuse, essayant de retrouver son souffle. L'homme plaça les paumes juste au-dessus de sa taille.

— Prenez une grande inspiration, dit-il d'un ton bourru. Lentement, et calmement.

En quelques secondes, sa respiration se régularisa enfin. Elle se rendit compte qu'elle avait évité d'instinct de respirer trop profondément, craignant d'avoir les côtes cassées. Elle suivit ses instructions avec hésitation. Ça faisait mal, mais ce n'était pas insupportable. Ses poumons semblaient de nouveau en état de fonctionner, après le choc causé par sa chute libre et son atterrissage brutal. L'homme produisit un petit son de satisfaction, et se remit à bouger les mains.

Il prit en coupe ses deux hanches et souleva son bassin à quelques centimètres du sol, avant de lui imprimer une infime torsion, qui déplaça très légèrement la partie inférieure du corps de la jeune femme.

— Est-ce que ça vous fait mal ?

— À vrai dire, j'ai mal partout.

— Vous n'êtes pas en train de hurler à la mort, c'est déjà ça.

Il déplaça les paumes sous les cuisses de Jennifer et lui fit plier une jambe, puis l'autre, lui relevant les genoux à hauteur de poitrine. Elle réagit à peine quand il manipula la jambe gauche, mais poussa un grognement de douleur quand il fit de même avec la droite.

Il étendit la jambe et poursuivit son examen – car Jennifer venait de réaliser que c'était exactement ce dont il s'agissait.

— Est-ce que vous êtes… (Elle s'interrompit pour tousser et expulser un peu de poussière coincée dans sa gorge.) médecin ?

— Je suis chiropracteur, l'entendit-elle dire au milieu des ténèbres alors qu'il délaçait ses chaussures de randonnée d'un geste précis et assuré.

— Le sol a cédé tout d'un coup sous mes pieds, fit-elle, plus pour elle-même que pour son interlocuteur.

Elle serra les dents quand il se mit à masser avec circonspection l'un de ses pieds, testant les réactions de sa cheville. Ça faisait mal aussi, mais ça n'avait rien à voir avec la douleur aiguë d'un os brisé – plutôt une grosse meurtrissure, du genre de celles qui mettaient des semaines à passer.

— Vous n'auriez jamais dû pénétrer dans cette partie de la forêt. Cet endroit appartenait avant aux Black Velvet Mines. Les premiers mineurs n'avaient pas perçu à quel point ce terrain calcaire est poreux, sur un rayon d'environ deux kilomètres. Ils ont fini par abandonner cette zone pour se décaler vers le sud, mais toutes les galeries et les cavernes sont encore là, et le sol en surface s'érode davantage chaque année. Tous les gamins, à des kilomètres à la ronde, savent qu'il faut rester à distance de ce périmètre. Les puisards dans le coin pourraient facilement engloutir un bus scolaire.

— Je ne suis pas du coin. Comment étais-je censée le savoir ? Il n'y a pas la moindre indication.

— Il y a des panneaux. Et des barrières. Vous les auriez vus, si vous étiez restée sur les chemins balisés. Mais vous avez décidé de vous aventurer au milieu de la forêt, n'est-ce pas ? Et vous avez fini par arriver sur ma propriété, fit-il en lui remettant ses chaussures d'un geste mécanique.

Jennifer se redressa avec précaution et réussit cette fois à regagner la position assise. Elle écarta doucement la main de l'homme.

— Je n'avais pas prévu de tomber dans un énorme trou noir, rétorqua-t-elle d'une voix mi-irritée, mi-bouleversée. Vous devez me croire. C'est le dernier endroit où j'aurais aimé être.

Elle commença à renouer ses lacets, mais s'interrompit en entendant un chien aboyer au-dessus d'eux.

— Va-t'en, Enzo ! cria l'homme si fort qu'elle sursauta. Va chercher de l'aide !

Elle entendit l'animal gémir. L'homme jura à nouveau.

— Qu'est-ce qui ne va pas ? demanda Jennifer.

— Il ne s'éloignera pas de moi, répondit son interlocuteur d'un ton morose. Enzo n'ira pas chercher d'aide. J'aurais dû investir dans un chien entraîné.

— Votre chien n'a pas besoin de partir en mission de secours. J'ai un téléphone portable dans ma poche.

En prenant conscience de cela, elle se sentit parcourue d'une onde de soulagement.

— Je vous souhaite bonne chance, marmonna l'homme. La couverture réseau est complètement pourrie dans les collines. Et qui plus est, nous nous trouvons à peu près à cinq mètres au-dessous du sol.

La jeune femme appuya sur l'un des boutons du téléphone. L'écran s'alluma aussitôt, éclairant avec intensité l'espace autour d'eux. Elle balaya les alentours du regard afin d'enregistrer la configuration des lieux. Ils se trouvaient dans une cavité rocheuse de forme carrée, aux parois incurvées, d'environ cinq mètres de côté. À l'une des extrémités de la caverne, de l'eau se déversait le long de la pierre, jusqu'à un petit bassin. Les deux parois adjacentes étaient formées de calcaire nu, et devant la quatrième s'élevait une grande pile de débris, d'humus et de planches fracassées.

— Ça ressemble plus à une grotte qu'à une mine, grommela-t-elle. Sauf pour les planches de bois qui font penser à une galerie effondrée, effectivement.

— Le terrain est truffé de grottes, dans cette zone. Les galeries minières y étaient souvent reliées, par souci de commodité. C'était plus facile d'exploiter les cavités déjà existantes que d'utiliser de la dynamite pour creuser le roc.

Jennifer vit la lumière du téléphone se refléter dans les yeux de l'homme quand elle tourna la tête vers lui. Il était agenouillé à côté d'elle, sa tête surplombant la sienne d'une trentaine de centimètres. Ses yeux étaient posés sur elle. Son regard avait quelque chose d'étrange, presque comme s'il regardait à travers elle. C'était un peu comme de s'éveiller après un long sommeil pour se retrouver dans une cage obscure avec un grand animal sauvage qui vous fixait.

Elle remarqua aussi qu'il était beau, à sa façon, si l'on appréciait le genre rude et mâle. C'était le cas de Jennifer – elle était attirée par les pompiers, les gardes forestiers... Les hommes virils, simples, exigeants au lit, mais beaucoup moins dans les autres domaines. Elle aimait emmener ses conquêtes dans sa petite résidence de vacances, dans les montagnes de San Gabriel, et savourer leur vigueur dans l'intimité la plus absolue.

Le problème, c'est que les vrais hommes étaient devenus une denrée rare, à Los Angeles. Depuis la fin de sa relation de deux ans avec l'acteur Everett Hughes, Jennifer vivait dans une quasi-abstinence. Everett et elle choisissaient tous les deux leurs partenaires avec prudence, à cause de leur célébrité. Dénicher la perle rare qui ne s'empresserait pas de tout vendre à la presse tenait de la gageure.

— Alors ? Vous avez du réseau ? lui demanda son compagnon d'infortune.

Elle sursauta, perdue dans ses pensées.

— Non, marmonna-t-elle après avoir jeté un bref coup d'œil sur l'écran du téléphone.

L'homme ne répondit rien, et ne sembla pas particulièrement affecté par cette nouvelle. Jennifer grimaça en essayant de se relever.

— Je vous ai demandé de rester tranquille pendant un moment.

— D'accord, répliqua-t-elle d'un ton irrité avant de reposer ses fesses à terre. Vous avez l'air frais et dispos ; je vous suggère d'aller faire le tour de la caverne pour voir si on capte le réseau quelque part.

Elle lui tendit le téléphone, mais il ne le saisit pas. Il était en colère contre elle, et elle ne pouvait pas lui en vouloir. C'était son imprudence qui les avait littéralement fait atterrir ici.

— Je vous ai dit que je n'avais pas prévu de tomber dans ce trou. Je n'y suis pour rien si vous m'avez suivie.

— Vous avez raison. Je ne peux que blâmer ma propre stupidité, maugréa-t-il entre ses dents.

Il s'assit sur le sol et étendit ses longues jambes devant lui, avant d'ôter son manteau et de commencer à fouiller dans ses poches.

— Qu'est-ce que vous trafiquez ? demanda-t-elle nerveusement.

Il n'était quand même pas en train de chercher un couteau ou un flingue, n'est-ce pas ?

— Je fouille dans mes poches, répondit-il, confirmant l'évidence. Et vous feriez bien de m'imiter. Ça nous aiderait de savoir de quels vivres nous disposons. Au moins, nous ne manquerons pas d'eau, ajouta-t-il en désignant d'un hochement de tête la petite cascade.

— Je sais déjà ce que j'ai : une barre protéinée, un demi-paquet de pastilles à la menthe, ma Thermos, mes clés, mes papiers d'identité, des mouchoirs...

— Vérifiez quand même, la coupa-t-il. On oublie facilement ce qui se trouve au fond de nos poches.

Sans se relever, elle se rapprocha par à-coups de la colonne de lumière et plongea la main dans ses poches.

— Vous ne voulez pas vous rapprocher du soleil pour faire ça ? s'enquit-elle.

De l'endroit où elle se trouvait à présent, elle distinguait beaucoup mieux la silhouette de son compagnon d'infortune, et voyait même le tee-shirt blanc uni qu'il portait sous sa chemise.

— Je n'ai pas besoin de lumière, répondit-il distraitement tout en continuant à fouiller ses poches.

— Vous avez aussi un téléphone portable ?

— Non. Je l'ai laissé dans mon chalet.

— Et vous ne pensez pas que ce serait une bonne idée de prendre le mien et d'aller vous-même faire le tour de ce trou à rats pour essayer de capter ce putain de réseau ? fit-elle, à bout de patience.

Il poursuivit l'inventaire minutieux des nombreuses poches que comptait son manteau, ignorant sa question. Il ne levait jamais un objet devant ses yeux pour mieux le voir, se contentant de passer d'une poche à l'autre. Jennifer se souvint de la méticulosité avec laquelle il avait examiné son corps, un peu plus tôt. Un frisson d'excitation la traversa, mais l'irritation avait toujours le dessus.

Au diable tout ça ! Elle savait exactement ce qui allait se passer si elle cessait de s'agiter et réfléchissait à sa situation présente, piégée à cinq mètres sous terre. Tout valait mieux que laisser son cerveau hyperactif céder à la panique. Un gémissement de douleur lui échappa tandis qu'elle se levait, maudissant intérieurement l'homme pour sa nonchalance.

— Je vous ai dit de rester assise encore un moment avant d'essayer de vous lever, trésor, fit-il d'un ton calme.

Elle était trop occupée à lutter contre les douleurs lancinantes qui la tenaillaient pour s'emporter parce qu'il l'avait appelée « trésor ». En plus, ça ne sonnait pas de façon aussi condescendante qu'elle l'aurait imaginé. Avec son accent du Midwest subtil et légèrement traînant, ce mot roulait dans sa bouche avec une sorte de… chaleur plaisante.

— Vous avez vérifié vos poches ?

— Oui, et vous aviez raison, admit-elle quelques secondes plus tard, en serrant les dents pour contrebalancer la douleur. J'ai une autre barre protéinée dont j'avais oublié l'existence. Je suis bien incapable de vous dire de quand elle date, mais c'est mieux que rien. J'ai aussi un tube de liquide désinfectant.

Elle trébucha jusqu'à la paroi sur sa droite, déterminée à ignorer les multiples foyers de douleur qui la tourmentaient. Les ténèbres l'enveloppèrent bien plus vite qu'elle ne l'avait anticipé. Elle utilisa l'écran de son téléphone comme une lampe torche en s'éloignant du faisceau de lumière. Heureusement, la douleur s'atténua un peu à mesure qu'elle marchait.

Elle fit un tour complet de la caverne. Au moment où elle se rendait compte qu'elle ne captait pas le moindre réseau, elle aperçut le squelette blanc d'un petit animal sur le sol.

— Qu'est-ce qui vous arrive ? demanda l'homme une seconde plus tard.

La jeune femme se retourna vers lui, le rouge aux joues. Elle avait laissé échapper un petit cri de frayeur embarrassant quand elle avait vu les os.

— Rien. C'est juste un vieux squelette d'animal.

Son compagnon se redressa si brusquement qu'elle en resta bouche bée. Il était en meilleure forme qu'elle. Il s'avança vers Jennifer, et sa silhouette se fit de plus en plus sombre et effrayante à mesure qu'il s'approchait. Il s'agenouilla en arrivant près d'elle et tendit la main vers le sol. Quand il atteignit les os, il les tâta brièvement.

— Un écureuil, fit-il.

— C'est fascinant. Si jamais on en trouve un vivant, on pourra le tuer et le faire rôtir, si on n'arrive pas à sortir d'ici, répondit-elle en le voyant se diriger vers la partie effondrée de l'ancienne galerie minière.

À travers la semi-pénombre, elle le distinguait tout juste, en train de faire courir ses doigts sur la pile de planches et de débris.

— Faites attention ! J'ai vu des clous sur les planches, l'avertit-elle.

Il ne répondit pas, se releva et longea la paroi de droite en plaquant la paume contre la surface de calcaire.

— Vous ne capterez jamais rien ici, dit-il en poursuivant son inspection, Jennifer sur les talons.

— Ne soyez pas si négatif, le rabroua-t-elle.

Il s'approcha de la petite cascade et retroussa l'une des manches de sa chemise, avant de tendre le bras à travers la chute d'eau jusqu'à la paroi qui se trouvait derrière. En le voyant se rincer les mains, Jennifer hésita. Elle avait envie de l'imiter, mais n'était pas prête à renoncer à la lumière de l'écran du téléphone. Elle opta pour un compromis en le posant à terre, laissant la lueur se diffuser vers le plafond.

— Elle est glacée, murmura-t-elle en passant les doigts sous l'eau vive.

L'homme plaça ses mains en coupe pour recueillir de l'eau entre ses mains ; il la flaira avant de la goûter. Le test dut se révéler un succès, car il aspira ensuite une grande goulée et s'essuya la bouche avant de s'écarter de la cascade.

Au moins, ils ne mourraient pas de soif, songea-t-elle en s'essuyant à son tour les mains sur son tee-shirt. Elle se retourna vers l'emplacement où elle avait posé son téléphone et se hâta d'aller le ramasser. Elle ne laisserait pas la panique qui s'était instillée en elle prendre le dessus. Quand elle avait découvert les ossements de l'écureuil, elle avait immédiatement imaginé deux squelettes humains à leur place. Mais ce n'était pas parce qu'un animal sauvage était mort ici, dans ce piège souterrain, qu'ils étaient voués au même sort. Et grâce au Ciel, n'avaient-ils pas cette merveilleuse colonne de lumière pour les éclairer ? Une pensée lui vint à l'esprit, et son visage s'illumina soudain.

— Vous habitez non loin d'ici, n'est-ce pas ? Quelqu'un va sûrement s'apercevoir de votre absence et partir à votre recherche.

— Je vis seul.

Super, songea-t-elle alors que des images de militants écologistes radicaux vivant en ermites dans les bois défilaient dans son esprit. Mais l'homme lui avait dit qu'il était chiropracteur. Pas exactement le genre de profession qu'aurait choisie un pur marginal. Et elle avait perçu son odeur lorsqu'il l'avait examinée après sa chute. Il sentait le bois et le savon épicé. Ted Kaczynski[1] ne s'était certainement pas montré aussi soucieux de son hygiène.

Il l'avait touchée avec douceur et délicatesse. Des mains expertes…

— Comment vous appelez-vous ? s'enquit-elle alors qu'ils continuaient à explorer le périmètre de la caverne.

Il semblait chercher quelque chose le long des parois, utilisant ses mains pour s'orienter dans l'obscurité épaisse.

1. Célèbre terroriste et militant écologiste américain, auteur d'une campagne d'attentats au colis piégé ayant causé trois morts et vingt-trois blessés entre 1978 et 1995. (*N.d.T.*)

— John Corcoran.

— Moi, c'est Jennifer. Écoutez... je suis désolée pour tout ça.

Comme il ne répondait pas aussitôt, un tourbillon de panique enveloppa le cœur de la jeune femme. Elle avait l'impression que les ténèbres venaient de se refermer sur elle.

— J'ai été stupide de vous suivre.

Elle poussa un soupir de soulagement en entendant sa voix à quelques pas d'elle. Elle leva son téléphone portable, et le visage de son compagnon se dessina dans la lumière fantomatique. Il s'était figé, une main contre la paroi rocheuse. Il avait les yeux tournés vers elle. Avait-il entendu son hoquet de frayeur ?

Sa mâchoire large et déterminée dénotait une certaine obstination. Sa barbe n'était pas aussi longue qu'elle se l'était figurée quand il était apparu derrière elle, sur le sentier. Il s'agissait plutôt d'une barbe de deux ou trois jours. Ses cheveux semblaient épais, d'une noirceur d'encre au milieu des ombres, et ondulés. Visiblement, il ne les avait pas coupés depuis un bon moment. L'espace d'un instant, Jennifer songea que la plupart des femmes et une bonne partie des hommes sur la planète auraient volontiers cédé un ou deux ans de leur vie pour posséder ce genre de chevelure. Le nez de l'homme semblait au premier abord un peu grand, mais il s'accordait à la perfection avec le reste de sa physionomie. C'était un visage audacieux... et viril.

Un visage extrêmement séduisant.

— Je vois bien que vous êtes furieux contre moi, mais pourriez-vous au moins essayer d'être poli ?

La situation est déjà assez désagréable sans que j'aie à subir vos humeurs.

— Je n'avais pas l'intention de me montrer désagréable, répondit-il d'une voix irritée. Je voulais juste dire que si je ne m'étais pas autant approché de vous, j'aurais été en mesure de contacter les secours et de les mener jusqu'ici. Je vous ai suivie sur presque un kilomètre et demi avant de vous rattraper. Personne ne peut savoir où nous nous trouvons. Essayer de localiser un trou d'un mètre de diamètre au milieu de la forêt revient à chercher une aiguille dans une botte de foin. Et le bruit du torrent risque de compliquer encore la tâche des secours, en les empêchant d'entendre nos cris. Quant à Enzo, il ne s'écartera pas à plus de dix mètres du trou.

— Vous êtes sérieux ? demanda-t-elle lentement. Je n'ai parcouru que cinq kilomètres avant d'arriver ici. Ça ne représente pas un périmètre de recherche si énorme, si ?

— Vous vous êtes éloignée de plus de sept kilomètres et demi de la maison de Rill Pierce.

Jennifer fut tellement surprise qu'elle laissa tomber sa main qui tenait le portable, les plongeant tous deux dans les ténèbres.

— Comment savez-vous que je loge chez Rill et Katie Pierce ?

— Rill Pierce est notre célébrité locale, rétorqua-t-il sèchement. Où une vedette du cinéma irait-elle s'installer, dans le coin, sinon chez un réalisateur hollywoodien de renom ?

— Vous... vous savez qui je suis ?

— Oui, répondit-il d'un ton nonchalant, qui donna l'impression à la jeune femme que cette information avait à peu près autant d'importance que celle de sa couleur préférée.

Il se concentra de nouveau sur les parois de la caverne, qu'il se remit à explorer.

— Ça veut dire qu'ils vont mettre un bon moment à nous trouver. Mais ils nous trouveront, n'est-ce pas ? insista Jennifer en le suivant d'aussi près que possible pour ne pas le perdre de vue dans l'obscurité.

— J'ignore en combien de temps, mais il y a des chances, oui.

— Des chances ? répéta-t-elle d'une voix tremblante qui résonna de manière sinistre contre les murs de leur prison rocheuse.

— Avez-vous dit aux Pierce que vous partiez en randonnée ?

Elle poussa un grognement dépité. Il interrompit son exploration et se retourna vers elle.

— Qu'est-ce qu'il y a ?

— Je viens de me rappeler... Rill, Katie et le bébé sont partis à Saint-Louis pour un rendez-vous chez le docteur. Ils ne seront pas rentrés avant ce soir, et je réside dans un cottage indépendant sur leur propriété. Ils ne se rendront pas compte de mon absence avant demain.

John Corcoran ne répondit rien, poursuivant son inspection des parois. La jeune femme prit son silence pour un reproche.

— Je sais bien que j'ai été stupide de m'aventurer dans une zone interdite de la forêt sans prévenir personne. Mais j'aime tant la randonnée... Je pars souvent sur un coup de tête. Et j'avais mon téléphone. (Elle poussa un soupir de déception.) Je ne capte toujours aucun réseau.

— Vous feriez mieux d'économiser la batterie de ce truc.

— La lumière ne vous aide pas ?

— Non. Je ne vois pas, alors la lumière n'y change rien.

Jennifer mit un moment à saisir les implications de la phrase qu'il venait de prononcer.

— Attendez. Vous êtes en train de me dire que…

— Je suis aveugle.

La jeune femme le dévisagea pendant plusieurs secondes, interdite. Durant quelques instants, cette révélation fit naître en elle une vague d'angoisse. Mais elle balaya de nouveau du regard la caverne obscure. D'ici à quelques heures, il ferait noir comme dans un four, et elle ne pouvait pas se permettre de gaspiller la batterie du téléphone pour s'éclairer. Dans ces circonstances, le « handicap » de John devenait un atout.

Elle éteignit la lumière de l'écran. Instantanément, la peur monta en elle, prête à la submerger. Elle ralluma aussitôt l'appareil.

— Je vais juste envoyer un message aux Pierce. Si le réseau fonctionne, même quelques secondes, il y a une chance pour qu'ils le reçoivent et alertent les autorités.

— Une très petite chance, mais pourquoi pas ? Ça vaut le coup d'essayer, marmonna John entre ses dents. Dites-leur que nous sommes piégés à un kilomètre et demi environ au sud de mon chalet, dans la zone des anciennes mines, juste à côté du sentier qui mène au ruisseau.

Elle rédigea le message et appuya sur le bouton « envoyer », sans beaucoup d'espoir que leur appel s'échappe des murs de leur prison souterraine.

Rassemblant tout son courage, elle éteignit ensuite la lumière du téléphone. Malgré le faisceau qui éclairait très faiblement le centre de la grotte, elle se sentit aussi aveugle que John.

Non. Bien plus encore.

Elle entendit le craquement de ses bottes sur des débris et se rapprocha de lui dans l'obscurité, les bras tendus devant elle. Lorsqu'elle rencontra l'avant-bras de John, elle s'y agrippa. Elle s'attendait à ce qu'il proteste, mais il poursuivit son inspection, imperturbable. Le soulagement envahit la jeune femme. Il avait l'air trop fort, trop solide et trop réel pour qu'elle le laisse s'éloigner d'elle.

— Ce n'est pas dangereux, de vivre seul au milieu des bois quand on est aveugle ? demanda-t-elle d'une voix douce.

— La forêt est beaucoup plus sûre pour moi que pour la plupart des bien voyants qui y pénètrent. (Jennifer rougit, bien qu'elle soupçonnât qu'il n'ait pas eu l'intention de se montrer désobligeant. Il n'avait fait qu'énoncer un état de fait.) En vérité, je ne vis pas dans la forêt toute l'année. Je venais passer mes étés dans ce chalet avec mon père, quand j'étais gamin, et j'en ai hérité à sa mort. Je ne suis là que pour les vacances.

— Ah… Mais dites-moi… je pensais à quelque chose ! s'exclama-t-elle, toujours pendue à son bras.

— Oui ?

— Pourquoi n'essayeriez-vous pas de me soulever jusqu'au trou ? J'arriverai peut-être à escalader le sommet du puisard et à sortir chercher de l'aide.

— Vous ne pourrez pas atteindre le rebord.

— Vous êtes très grand.

— Il faudrait que nous mesurions tous les deux plus de deux mètres pour espérer atteindre la surface, fit-il d'un ton sarcastique.

— Nous pourrions surélever le sol en utilisant certains de ces débris.

— L'idée n'est pas mauvaise. J'y ai songé. Mais je pense que le risque est trop grand. Cette pile de débris est assez instable ; si on essayait de la déplacer, ça pourrait engendrer un nouveau glissement de terrain, susceptible de nous engloutir tous les deux.

La jeune femme poussa un soupir de déception. Il existait forcément une solution à laquelle ils n'avaient pas pensé…

— John ?

— Oui ?

— Vous êtes en train de chercher un passage vers l'extérieur ?

— Non. Il n'y a aucune issue en dehors de l'ouverture au-dessus de nous.

— Comment pouvez-vous en être sûr ?

— Parce que s'il y en avait une, notre ami l'écureuil l'aurait trouvée.

— Mais l'écureuil est bien entré…

— Oui, fit-il en se retournant vers elle une fois qu'il eut fini le tour de la grotte. Et la galerie s'est effondrée sur lui.

Jennifer sentit son cœur se nouer. Elle entraîna John à sa suite vers le centre de la caverne, prenant conscience a posteriori qu'il n'avait pas fait le tour de cette dernière pour chercher une échappatoire, comme elle l'avait cru, mais pour l'explorer avec ses mains, comme d'autres l'auraient fait avec leurs yeux.

Il passa la paume sur le sol, laissant tomber son manteau lorsque ses doigts rencontrèrent un objet. Une seconde plus tard, il le ramassa.

— Oh… murmura Jennifer en voyant la canne dans sa main.

— Qu'y a-t-il ?

— C'est une canne. J'avais cru qu'il s'agissait d'un fusil, quand vous êtes apparu dans les bois.

Il fronça les sourcils.

— Il y avait de quoi se tromper. Quand vous avez crié, j'ai été prise par surprise, et je n'ai pas eu le temps de bien vous regarder. Mais je croyais que les personnes aveugles utilisaient des cannes blanches ?

— J'ai tendance à faire beaucoup de choses que les personnes aveugles ne sont pas censées faire.

— J'en ai bien l'impression, en effet.

Elle le regarda tout à coup avec un respect et un intérêt nouveaux. Il tendit la main vers la colonne de lumière, et alla s'asseoir juste au-dessous.

— Qu'est-ce qu'on fait, maintenant ? s'enquit-elle.

— Il n'y a pas grand-chose à faire, à part attendre. Je vais ramasser quelques planches éparses pour faire un petit feu, mais je vous conseille de profiter de la lumière du soleil tant qu'il y en a encore. L'air se rafraîchira très vite après le crépuscule.

La jeune femme marcha vers lui et s'arrêta pour étudier la canne, posée à côté de lui. Elle était d'un genre unique – plus longue que les autres, pour s'adapter à la grande taille de John, en bois fuselé de cuir noir. La partie recourbée, lisse et usée, était constituée de bois brut. C'était bizarre : le cuir n'était-il pas censé recouvrir la poignée, pour protéger les mains ?

Elle avala péniblement sa salive et reporta les yeux sur son visage, soulagée de pouvoir enfin le contempler en pleine lumière.

Elle mit quelques secondes à se rendre compte qu'elle pouvait le dévisager sans paraître impolie. Elle s'approcha plus près et scruta sa figure. Ses iris clairs avaient la couleur d'un ciel d'été. À l'instar de sa bouche sensuelle, ils contrastaient fortement avec ses traits rugueux.

Soudain, il tourna les yeux vers elle, et elle détourna le regard. Pourquoi rougissait-elle ? Il ne pouvait pas la voir. Elle s'agenouilla lentement pour se préparer à s'asseoir, et réprima un gémissement de douleur quand sa hanche toucha le sol.

— Venez là, dit-il.

— Euh... quoi ? répondit-elle, confuse.

Avait-il perçu la façon admirative dont elle le contemplait ?

— Enlevez votre veste et venez là.

— Je ne crois pas, non.

Il leva les yeux au ciel.

— Je ne vais pas vous sauter dessus. Vos muscles sont meurtris par la chute. Vous avez atterri plus durement que moi ; si je ne m'occupe pas de vous, vous n'arriverez même plus à bouger demain matin. Enlevez votre veste.

Elle s'exécuta avec réticence.

Il lui fit signe de rester sous la colonne de lumière.

— Le soleil va aider à réchauffer vos muscles. Maintenant, asseyez-vous là.

Elle se traîna vers lui, mais il lui fit signe de se repositionner.

— Placez-vous dos à moi. Je fais beaucoup de massages et d'acupression en tant que chiropracteur. Ça empêchera vos muscles de tétaniser.

Elle s'assit dos à lui et il fit passer l'une de ses jambes devant – de telle sorte que les hanches de la jeune femme se retrouvèrent à quelques centimètres de ses cuisses écartées. Très doucement, il lui caressa les cheveux.

Le cœur de Jennifer s'arrêta de battre l'espace d'une seconde, mais elle comprit qu'il venait seulement d'écarter les mèches sur ses omoplates afin qu'elles ne le gênent pas durant sa manipulation. Pourtant, elle avait eu l'impression qu'il avait fait durer ce geste un peu plus qu'il n'était nécessaire. De quelle manière percevait-il ses cheveux sous ses doigts ? Elle résista à l'envie de les toucher elle-même pour voir l'effet que ça faisait.

Il posa les mains sur ses épaules et commença son massage. Elle lâcha un gémissement d'aise et toute pensée quitta son cerveau.

— Ça fait mal ? souffla-t-il de sa voix si grave, à quelques centimètres de son oreille droite.

Elle se contenta de hocher la tête. Il cessa de malaxer la peau de son dos, sans toutefois retirer ses mains.

— Mal comment ?

Elle entendit Enzo geindre et souffler dans le silence qui s'ensuivit.

— Agréablement mal, admit-t-elle à mi-voix.

Il reprit son massage, apaisant ses muscles douloureux et tendus. Les rayons du soleil éclairaient à la verticale le crâne de Jennifer, son dos et ses épaules. Sa douleur s'évanouit peu à peu, tout comme son angoisse. Elle sentait sa chair s'assouplir sous les mains habiles de John. Ses paupières se firent lourdes, comme sous l'effet d'un envoûtement.

Il se concentra sur sa nuque pendant plusieurs minutes.

— Ça vous arrive d'avoir des maux de tête ?

Elle rouvrit brusquement les yeux.

— Oui. Plusieurs fois par mois, assez intenses. Comment l'avez-vous deviné ?

— Vos épaules et votre nuque sont très tendues.

Elle gémit doucement quand il fit descendre son pouce le long de sa colonne vertébrale. Il avait des doigts de magicien. Elle pencha la tête en avant, le menton rentré dans la poitrine, et se laissa aller. Une sensation de tiédeur diffuse se répandit entre ses cuisses et fit vibrer son intimité quand il passa une main autour de sa taille tout en continuant à masser ses vertèbres entre ses pouces. Elle s'aperçut que le fait de sentir sa carrure robuste à côté d'elle lui donnait l'impression d'être en comparaison très délicate, féminine… excitée.

— Ces nœuds de crispation ne sont pas dus à la chute. Qu'est-ce qui provoque ces tensions ? C'est le métier d'actrice ? demanda-t-il d'une voix bourrue.

— Oui et non. Je me mets surtout beaucoup de pression à moi-même. J'ai tendance à me montrer perfectionniste dans mon travail. (Elle tourna la tête vers lui, le menton collé contre l'épaule.) Vous ne m'avez pas dit comment vous avez su qui j'étais. Est-ce que vous avez vu… euh, je veux dire… est-ce que vous allez au cinéma ? s'embrouilla-t-elle.

— Ça m'arrive, mais c'est rare. Je ne connais aucun de vos films.

— Alors, qu'est-ce qui vous a mis sur la voie ?

Il resta silencieux un moment, sans cesser de malaxer les vertèbres de la jeune femme entre ses pouces.

— J'écoute beaucoup de musique et j'ai le CD d'*American Idol*. Un ami qui savait que j'adorais Sierra Gallas m'a offert la musique du film.

Sierra Gallas était une vedette de cinéma des années cinquante, qui s'était également illustrée comme chanteuse de jazz et de blues. Jennifer avait en effet incarné son personnage quelques années plus tôt dans le film *American Idol*. Elle avait même reçu un *Academy Award* pour sa performance.

La jeune femme se tordit sur elle-même pour dévisager John ; ce dernier interrompit son massage, mais laissa sa main libre sur sa taille. Son regard aveugle semblait fixé sur elle.

— Vous avez aimé la bande originale ?

— J'ai dû l'écouter environ dix mille fois, répondit-il, pince-sans-rire.

Comme s'il avait deviné qu'elle souriait, il l'imita.

L'expression de Jennifer se figea. C'était vraiment quelque chose de voir sourire cet homme... La sensation de chaleur augmenta, s'intensifia davantage dans son bas-ventre.

— J'ai entendu dire que vous aviez interprété toutes les chansons vous-même. Pas de play-back.

— C'est vrai, murmura-t-elle, focalisée sur la sensation de ses mains autour de ses cuisses et le mouvement de sa bouche. J'ai eu une professeur de chant exceptionnelle. Je me suis exercée pendant plus d'un an avant de tourner le film et de passer en studio d'enregistrement.

— Vous avez accompli un travail phénoménal.

Le rouge lui monta aux joues. Il n'avait pas l'air d'être le genre d'homme à faire souvent des compliments, et elle n'en apprécia celui-ci que davantage.

— Merci.

— C'est comme ça que je vous ai reconnue ce matin, dans la forêt. Vous étiez en train de chanter « *Love in the Moonlight* ».

Elle resta bouche bée.

— Vous voulez dire que... vous saviez déjà que c'était moi, quand vous avez commencé à me suivre ? Pas juste une femme inconnue résidant chez les Pierce, qui chantait par hasard une vieille ballade de Sierra Gallas ?

— Je savais que c'était vous, répondit-il simplement.

Ses mains se déplacèrent plus bas et il se mit à décrire de subtils mouvements circulaires autour de la courbe de ses hanches, massant... et caressant.

Elle sentit alors une certaine moiteur envahir le creux de ses cuisses.

2

Il aimait sentir sa peau sous ses mains. Il aimait beaucoup ça. Elle était petite et mince, sans être maigre pour autant. Il explorait sa chair, à la fois douce et ferme autour de son délicat squelette, et massait ses hanches rondes et féminines.

La peau de sa nuque ressemblait à de la soie chaude et vivante. Lorsqu'il effleura son épaisse chevelure satinée, un fantasme incontrôlable surgit dans son esprit – il se demanda quel effet ça ferait de sentir ces cheveux autour de son sexe. Il eut immédiatement une érection, et la suite du massage se transforma en délicieuse torture.

Quand il se rendit compte qu'il était en train de malaxer avidement les hanches de Jennifer, un accès d'embarras le saisit. Une femme comme elle n'avait sans doute aucune envie de se faire peloter par un homme tel que lui. Elle le trouvait sans doute effrayant – si ce n'est pire : un aveugle qui la tripotait !

Il écarta les mains et se releva.

— Le soleil décline. Je ferais mieux d'aller récupérer quelques planches pour faire du feu. Vous avez bien mentionné une bouteille Thermos ? S'il vous reste un peu d'eau, buvez-la et j'irai la remplir. Vous avez dû avaler pas mal de poussière pendant la chute, et on n'a pas à s'inquiéter pour nos réserves d'eau.

Elle ne répondit rien, mais il sentit qu'elle l'observait pendant qu'il vaquait à ses occupations dans la caverne. Il l'entendit déboucher la bouteille.

— Vous pensez que cette eau est potable ? demanda-t-elle un moment plus tard.

L'origine de sa voix lui indiqua qu'elle s'était avancée vers la petite cascade. Son timbre légèrement grave et mélodieux lui donna des frissons. N'importe quel autre homme aurait dit de Jennifer Turner qu'elle était belle à mourir, mais il pouvait en dire autant de sa voix.

— Oui. C'est déjà le cas du torrent à la surface, et le ruissellement jusqu'ici purifie l'eau davantage encore. La pierre qu'elle traverse est poreuse.

— Vous ne m'avez pas dit ce que vous aviez dans vos poches, lui lança-t-elle un peu plus tard.

Il s'interrompit en percevant un tremblement dans la voix de la jeune femme. Il pensa à un enfant dans une pièce obscure, qui avait besoin d'entendre la voix d'un adulte. Quelque chose qui semblait en rapport avec la situation présente et avec la vedette de cinéma Jennifer Turner lui revint en mémoire.

Ses souvenirs resurgirent en un instant. Il s'arrêta, les sourcils froncés d'inquiétude, avant de reprendre sa collecte de vieilles planches et de brindilles.

— Une trousse de premiers secours, mon portefeuille, un couteau, un sachet de M&M's entamé, un briquet, le talon d'un vieux billet d'avion, un rifloir, des gants et la clé de ma cabane de jardin.

Le rire étranglé de la jeune femme lui révéla qu'elle était en train de s'abreuver à la cascade.

— Vous êtes sûr de ne rien oublier ? C'est quoi, un rifloir ?

— Un outil de sculpture, répondit-il en se dirigeant vers le centre de la cave avec une pleine brassée de planches.

— Vous êtes sculpteur ? fit-elle d'une voix qui semblait à présent plus proche.

Il confirma.

— Je m'adonne à cet art pendant mon temps libre. J'ai pris quelques congés pour terminer des pièces destinées à une exposition dans une petite galerie de Saint Louis. Ne vous approchez pas de cette pile de débris, c'est bien compris ? la prévint-il en dégageant un carré au sol pour préparer le feu.

— Pourquoi ?

— Elle supporte une pression considérable. J'ai peur qu'un nouvel effondrement se produise.

— Comment pouvez-vous le savoir ?

— En le touchant.

— C'est vraiment dangereux ?

— Pas si vous restez à l'écart.

Elle s'était assise près de l'emplacement où il avait disposé le bois pour le feu. Il sentait son regard sur lui, comme un picotement sur sa nuque. Son érection persistait toujours, bien qu'elle eût un peu diminué. Il était très ennuyé de savoir qu'elle distinguait probablement le renflement sous son jean, mais il ne pouvait rien y faire. Pour que la fumée s'évacue, il devait allumer le feu à la verticale du trou situé au-dessus d'eux et ne pouvait donc échapper à la lumière du jour déclinant.

— J'imagine que vous n'avez pas l'intention de l'allumer avant la tombée de la nuit, dit-elle une fois qu'il eut terminé de préparer le bois et se fut assis à quelques pas d'elle.

— Nous n'en avons pas besoin maintenant. Vous n'avez pas froid, n'est-ce pas ?

— Non. Pas du tout.

— L'atmosphère va se rafraîchir très vite après le crépuscule. J'allumerai le feu à ce moment.

Elle resta silencieuse, mais il percevait l'angoisse que ses paroles suscitaient en elle. Il prit une lente inspiration.

— Je ferais mieux de vous prévenir tout de suite – je ne serai pas en mesure d'entretenir le foyer très longtemps. Notre réserve de matériaux inflammables est très limitée. Je le laisserai brûler jusqu'à ce que vous soyez endormie, mais il faudra que je l'éteigne très vite après ça.

— Il doit être à peu près dix-huit heures, murmura-t-elle après un lourd silence.

— Oui. Il nous reste environ une heure de soleil…

Il s'interrompit. Il avait envie de continuer à parler, mais quelque chose l'en empêcha. Depuis quand était-il redevenu un adolescent timide ?

Depuis que tu es enfermé dans un trou avec l'un de tes fantasmes devenu réalité, songea-t-il avec ironie.

— Personne ne vient jamais vous rendre visite chez vous ? reprit-elle au bout d'un moment.

— Si. Sherona. Mais elle ne passe que les jeudis. Elle ne se rendra pas compte de mon absence avant trois jours.

Il entendit son soupir de déception.

— Qui est Sherona ? fit-elle enfin.

— Sherona Legion. Elle habite en ville. C'est la propriétaire du *diner*. Je la paie pour me livrer mes commissions.

— Vous ne vous sentez pas trop seul, isolé au milieu des collines ?

— C'est agréable de se retirer du monde pour deux semaines. Et puis, j'ai Enzo.

Il fit la moue en entendant son doux rire.

— Enzo est un chien.

— Il est de meilleure compagnie que beaucoup d'humains de ma connaissance.

— Oh, vraiment ? J'en suis désolée.

Il se renfrogna. Elle n'avait pas parlé d'un ton apitoyé, mais lui-même se trouvait pathétique.

— Vous êtes marié ? reprit-elle.

— Vous avez encore beaucoup de questions comme ça en réserve ?

— Qu'est-ce qu'on peut bien faire, à part parler ?

Cette question resta un instant suspendue dans l'air frais et humide.

— Je suis divorcé. Ça fera deux ans cet été.

— Des enfants ?

Il secoua la tête.

— Nous n'avons été mariés que trois ans.

— Oh... C'est court. Comment ça se fait ?

Il faillit lui répondre que ce n'étaient pas ses oignons, mais il se ravisa. Quelque chose, dans le ton simple de sa question, le désarmait.

— Nous n'aurions probablement pas dû essayer de travailler ensemble.

— Votre ex-femme est chiropracteur, elle aussi ?

— Non. Elle est chirurgienne orthopédique. Nous avions monté un cabinet pluridisciplinaire. C'est une grosse erreur de vouloir travailler avec son conjoint. Nous passions trop de temps ensemble. Le mystère a fini par disparaître, je suppose.

— Pour vous ?

— Non, répondit-il entre ses dents serrées. Pour elle. Elle est tombée amoureuse de l'un de ses patients. Il avait un genou sacrément amoché, mais des yeux en parfait état de marche.

— Je suis désolée. Je n'avais pas l'intention de me montrer indiscrète.

Il poussa un profond soupir. Il était surpris d'avoir réussi à le dire. Adèle était tombée amoureuse de lui alors qu'il était déjà aveugle, mais ça ne signifiait pas qu'elle avait compris tout ce que sa condition impliquait dans la réalité. Elle avait fini par apprendre à ses dépens que même si John surmontait presque entièrement sa gêne dans la vie courante, quand il s'agissait d'être un véritable époux – de la protéger – il était bel et bien handicapé. Il n'aimait pas rappeler ce fait, parce que cela lui donnait l'impression de s'apitoyer sur son sort. Pourtant, ce qu'il venait de dire à Jennifer n'était que la stricte vérité.

Les vérités sont parfois plus faciles à avouer à des étrangers qu'à des amis.

— Ne vous en faites pas. Ça n'a pas d'importance.

— Vous me disiez que le chalet vous avait été légué par votre père… Il est décédé ? l'interrogea-t-elle d'un ton tranquille au bout d'un moment.

— Oui. Ça fait à peu près cinq ans. Adèle – mon ex-femme – n'aimait pas venir ici. C'est un pays plutôt rude. La seule ville proche est Vulture Canyon, et ce n'est pas exactement un centre d'attraction culturel.

— Alors, vous avez décidé de céder à votre envie de retraite artistique au milieu des bois, murmura la jeune femme d'une voix douce et rauque qui fit naître une vague de frissons sur la peau de John. (Il pouvait l'entendre sourire et ressentit soudain l'envie d'effleurer ses lèvres sous ses doigts.) Il y a quelques avantages à être divorcé, je suppose, ajouta-t-elle.

— Oui. En effet.

Ils discutèrent encore pendant une heure. Jennifer était de plus en plus satisfaite d'avoir pour compagnon un homme aussi expérimenté et vif d'esprit, mais son anxiété grandissait également à mesure que le soleil faiblissait et que les ténèbres s'étendaient dans la grotte.

— Je ferais peut-être bien de vérifier de nouveau l'état du réseau sur mon portable, fit-elle.

— Si vous voulez.

Le ton neutre qu'il avait employé était une façon de lui signifier qu'il ne partageait pas ses espoirs. Elle se leva tout de même et tira son téléphone de sa poche.

— Au fait, l'interpella-t-il, j'ai décidé que ce coin sombre serait les toilettes messieurs. Cet endroit-là, ajouta-t-il en désignant du doigt le coin opposé, sera les toilettes dames.

Elle gloussa.

— Au moins, je n'aurai pas à m'embêter avec une file d'attente. (Elle contempla fixement l'écran du portable.) Rien… Je devrais peut-être faire de nouveau le tour de la caverne pour voir si ça capte quelque part.

Elle fit un pas vers les ténèbres qui avaient envahi la périphérie de la grotte. D'une certaine façon, l'obscurité ressemblait à une créature vivante, qui les menaçait impitoyablement, une force maligne capable de les dévorer tout entiers. Elle jeta un coup d'œil à John, derrière elle. Il était assis sur le sol, figé dans une immobilité totale, son regard aveugle dirigé vers elle. Elle avait l'impression qu'il attendait qu'elle bouge.

Elle retint son souffle et plongea dans la pénombre. La sensation même était différente. L'atmosphère noire et humide semblait imprégner sa peau et ses poumons. Elle vérifia hâtivement son téléphone. La luminosité de l'écran semblait s'être affaiblie. Les ténèbres étaient de plus en plus épaisses, absorbant la faible lueur de l'appareil. Elles pénétraient dans ses poumons… s'infiltraient à l'intérieur. La jeune femme se rua vers la lumière comme un nageur en apnée vers la surface de l'eau.

Elle aspira l'air à grandes goulées quand elle retrouva la zone éclairée par la lueur rosée du soleil couchant. Une sensation d'oppression comprimait toujours sa poitrine. Elle n'arrivait pas à reprendre sa respiration.

Dieux du Ciel, ne m'abandonnez pas ici dans le noir !

À quel moment John s'était-il levé ? Pourquoi s'avançait-il vers elle avec cette expression étrange et tendue sur le visage ?

— Ça va aller. Calmez-vous. L'obscurité est semblable à celle que vous avez devant les yeux quand vous fermez les paupières. Fermez-les. Je suis là.

Une sueur froide était apparue sur la peau de Jennifer. Elle tremblait de façon incontrôlable. Peu à peu, elle prit conscience qu'elle respirait l'odeur boisée et propre de John. Elle posa sa joue sur ses pectoraux tandis qu'il plaçait les mains autour de ses épaules. Son odeur et la sensation de son corps si solide l'empêchaient de céder à la panique. Elle enfouit son visage contre son torse et se mit à sangloter contre sa chemise. Les larmes s'échappèrent de ses paupières serrées et se mirent à couler sur ses joues.

Elle eut l'impression qu'un léger sursaut le traversait.

— Chuuut... Ça va aller, fit-il en lui caressant les cheveux avec une délicatesse étonnante pour un homme si massif.

Les minutes passèrent trop vite pendant qu'il l'étreignait et lui chuchotait des paroles de réconfort.

Elle inhalait son odeur, laissant son parfum l'envahir et la calmer. Lentement, ses battements de cœur passèrent d'un rythme frénétique à un martèlement sourd plus espacé. Elle demeura immobile, et une sensation presque sensuelle prit peu à peu le pas sur son sentiment de panique. La nature de leur étreinte s'était modifiée. Elle colla son corps au sien et le sentit se crisper. Lorsqu'elle constata que son membre se durcissait à travers son pantalon, une vague de triomphe enfla dans sa poitrine.

Elle releva le visage et se haussa sur la pointe des pieds. C'était peut-être de la folie, peut-être quelque chose qui venait seulement d'elle, mais elle aurait fait n'importe quoi pour échapper à ce cauchemar. John représentait une échappatoire à sa terreur. Elle garda les yeux fermés, comme il le lui avait demandé, mais elle se représenta mentalement ses iris d'un bleu intense, sa mâchoire carrée, ses lèvres charnues…

Lorsqu'elle l'embrassa, elle sentit un frisson le parcourir. Elle se mit à jouer avec sa lèvre inférieure, la mordillant entre les siennes, mais à son plus grand dépit, il ne répondit pas tout de suite à son baiser. Il avait baissé la tête pour mieux recevoir ses caresses, mais en dehors de cela, il avait l'air hésitant. Elle glissa l'extrémité de sa langue entre la jointure de ses lèvres, découvrant avec ravissement le goût de sa bouche. Elle sentit le sexe de John se dresser contre son ventre, mais il appliqua en même temps une légère pression sur ses épaules, comme pour la repousser.

— Non, Jennifer.

— Si, murmura-t-elle en se collant de nouveau contre lui et en dévorant son menton de baisers fiévreux.

— Vous êtes terrifiée. Vous ne savez pas ce que vous faites.

— Je sais très bien ce que je fais, souffla-t-elle contre son oreille. Ne m'obligez pas à vous supplier, John. Ça pourrait m'aider. Vous pourriez m'aider à traverser tout ça. Je vous en prie…

Elle gardait les yeux clos, comme en équilibre sur un fil, consciente du doute et de l'excitation qui se mêlaient en John. Il ne pouvait pas comprendre la terreur absolue que lui inspiraient les ténèbres, et elle était trop bouleversée pour le lui expliquer.

— Je ne veux pas profiter de vous, fit-il d'une voix crispée.

— Ce n'est pas le cas. Nous sommes tous les deux adultes et consentants. Je vous trouve très séduisant. Si je ne vous attire pas, bien sûr....

— Ne soyez pas ridicule, la coupa-t-il d'un ton bourru.

Elle retint son souffle.

— Vous êtes sûre ? reprit-il après un long silence.

— Totalement sûre.

— Très bien.

Il l'attira contre lui et s'empara de sa bouche, plongeant sa langue entre ses lèvres avec tant d'ardeur qu'elle eut l'impression de fondre. À travers son extase, elle songea qu'elle savait précisément ce qu'elle faisait, avant d'être emportée par une déferlante de désir.

Il possédait un sens aigu des odeurs et des goûts. Il lui était arrivé de rejeter des femmes simplement parce qu'il n'appréciait pas leur parfum. Les hommes bien voyants disaient quelque chose de similaire sur la façon dont une femme les regardait, mais John ne s'intéressait qu'aux senteurs, aux goûts et au toucher.

Jennifer avait un goût d'eau claire avec juste une légère touche de saveur sucrée ; quelque chose qui lui rappelait les framboises. Avec une bouche aussi exquise, il savait que sa peau se révélerait elle aussi délicieuse. Quant à sa féminité, elle devait renfermer un nectar enivrant. Il s'abreuva de cette saveur, explorant de la langue sa bouche chaude et humide. À l'intérieur de son jean, son membre était particulièrement rigide. Jennifer produisait sur lui un effet des plus primaires, et il aimait ça.

Il fit courir ses mains le long de ses flancs, explorant ses formes avec plus d'audace qu'il ne l'avait fait pendant le massage, suivant la courbe de sa taille, de ses hanches et de ses fesses. Le corps des femmes représentait pour lui une sorte de miracle – la façon dont elles réagissaient au contact de ses mains, dont leur chair semblait fondre sous ses paumes, dont elles soupiraient en réponse à ses caresses. Jennifer était petite et délicate, et lui, grand et robuste ; mais c'était comme si elle avait été faite sur mesure pour ses mains.

Il enfonça les doigts dans la chair de ses fesses et la souleva, cherchant le contact de son sexe au plus proche du sien. Les pieds de la jeune femme quittèrent le sol et elle enveloppa ses jambes autour de lui. Une vague de plaisir envahit John tout entier quand il sentit la chaleur de sa peau à travers son jean. Peut-être éprouvait-elle quelque chose de similaire, car elle commença à déboutonner fébrilement sa chemise.

Après quelques boutons, cependant, elle abandonna et tendit la main vers sa ceinture à lui. Il la reposa au sol pour lui donner plus de liberté de manœuvre. En matière d'ébats sexuels, il aimait d'ordinaire être celui qui menait la danse, mais sa virilité érigée semblait se contrefichait de la manière dont il allait arriver jusqu'à Jennifer, tant qu'il y arrivait. Elle défit à la hâte le bouton de sa braguette. Il était quelque peu estomaqué par son enthousiasme, mais bien trop excité pour protester.

Il aida la jeune femme à repousser son pantalon jusqu'en haut de ses cuisses, mais se figea quand elle se mit à genoux.

— Non. Je voudrais que ce soit moi qui te fasse oublier, fit-il d'un ton rauque.

— C'est comme ça que je vais oublier tout le reste…

Il se redressa lentement tandis qu'elle glissait les doigts sous son boxer. Son membre était si dur qu'elle fut obligée de tirer sur l'élastique pour faire passer le sous-vêtement au-dessus de son membre et de ses testicules. Lorsqu'elle réussit enfin à faire descendre la pièce d'étoffe, son sexe se retrouva dressé en position oblique et si sensible que John eut l'impression de percevoir jusqu'au glissement de l'air.

Un frisson le parcourut quand la jeune femme prit l'extrémité de son gland entre ses lèvres chaudes. Elle avait saisi la base de son érection entre ses doigts et effectuait de lents allers-retours de la main tout en léchant longuement la couronne de son membre.

— C'est ça… Apprends à connaître mon sexe… Apprends-le bien, murmura-t-il.

Elle pressa plus fort avec sa langue en suivant ses instructions, explorant la crête de son gland, titillant l'ourlet de chair qui bordait le fuseau érigé. John lâcha un son étranglé et saisit la tête de la jeune femme entre ses mains. Entre ses doigts, ses cheveux étaient lisses et légers. Il imprima une très légère pression, et elle le prit davantage en bouche.

Doucement, il se mit à balancer les hanches en rythme, savourant la douceur des lèvres de Jennifer pendant qu'elle s'accoutumait à la largeur de sa hampe. L'univers sembla se rétracter autour de lui, se réduire aux sensations de son membre enveloppé par la bouche chaude et avide de la jeune femme. Une part de lui ne croyait toujours pas que c'était en train d'arriver – que Jennifer Turner était en train de lui faire une fellation. Une autre part, plus importante, était trop submergée de plaisir pour se soucier de savoir si tout cela arrivait réellement, ou si ce n'était que le fruit de son imagination.

Elle inclina la tête et l'absorba de plusieurs centimètres supplémentaires, faisant glisser avec lenteur l'anneau de ses lèvres du gland vers la base de son sexe, avant de se retirer et de recommencer en avançant encore plus loin.

Ahhhh. Seigneur ! Cette fille sait vraiment y faire.

Comme elle semblait si experte, il lui abandonna le contrôle pendant quelques instants et se laissa aller à l'extase. Elle le suçait avec précision et fermeté, utilisant à merveille ses mains et sa bouche pour produire l'effet escompté – et pourtant, il n'y avait rien de mécanique dans ses mouvements. Il n'avait jamais connu de femme si enthousiaste en la matière. Sentir ses lèvres le long de son sexe pulsant, ses mains autour de ses testicules et de ses fesses, faisait monter en lui un désir primal presque irrépressible. D'avant en arrière, d'avant en arrière, peu à peu, elle l'absorbait de plus en plus profondément. Ses lèvres qui épousaient la forme de son membre comme un fourreau étroit le forçaient à serrer les dents pour garder le contrôle. Un frisson d'excitation et de plaisir parcourait sa colonne vertébrale chaque fois que la langue de Jennifer caressait le point sensible situé sous le gland.

— Si tu ne veux pas que je jouisse dans ta bouche, tu ferais mieux d'arrêter, grommela-t-il au bout d'un moment.

Elle répondit de façon parfaitement claire en inclinant la tête en avant pour le sucer avec encore plus d'énergie. Il lâcha un juron entre ses dents et ôta l'une des mains de la tête de la jeune femme pour saisir la base de son membre et s'extraire de la bouche de Jennifer. Elle le serrait si fort qu'en se retirant, son pénis produisit un son humide.

— Accorde-moi le plaisir de t'en donner, souffla-t-il d'une voix rauque.

Il entendit la respiration haletante de la jeune femme, sentit son souffle chaud contre sa peau humide. Percevoir son excitation le fit bander encore davantage. À présent, elle n'avait plus peur et toute panique l'avait abandonnée.

Il lâcha son sexe turgescent et passa les doigts sur les lèvres pulpeuses et gonflées de Jennifer.

— Tu es magnifique, fit-il.

— Merci.

Il avait senti ses lèvres articuler ce mot, mais aucun son n'était sorti de sa gorge.

— Est-ce que tu prends du plaisir en m'en donnant ?

— Oui, articula-t-elle contre ses doigts caressants.

— Bien.

Il joignit trois de ses doigts et les introduisit dans sa bouche. Elle était tiède et veloutée. Sans lui laisser le temps de le caresser, il retira ses doigts et guida son sexe entre ses lèvres en lui tenant fermement la tête.

— Est-ce que tu as déjà laissé un homme aller et venir à son gré jusqu'au fond de ta gorge ?

Elle marmonna quelque chose qu'il interpréta comme un « non » perplexe.

— Je ne le ferai pas, si tu n'as pas envie.

Elle produisit un nouveau petit son désespéré et hocha la tête, ce qui fit osciller de bas en haut l'érection de John.

— Alors, tu dois me laisser le contrôle total. Ne t'inquiète pas, je ne te ferai pas mal. Je n'irai que là où tu peux aller. D'accord ?

De nouveau, elle hocha la tête. Il posa les mains sur son crâne et la pénétra lentement, savourant le glissement de sa langue contre la partie inférieure de son sexe. Elle reprit son mouvement de succion régulier, et il se mit à bouger les hanches d'avant en arrière, de quelques centimètres chaque fois, en maintenant la jeune femme par la nuque tout en lui caressant les cheveux. Au bout de quelques instants, il sentit un frisson la traverser et s'interrompit.

— Tu veux que j'arrête ?

Elle répondit en secouant brièvement la tête.

Il sourit, conscient que le frisson qu'il avait perçu en elle était un frisson d'excitation. Il recommença son mouvement de va-et-vient, laissant la sensation de pression le mener au bord d'un orgasme volcanique. À travers un brouillard de plaisir, il se rendit compte qu'elle s'efforçait d'échapper à l'étau de ses mains sur sa nuque pour le prendre encore plus profondément.

— Tu en veux plus ? demanda-t-il d'une voix calme tout en raffermissant sa prise pour lui faire comprendre que c'était lui qui garderait le contrôle.

Elle opina.

Il fléchit les hanches et poussa un grognement de plaisir quand l'extrémité de sa hampe s'enfonça dans l'anneau étroit de sa gorge. Elle eut un réflexe de haut-le-cœur et il se retira aussitôt, la laissant déglutir. Elle pencha la tête comme pour tenter de se libérer et le prit à nouveau, le suçant si fort qu'il faillit se répandre en elle.

Dieu du Ciel... Cette femme savait mettre un homme à la torture.

Il était allé bien trop loin pour pouvoir s'arrêter. Il relâcha sa prise douce mais ferme sur les cheveux de la jeune femme et lui laissa libre cours. Elle l'avala avec tant de passion qu'il laissa échapper un cri de surprise et d'extase. Tous les muscles de son corps se contractèrent lorsqu'elle le prit jusqu'au fond de sa gorge, et il sentit un picotement familier envahir ses testicules.

Il gémit à travers ses dents serrées au moment où il se répandait sur la langue de la jeune femme ; cette sensation ressemblait à une décharge électrique de plaisir absolu. Elle le suça encore et encore, et il s'abandonna totalement à elle, se demandant si son orgasme prendrait fin un jour.

Quand le tsunami de plaisir finit enfin par refluer, un peu plus tard, il ôta son sexe de la bouche de la jeune femme. Elle déposa un chaste baiser sur l'extrémité, et il sentit l'afflux du désir renaître à nouveau dans ses veines.

3

La couronne du sexe de John était ferme et humide sous ses lèvres. Il avait un pénis magnifique – non seulement de taille supérieure à la moyenne, mais aussi superbement dessiné, avec une hampe droite et épaisse, des testicules fermes et un gland d'un rose intense qui faisait saliver Jennifer. Elle brûlait d'envie de le prendre à nouveau en bouche.

Lorsqu'elle rouvrit les yeux, elle se rendit compte avec un sursaut de surprise qu'il régnait une obscurité absolue dans la fondrière. Le soleil avait enfin fini par se coucher, et si elle savait à présent que John Corcoran possédait un sexe magnifique, c'était seulement parce qu'elle lui avait fait une fellation. Ses narines connaissaient maintenant son odeur, elle avait senti son goût sur sa bouche et elle avait aimé découvrir tout cela.

Mais à présent, elle était aveugle, aussi aveugle que John.

Elle entendit une sorte de grognement au-dessus de sa tête et tressaillit. En se tenant aux hanches de John pour garder l'équilibre, elle se releva lentement.

— C'est juste Enzo, fit-il d'un ton bourru.
— Ton chien ? Il est toujours là-haut ? demanda-t-elle d'une voix rendue rauque par le contact prolongé du membre de John avec ses cordes vocales. Elle se figea quand il leva la main pour lui caresser la gorge, comme s'il percevait son inconfort.
— Oui.
— Comment... comment peux-tu savoir que c'est Enzo et pas un autre animal ?
— Parce que c'est mon chien, murmura-t-il avec une pointe d'amusement dans la voix. Tu crois que je ne suis pas capable de reconnaître mon propre chien ?
Elle essaya de discerner la forme de son visage au milieu des ténèbres, mais elle n'y voyait pas plus que si quelqu'un lui avait bandé les yeux. La nausée lui remua l'estomac.
— Je n'en sais rien. Moi, je suis incapable de reconnaître quoi que ce soit. Il fait trop noir...
La peur et la détresse qui montaient en elle refluèrent un peu quand John posa la main sur sa nuque pour la masser doucement.
— Alors, garde les yeux fermés, souffla-t-il tout contre son cou. L'obscurité renferme un monde immense, et ce peut être un lieu paisible. Tu veux que je te montre ?
— Oui, murmura-t-elle, subjuguée par les baisers qu'il faisait pleuvoir sur ses tempes et ses cheveux.
Il plaça ses lèvres chaudes contre l'ouverture de son oreille qu'il baisa avec tendresse. La jeune femme sentit un frisson de plaisir la parcourir. Elle posa la main sur le torse de John, puis se pendit à son cou.

— Montre-moi, John. S'il te plaît.

Il bougea à côté d'elle, et elle sentit qu'il remontait ses sous-vêtements et son jean d'un geste machinal. Puis, il fit glisser sa main contre le bas de son dos et l'attira contre lui tout en lui soulevant le menton avec son autre main.

Quand il s'empara de ses lèvres, les ténèbres tant redoutées semblèrent se disperser loin d'elle comme un essaim de mouches affolées.

Elle gémit sous sa bouche. Quelque chose en elle reconnaissait le goût du sexe, de la puissance et de la virilité. Elle lui rendit son baiser instinctivement, s'abandonnant au désir comme à un oubli miséricordieux…

… et sûr.

John l'embrassait avec passion, mais aussi avec finesse et subtilité, jouant du contact de leurs lèvres, exploitant les zones les plus érogènes du corps humain pour la caresser, l'exciter, la cajoler. Jennifer sentit son clitoris la picoter. Ce n'était pas juste un baiser : c'était du sexe, pur et simple. Leurs corps lovés, pressés, intriqués ; leurs deux saveurs mêlées, bouche contre bouche, langue contre langue. La douce bataille du plaisir, délicieusement perdue, puis glorieusement gagnée… Elle aurait tant aimé le faire succomber à cette guerre, s'il n'en avait pas été l'initiateur et le maître. L'extase était telle qu'elle perdit peu à peu la notion du temps et de l'espace.

Il brisa enfin leur baiser et s'étendit à côté d'elle, le visage enfoui dans ses cheveux, de sorte qu'elle entendait sa respiration légèrement accélérée.

— Bon sang… Où as-tu appris à embrasser comme ça ?

— Et toi ? chuchota-t-il tandis qu'elle commençait à défaire les boutons de sa chemise, cherchant avec avidité le contact de sa peau.

Le petit rire de John mourut lorsqu'elle posa les lèvres sur son torse nu. Elle poussa un gémissement alangui en découvrant la sensation de sa peau chaude recouverte de poils bouclés contre sa bouche et ses narines. Elle en était arrivée à détester les torses rasés à la mode d'Hollywood. Jennifer avait envie d'un homme qui ne prête aucune attention aux miroirs, au lieu de se pomponner pour leurs rendez-vous comme elle le faisait elle-même.

John engloba ses fesses dans ses paumes et se mit à les caresser pendant quelle continuait d'explorer son poitrail de sa bouche.

Elle trouva un téton et le lécha délicatement, appréciant de le sentir durcir sous le bout de sa langue. Elle prit le temps de détailler la forme des petites pointes de chair. Il laissa échapper un soupir de plaisir et raffermit sa prise sur son postérieur, l'attirant plus près de lui. Elle enfouit le visage contre ses muscles durs. Le contact des poils de sa poitrine lui plaisait tant qu'elle en saisit quelques-uns entre ses dents et tira légèrement. Elle sursauta en sentant une claque sonore s'abattre sur ses fesses.

De plus en plus excitée, Jennifer ne bougea pas. Elle avait l'impression d'être redevenue une collégienne effarouchée, au lieu de la femme expérimentée et brillante qu'elle était. Le petit rire rauque que John poussa dans les ténèbres lui parut à la fois délicieux… et dangereux.

Il brisa soudainement leur étreinte.

— Ne t'inquiète pas, murmura-t-il lorsqu'elle laissa échapper un petit cri de protestation.

Il garda sa main dans la sienne pour la rassurer dans l'obscurité, et elle le sentit s'agiter tout à côté d'elle.

— Qu'est-ce que tu fais ?

— J'étends mon manteau sur la partie du sol la moins dure, juste sous le trou. Viens par là.

Il l'aida à s'étendre sur le manteau, et elle entendit le bruit de ses chaussures sur le sol mou. Lorsqu'elle tendit les mains pour le trouver, elle comprit qu'il s'était agenouillé près d'elle.

— Allonge-toi.

Jennifer suivit ses instructions, soulagée de constater que le vêtement était relativement large – c'était logique, vu l'imposante carrure de John. Quand il se mit à défaire les lacets des chaussures de la jeune femme, elle se redressa pour l'aider, mais il l'arrêta en lui saisissant le poignet.

— Allonge-toi, répéta-t-il. J'ai trop envie de te déshabiller.

Elle se laissa aller en arrière. Elle n'aimait pas le sentir loin d'elle. Elle n'aimait pas regarder le vide obscur. L'angoisse recommença à lui nouer la gorge.

— Ferme les yeux, dit-il en lui retirant une chaussure.

La jeune femme serra les paupières. Comment avait-il su que la panique menaçait de la submerger à nouveau ? Avait-il perçu une altération dans la façon dont elle respirait ? L'avait-il senti à travers la crispation de ses muscles ? Elle scruta les points lumineux sous ses paupières en écoutant son pouls battre à ses tempes.

Quand le manteau bougea soudain, elle se rendit compte que John s'était penché au-dessus d'elle ; il posa une main sur sa joue droite.

— Oohhh... gémit-elle en tremblant quand il introduisit les doigts dans le creux de ses cuisses et se mit à caresser son sexe à travers son jean.

Au début, cela lui sembla ridicule – pourquoi ne déboutonnait-il pas son pantalon pour la caresser ? Mais elle ne mit pas longtemps à deviner qu'il savait exactement ce qu'il faisait. C'était bon. Elle gémit à nouveau et cambra les hanches pour coller son entrejambe contre sa main.

— Quand j'avais seize ans, l'entendit-elle souffler à quelques centimètres de son visage, j'avais une petite amie qui refusait de me laisser défaire le moindre bouton de son chemisier, sans parler de la déshabiller. Elle disait qu'elle voulait se préserver pour le mariage ; qu'on pouvait se peloter, mais qu'il ne fallait pas que j'espère davantage. Sa définition du « pelotage » était assez intéressante. Ça ne lui posait aucun problème que je la fasse jouir tant qu'elle restait entièrement habillée et elle avait l'amabilité de me rendre la pareille. Mon père a cru cet été-là que j'avais atteint un nouveau stade de maturité, parce que j'insistais pour laver mon linge moi-même. En réalité, j'essayais juste de faire disparaître les traces de sperme à l'intérieur de mes jeans.

Jennifer lâcha un petit gloussement d'excitation et de rire mêlés.

— Tu es passé maître dans l'art de la stimulation tout habillée, dit-elle en arquant les hanches contre sa main. Mais je ne suis pas aussi collet monté que ton ancienne petite amie. Laisse-moi t'enlever ton pantalon.

— Tout vient à point à qui sait attendre, murmura-t-il. Je veux que tu sois le plus détendue possible avant que je t'enlève tes vêtements. De plus… j'ai l'intention de te découvrir de bien des manières différentes. Te caresser à travers ton jean me donne encore plus envie de te toucher et de te lécher.

Elle lâcha un soupir de frustration et de plaisir mêlés.

— Hmm, qu'est-ce que c'est bon… laissa-t-elle échapper entre ses dents serrées, la nuque collée contre le sol.

Pendant qu'elle murmurait ces mots, il avait introduit son long et puissant majeur sous la braguette de son vêtement. Il glissa par-dessus sa culotte et trouva son clitoris, qu'il caressa d'un mouvement doux mais redoutablement efficace. Jennifer serra les muscles des fesses et cambra une nouvelle fois le bassin pour mieux s'offrir à lui.

— Je sens la forme de tes lèvres intimes… fit-il quelques secondes plus tard, d'une voix rauque et haletante. Je sens ta chaleur… je sens que tu mouilles à travers le tissu. Tu es en train de tremper ton jean, chérie !

— John… gémit-elle désespérément en se redressant pour le toucher – elle savait que son torse se trouvait juste au-dessus d'elle.

Elle referma les mains autour de ses épaules et tenta de l'attirer à elle. Il retira les doigts de son entrejambe.

— Garde les bras étendus. Je ne veux pas que tu me distraies.

Elle laissa retomber les bras le long de ses flancs, frustrée.

— C'est bien, marmonna-t-il en recommençant à la caresser à travers sa culotte.

Cette fois, il glissa très rapidement les doigts sous son jean et pressa son clitoris comme sur un bouton de plaisir.

— Oh… Si tu continues, je crois que je vais jouir, s'étrangla-t-elle.

Il reprit ses caresses, cette fois plus vivement.

— Parfait. Je veux que tu jouisses dans ton jean, fit-il au-dessus d'elle, un sourire dans la voix.

L'orgasme la submergea. Il continua à caresser sa chair vibrante, lui arrachant jusqu'au dernier frémissement et gémissement de plaisir.

Elle poussa un long soupir, et se laissa retomber sur le manteau de John.

— C'était si bon… souffla-t-elle, presque incrédule.

Comment avait-elle pu prendre autant de plaisir, juste en laissant un homme la toucher à travers son pantalon ?

— Ce n'est que le début.

Elle rouvrit les yeux, mais elle ne se rendit pas compte de l'obscurité qui inondait sa vision. Elle était trop obnubilée par les mains de John, qui avait entrepris de la déshabiller.

En caressant Jennifer, il avait découvert son odeur. Le parfum de son sexe avait empli ses narines tandis qu'il détaillait la forme de ses lèvres intimes. Lorsqu'il avait remonté son jean sans y penser, un peu plus tôt, son membre s'était retrouvé coincé dans la partie supérieure de son boxer et il avait utilisé sa main libre pour se caresser tout en savourant les gémissements de plaisir de la jeune femme.

Lorsqu'elle s'était laissée aller près de lui, après l'orgasme, sa fragrance subtile avait envahi l'air autour d'eux. Il n'avait à présent plus qu'une envie : goûter à son miel.

Elle se redressa un peu pour l'aider à retirer sa chemise. Il sentit ses épaules et sa poitrine nue et laissa échapper un soupir de satisfaction.

— J'avais raison. Ça t'a réchauffée.

Il se tut pour savourer le contact de ses seins dans l'écrin du soutien-gorge et fit courir ses doigts le long de la douce courbe tiède.

— De la soie…

— En fait, c'est juste du coton, bredouilla-t-elle.

— Je parlais de ta peau.

Il l'entendit haleter tandis qu'il lui ôtait son soutien-gorge et caressait ses seins. Ils étaient plutôt lourds pour sa taille, et les globes emplissaient entièrement ses paumes. Quand elle s'était collée contre lui, un peu plus tôt, il s'était demandé si on lui avait posé des implants ; mais maintenant, au contact de sa peau et de ses tétons durcis, il savait que Jennifer était parfaitement réelle. Aucune chair refaite n'aurait pu avoir cette souplesse, cette fermeté ; des seins artificiels n'auraient jamais possédé des tétins aussi sensibles et réactifs.

Elle laissa échapper un hoquet d'extase.

Subjugué, il se pencha au-dessus d'elle et saisit un téton entre ses lèvres, qu'il se mit à lécher tout en caressant l'autre sein de sa main. Ils gémirent tous les deux à l'unisson. Le membre de John se durcit encore contre son bas-ventre.

Elle avait un goût de paradis.

La jeune femme passa les doigts dans ses cheveux, et il frissonna en sentant ses ongles griffer légèrement son crâne. Il prit le temps de savourer le premier téton, qu'il suça et lécha un long moment avant de passer au second. Cet exercice le mit dans un état d'excitation tel qu'il en était presque désespéré. Il la mordilla doucement, testant sa réaction.

En réponse, elle cambra le bassin.

— Oh, mon Dieu ! Refais-moi ça, je t'en prie.

Il ne s'exécuta pas aussitôt, se contentant de frôler la pointe de chair durcie avec ses dents. Il sentit les muscles de Jennifer se contracter et mordilla de nouveau la chair délicate, avant de l'apaiser avec sa langue. Elle lâcha un cri aigu.

Bon sang ! Elle était si sensible qu'il aurait pu la faire jouir simplement en la caressant ainsi.

L'expérience serait pour plus tard, songea-t-il à travers un brouillard hébété. Pour l'instant, il avait trop envie d'elle ; il brûlait d'envie de la pénétrer. Quand il posa les lèvres sur le ventre de la jeune femme, il sentit ses muscles se crisper sous l'effet du désir.

Dressé au-dessus d'elle, il commença à déboutonner le jean de Jennifer. Elle laissa échapper un gémissement fiévreux quand les doigts de John atteignirent le dernier bouton de la braguette. Il perçut sous ses doigts le tissu légèrement humide.

Il passa la main sous son jean et stimula son clitoris une dernière fois. Avant de lui retirer sa culotte, il ouvrit la paume entre ses cuisses. Elle était trempée.

Sainte Mère de Dieu ! Qu'avait-il fait pour mériter ça ?

Il ne lui fallut que deux secondes pour faire glisser le sous-vêtement de la jeune femme le long de ses jambes et la déposer sur son manteau. Ensuite, il plaça la main entre ses genoux et les fit plier tout en lui écartant les cuisses entre lesquelles il s'agenouilla, tenaillé par l'excitation. Le parfum de Jennifer lui flattait les narines, semblable à un nectar charnel. Il introduisit les doigts entre ses lèvres intimes et sentit qu'elle se tordait désespérément sur le manteau.

Enfin, il plongea l'extrémité de sa langue dans l'écrin crémeux. La jeune femme eut une sorte de hoquet et se mit à frémir avant d'enfouir les mains dans les cheveux de John.

Subjugué par son odeur, il perdit tout contrôle de lui-même. Il lui écarta encore davantage les cuisses et titilla son clitoris avec sa langue, le suçant et le léchant jusqu'à ce qu'elle pousse un cri. Elle agrippa ses cheveux, et il grimaça.

Jennifer avait beau être petite et délicate, elle devenait une véritable panthère pendant l'amour.

— John ? demanda-t-elle en tremblant alors qu'il se dressait au-dessus d'elle, frustré de renoncer un instant à goûter son exquise féminité.

Il ne répondit rien et s'avança à quatre pattes au-dessus d'elle avant de tendre la main vers le sol, à côté du manteau, à la recherche de quelque chose.

— Qu'est-ce que tu fais ?

— Je cherchais ça, fit-il une fois qu'il eut trouvé le foulard qu'elle avait retiré de son cou un peu plus tôt. Je vais t'attacher les poignets.

Il entendit la respiration de la jeune femme s'accélérer. Était-ce une réaction de peur, ou d'excitation ? Doucement, il lui caressa la joue et remonta avec son pouce jusqu'au coin de sa bouche.

— Je t'ai dit que je te prouverais que l'obscurité n'est pas toujours effrayante, n'est-ce pas ?

— Oui, chuchota-t-elle en lui embrassant les doigts.

— Tu es avec moi. Je ne laisserai rien de mal t'arriver. Fais-moi confiance, et je t'apprendrai non seulement à ne plus craindre les ténèbres... mais aussi à les apprécier.

Il attendit avec angoisse sa réponse. Il sentait encore le goût de son miel sur sa langue, comme un toxicomane privé de sa drogue, il en voulait encore. Tout de suite.

— D'accord, souffla-t-elle enfin.

Sans attendre, il lui positionna les poignets au-dessus de la tête, s'assurant que ses coudes étaient placés dans une position confortable, sur le manteau. Elle avait peut-être des contusions dues à sa chute, et il ne voulait pas qu'une mauvaise position l'oblige à se crisper, diminuant ainsi son plaisir.

— Tu es très courageuse, lui dit-il en lui liant les mains.

— Pas du tout. Même une fillette de six ans est moins trouillarde que moi dans le noir.

— Il existe bien des manières différentes de montrer du courage, murmura-t-il.

Une fois le foulard de soie noué autour des poignets de la jeune femme, il passa les avant-bras sous ses cuisses pour les écarter et posa les mains autour de ses hanches rondes et lisses.

Lorsqu'il glissa enfin le visage dans le creux de ses jambes, il ne put retenir un grognement de satisfaction. Bien sûr, c'était avant tout pour exciter la jeune femme qu'il la caressait savamment avec sa langue, mais il y prenait lui-même un grand plaisir. À mesure qu'il découvrait et stimulait de nouveaux recoins de sa féminité, elle le récompensait en poussant de légers gémissements. Il la sentait de plus en plus trempée, et son exploration se fit plus avide. Il plaqua sa bouche ouverte contre son sexe et se mit à le sucer tout en titillant le clitoris avec sa langue. Elle laissa échapper un cri aigu et arqua brusquement les hanches, mais il la maintint avec fermeté, l'obligeant à subir la déferlante de plaisir.

Un sentiment de triomphe et de désir mêlés l'envahit quand il sentit les premières convulsions de l'orgasme s'emparer d'elle. Plus rien n'existait que la sensation du corps tremblant de la jeune femme entre ses bras, le goût de son nectar sur ses lèvres, sa langue, et jusqu'au fond de sa gorge.

Il était tellement ivre d'elle qu'il enfouit de nouveau le visage entre ses cuisses pour se repaître d'elle. Tout en se redressant sur les genoux, il souleva soudain les hanches de Jennifer, qui se tortilla entre ses mains et poussa un cri d'extase.

Le fourreau de son vagin était étroit et chaud. Il fit tourner sa langue à l'intérieur, tremblant d'excitation. Il sentit l'écrin de chair se serrer et imagina les sensations divines qu'il connaîtrait quand il la pénétrerait pour de bon…

Il se mit à stimuler son clitoris, tout en imprimant des mouvements subtils à son bassin à l'aide de ses mains posées sur ses hanches. Elle se tordit contre lui comme une tigresse, mais il la maintint fermement. Ses gémissements extatiques cessèrent pendant un moment, et il sentit les muscles de son corps se crisper.

Tout à coup, elle poussa un cri et se mit à frémir.

Fouillant dans la poche arrière de son jean, il en sortit un préservatif. Des frissons incontrôlables le parcoururent à son tour quand il toucha son sexe en érection pour y dérouler l'anneau de latex. En serrant les dents, il fit descendre son boxer.

— John ?

Il grimaça en entendant le tremblement dans sa voix. La peur semblait reprendre le dessus chez elle dès qu'il ne la touchait plus.

— Je suis là, marmonna-t-il en maudissant intérieurement son pantalon.

Dans la position où il se trouvait, il n'arrivait pas à le faire descendre plus bas que ses genoux, et l'excitation le rendait fou.

— Que… Qu'est-ce que tu fais ?

— J'essaie de me débarrasser de mon jean. Malheureusement, je vais devoir faire avec, répondit-il en se rallongeant auprès d'elle et en l'enlaçant. Je ne peux pas attendre une seconde de plus avant de te pénétrer.

— Oui…

— J'ai mis un préservatif, lui dit-il se positionnant entre ses cuisses ouvertes.

— Merci, je.... oh, Dieu ! souffla-t-elle quand il introduisit l'extrémité de son membre à l'orée de sa féminité.

La chaleur de son fourreau traversait le préservatif. Sa chair l'entourait, le serrait, l'aspirait comme une bouche avide. Alors, il sentit un besoin impérieux et primitif monter en lui. Il fallait qu'il la possède, sauvagement, immédiatement. Il fit ployer les hanches de Jennifer et la pénétra pour de bon.

— Ne me résiste pas, chérie. Essaie de te détendre.

— Je ne te résiste pas, fit-elle d'une voix haletante. J'ai tellement envie de toi...

En tenant d'une main la base de son pénis, il l'explora plus profondément en donnant de subtils coups de reins. Les muscles de ses cuisses et de ses fesses avaient beau être tendus à l'extrême, il bougeait cependant à peine.

— Tu as une étroite petite chatte, marmonna-t-il.

— C'est peut-être parce que tu as un sexe exceptionnellement épais et dur...

— C'est trop ?

— Mon Dieu, non !

— Tant mieux. Parce que c'est toi qui le rends aussi dur, et que je vais devoir te prendre sauvagement.

Il ne lui laissa pas vraiment le temps de répliquer, mais la manière dont elle se cambra, arquant le bassin pour lui faciliter la tâche, était en soi une réponse. Sa hampe s'enfonça à travers la chair tiède et gonflée. Il n'en pouvait plus d'attendre, mais il s'interrompit quand même lorsqu'il entendit la jeune femme émettre un gémissement de douleur.

— Ça va aller, dit-il, essayant d'ignorer la sourde pulsation du sang le long de son érection.

Le besoin de la pénétrer plus profondément encore, cependant, était presque devenu pour lui aussi vital que celui de respirer. Il s'étendit sur son corps, en se guidant au souffle de Jennifer. Trouvant sa bouche, il l'embrassa passionnément. Elle était si délicieuse... Il lécha sa lèvre et sentit le goût de sa sueur se diluer sur sa langue.

— Chante pour moi, murmura-t-il d'une voix rauque.

— Quoi ?

— Je t'en prie. Ça me distraira et ça m'aidera à tenir plus longtemps.

Elle entonna avec hésitation un couplet de « *Love in the Moonlight* ». Sa magnifique voix au timbre très légèrement grave fit naître une vague de frissons le long du dos de John.

C'était comme de se retrouver submergé par un fantasme devenu réalité, un fantasme si parfait qu'il n'aurait jamais même osé le concevoir.

La voix douce et chantante de Jennifer était plus qu'il n'en pouvait supporter. Il plongea la langue dans sa bouche comme pour faire cesser cette délicieuse torture... et pour imposer à la jeune femme sa domination totale. Elle lui répondit en lui rendant son baiser avec fougue et en se collant désespérément contre lui, lui signifiant ainsi son accord.

Il remonta l'une de ses cuisses pour qu'elle le reçoive en elle.

— Garde le genou dans cette position, souffla-t-il tout contre ses lèvres.

Il relâcha sa cuisse et glissa la main au creux de ses jambes. Il ne pourrait supporter ce tourment ineffable beaucoup plus longtemps. Il se mit à caresser le clitoris de la jeune femme avec son pouce en décrivant de petits cercles et sentit ses muscles intimes se contracter autour de son membre.

— Oui… Comme ça ! murmura-t-il d'une voix rauque en faisant ployer le dos de la jeune femme et en la possédant jusqu'à la garde.

Enfin, il se mit à aller et venir en elle par puissants coups de reins. Quelques instants plus tard, ils furent tous les deux submergés par un tourbillon de plaisir.

Jennifer écarquilla grands les yeux en sentant le sexe de John profondément fiché en elle. Son pénis lui sembla si énorme qu'elle avait peine à croire qu'il était logé là, mais alors même qu'elle formulait cette pensée, il se mit à bouger. La friction de leurs chairs intimes lui procurait une excitation comme elle n'en avait jamais ressenti auparavant. Les coups de butoir répétés au plus profond de sa féminité l'ébranlaient, éveillant des terminaisons nerveuses qu'elle ignorait même posséder. Il plongea encore une fois en elle, brusquement, et elle laissa échapper un cri de ravissement en sentant ses testicules contre l'orée de son sexe humide, démultipliant leur plaisir à tous deux.

Elle brûlait d'envie de le toucher, de s'agripper à ses fesses dures et rondes, de l'encourager à la prendre, mais elle était attachée. Elle se mit à élever le bassin et à onduler des hanches pendant qu'il lui faisait l'amour – autour de son membre, de haut en bas, augmentant ainsi la sensation de chaleur qui envahissait peu à peu son bas-ventre. Elle entendit un grondement d'excitation et comprit qu'il appréciait cela autant qu'elle. Elle contracta les muscles de son vagin autour de lui tandis qu'il plongeait une nouvelle fois en elle, et John gémit de plaisir.

Soudain, elle sursauta. Il venait de lui donner une tape sur la fesse.

— Tu oses me provoquer avec ton adorable petite chatte ?

Le son de sa voix, mi-amusée, mi-sévère, la fit frissonner.

— Oui, chuchota-t-elle prudemment.

— Alors, tu vas devoir en subir les conséquences.

Elle écarquilla les yeux. Cet instant était si intense, si excitant, qu'elle ne se rendit même pas compte qu'elle contemplait les ténèbres.

En serrant les dents pour se contrôler, John se retira à regret du fourreau étroit de la jeune femme. Elle lâcha un gémissement de protestation, qui faisait écho à son propre inconfort.

— Chhhh… Je suis désolé, grommela-t-il en se redressant sur les genoux. Si je continue à te faire l'amour alors que tu es allongée au sol, je vais finir par te faire mal, ajouta-t-il en la saisissant par les hanches et en la retournant doucement sur le ventre. Mets-toi à genoux et cambre-toi. Garde juste les mains au-dessus de la tête.

Il l'aida à trouver son équilibre dans cette nouvelle position, jusqu'à ce que la joue de la jeune femme repose contre le tissu du manteau. Elle geignit quand il lui caressa doucement la fesse droite et se pencha pour déposer un baiser au milieu de son dos. Sa peau était très douce, et son membre douloureusement dur brûlait de la prendre à nouveau.

— C'est beaucoup mieux comme ça. J'ai l'intention de te posséder sans retenue.

Il s'enfonça brusquement en elle, d'un seul coup, et gémit de bonheur en sentant ses testicules rebondir contre l'orée de sa féminité. Elle poussa un petit cri et leva encore davantage les fesses. Implacablement, il lui maintint les hanches au sol, accélérant ses coups de reins, encore et encore, durant un long moment, rythmé par leurs gémissements de plaisir et le bruit de leurs chairs humides en contact, qui envahirent l'air autour d'eux jusqu'à ce que la caverne elle-même semble pulser à l'unisson de leur souffle. Pour John, il n'existait plus rien d'autre que le fourreau chaud et étroit de Jennifer autour de son membre durci.

Il la possédait puissamment.

— John… Oh, John ! s'exclama-t-elle avec un mélange de ferveur et d'incrédulité.

— Jouis pour moi, lui intima-t-il en lui assenant une claque sonore sur la fesse en guise d'encouragement.

Il poussa un grondement sauvage en sentant les muscles de son vagin se serrer autour de son érection.

— Ah, Seigneur… murmura-t-il, subjugué par cette sensation.

Le plaisir était si intense, si singulier, qu'il espéra que ce moment dure toujours. Il passa la main entre les jambes de la jeune femme et se mit à caresser son clitoris. Elle cria, et ses tremblements s'accentuèrent ; une nouvelle fois, il sentit ses fluides intimes inonder sa main.

Ivre de son odeur et de sa chaleur, il sut qu'il avait atteint sa limite. En lui agrippant les hanches, il accéléra le rythme de ses allées et venues. Les parois de sa féminité le tourmentaient délicieusement, tantôt étroites, tantôt élastiques. Chaque fois qu'il se retirait de quelques centimètres, elle arquait le bassin et se collait contre lui, comme pour exiger qu'il la prenne de nouveau. Il donnait à présent libre cours à son ardeur, conscient qu'il était proche de l'extase ultime.

L'orgasme explosa enfin. Il serra la jeune femme contre lui tandis que son membre se cabrait une dernière fois en elle, libérant sa semence. Le plaisir le déchira de part en part, si violent qu'il ravagea son corps et son âme.

Il cligna les paupières et remarqua que ses biceps étaient toujours terriblement crispés. Il bredouilla quelques mots d'excuse – son orgasme avait été si intense qu'il ne savait pas bien au juste combien de temps il avait maintenu la jeune femme les fesses en l'air en se répandant jusqu'à la dernière goutte. Il commença à se retirer et l'aida à se rallonger sur le ventre, réticent à l'idée d'abandonner la chaleur de sa chair.

— Non… s'il te plaît… souffla-t-elle.

Dieu, comme il aimait le son de sa voix !

— Il le faut, répondit-il en prenant entre les doigts la base de sa hampe hypersensible. J'ai rempli le préservatif. Je ne veux pas qu'il déborde.

Elle releva la tête en arrière et poussa un gémissement.

— Juste une petite seconde et je te détache, dit-il.

Après s'être libéré de la capote, il s'avança à quatre pattes au-dessus d'elle, dénoua le foulard et libéra les poignets de la jeune femme.

— Encore une seconde… murmura-t-il.

Il attrapa les affaires de Jennifer posées à côté du manteau et l'enveloppa avec son chemisier et sa veste. Alors qu'il rajustait la veste autour de son torse, elle posa la main sur son épaule.

— Viens près de moi, chuchota-t-elle.

Mais il était déjà là. Il s'allongea à son côté et l'étreignit. Elle se blottit dans ses bras alors qu'il s'efforçait de faire remonter les pans de sa veste sur sa hanche nue. Le visage enfoui dans sa chevelure, il déposa un baiser sur le sommet de son crâne. Durant une minute ou deux, ils restèrent simplement ainsi, lovés l'un contre l'autre, tandis que leurs respirations ralentissaient peu à peu.

— Je vais bientôt pouvoir allumer le feu, dit-il au bout d'un moment.

— Ça n'a pas d'importance, souffla-t-elle contre son torse. Tu as déjà réussi à me réchauffer.

Il lui embrassa de nouveau les cheveux. Ils sentaient les fleurs séchées.

— Je pense que tu apprécieras au moins la lumière, dans ce cas.

Elle enfouit le visage contre son torse, et il sentit qu'elle souriait.

— Tu as réussi aussi à éloigner les ténèbres.

4

L'étreinte de John gardait l'obscurité à distance, mais Jennifer la sentait cependant rôder autour d'elle, lentement et inexorablement. Au loin, elle entendit le hululement perçant d'une chouette, puis un petit cri indéfinissable qu'elle soupçonnait être le dernier râle d'un petit animal. Elle frissonna.

— Tu commences à avoir froid ? s'enquit John en passant la main sous sa veste et en caressant sa hanche de sa paume large et chaude.

— Non. Tu es comme un brasier.

Il eut un petit rire.

— Cet état n'est que temporaire.

Elle entendit des brindilles craquer et un gémissement juste au-dessus de l'ouverture du trou qui les surplombait, puis le bruit de quelque chose qui tombait de là-haut. Prise de panique, elle laissa échapper un petit cri de frayeur et se redressa en position assise.

— Qu'est-ce que c'était, bon sang ?

Elle sentit John s'étirer à côté d'elle.

— Ne t'inquiète pas. C'était Enzo. Il nous envoie notre dîner.

— Hein ?

— Un lapin, d'après la forme que ça a. Oui... c'est bien un lapin. Merci, Enz ! lança-t-il en direction de la surface.

Jennifer entendit un grondement sourd, et John se rassit à côté d'elle.

— Qu'est-ce que tu dirais de remettre ton jean et ton chemisier pendant que je prépare le feu et que je nous cuisine quelque chose ?

Elle resta assise, indécise, pendant quelques secondes, le temps de comprendre ce qu'il voulait dire.

— Tu sais comment dépecer et faire cuire un lapin ? lui demanda-t-elle en bataillant pour enfiler son jean dans le noir.

— Bien sûr. Je passais tous les étés ici avec mon père. Il m'a appris toutes sortes de choses sur la vie dans la forêt.

— Que faisait ton père ?

— Il était mineur. Ma mère l'a quitté car elle refusait de voir les mines l'emporter comme elles avaient emporté son frère et son père. Le premier était mort dans un effondrement de galerie en Pennsylvanie, et le second d'un cancer du poumon. Mon père n'a pas voulu déménager à Saint-Louis avec elle, et elle a refusé de rester ici dans les collines à le regarder lentement décliner.

— Quel âge avais-tu quand elle l'a quitté ? fit-elle en glissant un pied dans une jambe de son jean.

— Trois ans. Ma mère savait qu'il fallait que nous partions, de toute façon. Il n'y a aucune école pour aveugles dans cette région.

— Est-ce que tu étais en colère contre ton père ? Parce qu'il avait refusé de vous suivre à Saint-Louis ?

— Pas avant d'avoir atteint l'adolescence. Mais les ados trouvent toujours une raison d'être en colère contre quelque chose... J'ai surmonté ça assez vite. Et ça ne m'a jamais empêché de venir le voir ici tous les étés. Pas plus que d'apprécier chaque minute passée dans ces bois. Je n'aurais renoncé à ces séjours dans les collines pour rien au monde, et surtout pas à cause d'une vague rancœur d'adolescent.

Jennifer sourit.

Il y eut un silence.

— Je vais allumer le feu maintenant, trésor.

— D'accord, répondit-elle d'une voix un peu tremblante.

Elle pensait à ce qu'impliquait cette phrase : il allait devoir la laisser un petit moment assise seule dans le noir. Elle fit de son mieux pour ignorer la sensation d'oppression qui enflait peu à peu dans sa poitrine et se redressa sur les genoux. L'air de la caverne était froid sur sa peau nue. Ses tétons se durcirent tandis qu'elle cherchait à tâtons les emmanchures de sa veste.

— Alors, toi et ta mère êtes partis seuls à Saint-Louis ? reprit-elle, anxieuse d'entendre l'écho de sa propre voix pendant qu'il s'éloignait d'elle.

— On a déménagé chez ma grand-mère. C'est là que j'ai grandi. Ma mère est retournée à l'école, elle aussi. Elle a passé son diplôme d'infirmière.

D'après la localisation de sa voix, Jennifer devina qu'il se tenait debout à quelques mètres à sa droite. Elle entendit le bruit de ses chaussures sur la poussière du sol, puis un son métallique familier. Elle cligna les yeux en voyant une petite flamme apparaître au milieu des ténèbres, qui éclaira soudain l'ensemble de la caverne. John s'accroupit à côté du tas de bois qu'il avait préparé, les coudes appuyés sur les cuisses.

La jeune femme se figea, sa veste ouverte sur sa poitrine nue, et contempla, émerveillée, le spectacle qui s'offrait à elle.

La flamme gagna les feuilles mortes sous le bois, et la lumière s'amplifia encore, illuminant le visage de John d'un éclat doré. Elle savait qu'il ne pouvait pas voir les flammes, mais d'après la position de son visage, elle devina qu'il profitait de la chaleur du brasier. Il avait remonté son jean, mais sa chemise n'était boutonnée qu'à demi, révélant son torse puissant recouvert de poils sombres. Malgré elle, son regard s'aventura vers son entrejambe, et le souvenir de leurs ébats torrides submergea aussitôt son esprit.

Quand il releva les yeux vers elle, elle aurait pu jurer qu'il la voyait aussi clairement qu'elle le voyait. Levant la main, elle effleura la peau douce de ses seins ; ses doigts suivirent la courbe de ses tétons dressés. Le bois crépita, et les flammes s'élevèrent pour de bon. John hocha la tête, une expression perplexe sur le visage.

— Qu'est-ce que tu fais ? demanda-t-il.

— Je me rhabille, répondit-elle d'une voix haletante.

Lorsqu'elle pinça légèrement un tétin, elle vit les narines de John frémir.

— Qu'est-ce que tu fais vraiment ? répéta-t-il en se relevant, les paupières étrécies.

Comme s'il avait su qu'elle ne lui avait pas donné une réponse tout à fait honnête…

Une vague d'excitation monta en elle quand elle vit John s'approcher de quelques pas. La lumière du petit feu soulignait sa silhouette tandis qu'il s'immobilisait. Son ombre surplombait Jennifer.

— Je me touche les seins en te regardant.

Le soupir qu'elle poussa résonna dans la caverne. Plus loin, on percevait le bruit de la cascade. Elle vit briller les yeux de John.

— Et tu y prends du plaisir ?

— Oui, répondit-elle. Mes tétons sont particulièrement sensibles après la manière dont tu les as sucés.

— Tu les caresses en ce moment ?

— Oui, je suis en train de les pincer très légèrement.

Il se crispa tant que les doigts de la jeune femme se figèrent. Elle n'arrivait pas à déchiffrer son expression.

— Tu es déjà sortie avec un homme aveugle ?

— Non. Pourquoi est-ce que tu me demandes ça ?

Il se détourna de nouveau vers le feu. Jennifer demeura interdite. L'avait-elle choqué sans le vouloir en se livrant à ce petit jeu érotique ? Il se pencha et ramassa le lapin mort.

— Parce que tu ferais un carton dans le porno pour aveugles.

— Et ce n'est pas une bonne chose ? fit-elle d'une voix hésitante.

Il leva les yeux et se tourna vers elle.

— Si. De mon point de vue, c'est une très bonne chose. Je m'apprêtais juste à nous préparer à manger, et tu m'as distrait de ma tâche. Mais ça, j'imagine que tu le sais déjà, ajouta-t-il d'un ton pince-sans-rire.

Elle avala sa salive et entreprit de reboutonner sa veste.

— Tu ne remets pas tous tes vêtements, n'est-ce pas ?

— Non… Juste l'essentiel.

— Tant mieux. Parce que je prévois de t'en débarrasser très vite, l'entendit-elle marmonner dans sa barbe.

Elle sourit, rassurée de savoir qu'elle ne l'avait pas offensé.

— Si tu veux me rendre un service, fouille dans la poche intérieure de mon manteau et donne-moi la petite boîte qui s'y trouve, reprit-il.

Jennifer se releva et s'avança d'un pas hésitant, en chaussettes, trébuchant sur un bâton qui traînait sur le sol. Elle souleva son manteau et le secoua pour nettoyer la poussière.

— Tu parles de la trousse de premiers secours ? lança-t-elle quelques secondes plus tard en ôtant de la poche une petite boîte en plastique – heureusement, cette dernière n'avait pas été écrasée pendant qu'ils faisaient l'amour.

— Oui. Sors-en tout le contenu et pose-le à côté, en prenant garde de ne pas trop le salir. Amène-moi juste la boîte en plastique.

Elle fit ce qu'il lui demandait et retrouva ses chaussures de randonnée, qu'elle enfila sans nouer les lacets. Quelques secondes plus tard, elle tendait le récipient à John.

— Tu veux que je t'aide à le préparer ? demanda-t-elle en contemplant d'un œil dubitatif la dépouille du lapin à côté de lui.

— Tu es sûre que tu en as vraiment envie ?

— Eh bien…

— Je ne crois pas, dit-il en souriant avant de disparaître dans l'obscurité.

Elle revint s'accroupir près du feu.

— Je ne suis pas chochotte à ce point, tu sais. J'ai grandi dans les collines, moi aussi.

— Oui, dit-il d'une voix grave qui résonna contre les parois de la caverne. Au Kentucky, c'est ça ? Si je ne l'avais pas déjà lu quelque part, je l'aurais deviné à l'accent qui perce dans ta voix de temps en temps. Les médias parlent toujours de toi comme d'une bergère devenue princesse. Tu y connais quelque chose en matière de chasse ? Ou sur la façon de dépecer un animal ?

— En fait, non. En réalité, j'ai vécu dans une toute petite ville, où mon père était comptable. Mais les bois et les collines étaient à un jet de caillou de chez moi. J'allais tous les jours jouer dans la forêt avec mes amis et je connaissais beaucoup de gens qui mangeaient le produit de leur chasse.

— Oui, on trouve souvent une population très hétéroclite dans le nord du Kentucky, commenta-t-il.

Elle fut surprise qu'il n'ait pas ri en découvrant la réalité très ordinaire qui se cachait derrière le conte de fées présenté par les magazines people. Jennifer corrigeait les journalistes *ad nauseam*, mais le public était si friand d'histoires de ce type qu'elle n'avait jamais réussi à se débarrasser de cette image.

Elle resta assise pendant quelques minutes en silence. Bien qu'elle eût assuré à John que la vie en forêt lui était familière, elle ne put s'empêcher d'avoir un haut-le-cœur en songeant à ce qu'il faisait avec la dépouille du lapin. La vision d'un geyser de sang écarlate s'imposa soudain à son esprit.

— On ne pourrait pas juste manger les barres protéinées ? lança-t-elle à travers les ténèbres.

— Il vaut mieux les garder pour plus tard. Qui sait combien de temps on restera coincés ici ? Enzo ne sera peut-être pas aussi chanceux demain, et la viande ne se conservera pas longtemps.

Contemplant les flammes d'un air pensif, Jennifer se dit qu'il avait raison. Au bout d'un long silence, elle ne put s'empêcher de questionner John :

— Il existe vraiment des pornos pour aveugles ?

— Oui, répondit-il avec une légère hésitation, comme s'il était occupé à une tâche qui exigeait un effort. (Jennifer perçut un bruit d'eau au milieu des ténèbres.) Ça te surprend ?

— Non, reconnut-elle. Je me demandais juste à quoi ça pouvait ressembler.

Elle releva les yeux en entendant le rire de John. Il avait un beau rire. Elle comprenait son amusement – à quoi ressemblait le porno pour aveugles ?

— Je me suis mal exprimée. J'essayais d'imaginer ce que ça pouvait être.

— C'est entièrement auditif.

— Tu veux dire que tu écoutes des acteurs en train de faire l'amour ?

— Non… Enfin, pas exactement. Tu écoutes des acteurs qui décrivent des gens en train de faire l'amour. La voix est comme une caméra.

— Ah… marmonna-t-elle d'un ton pensif. Et tu aimes ça ?

Il ne répondit pas immédiatement, et elle perçut d'autres bruits d'éclaboussures. Un peu plus tard, il surgit de nouveau des ombres. Elle fut soulagée de constater que ses mains et ses vêtements étaient immaculés. En fait, elle ne voyait pas non plus la moindre trace du lapin, jusqu'à ce qu'elle jette un coup d'œil dans la boîte en plastique qu'il portait à la main. La viande était là, nettoyée et découpée en morceaux.

— Je suis né aveugle, dit-il en s'asseyant devant le feu en face d'elle.

Il se saisit d'une petite branche pointue et y enfila deux bouts de viande, avant de tendre la brochette au-dessus du feu.

— Quand j'avais treize ans, poursuivit-il, je me masturbais régulièrement en repensant à ma prof d'anglais en train de dire : « Il fait si chaud que mes vêtements sont humides et que ma jupe me colle aux cuisses. » Elle avait une voix magnifique, riche et profonde. Bien sûr, sa phrase en elle-même n'avait rien à voir avec le sexe, mais plutôt avec une chaude journée de septembre où la climatisation était en panne. Or, ça a suffi pour nourrir mes fantasmes pendant des années. (Il sembla réfléchir et eut un petit haussement d'épaules.) Pour être honnête, je crois que ce souvenir m'excite encore. Donc… pour répondre à ta question, oui. Le site de porno pour aveugles est enregistré parmi les favoris, sur mon ordinateur.

Jennifer éclata de rire. Elle adorait sa franchise.

— Je crois que je comprends. C'est tout à fait comparable à un gamin bien voyant de treize ans qui serait tout retourné en distinguant la petite culotte de sa prof quand le soleil rend l'étoffe de sa jupe transparente.

Il sourit.

— Tu es vraiment très... nature, murmura-t-il.

Elle lui rendit son sourire. Bien qu'il ne puisse pas la voir, elle n'avait pas l'impression que cela constituait un obstacle entre eux. Une goutte de graisse tomba dans les flammes et produisit un sifflement. John tourna la brochette. L'odeur délicieuse de la viande en train de rôtir chatouilla les narines de la jeune femme, qui sentit son estomac gargouiller.

John reprit la parole :

— Et à quel genre de rêves illicites s'adonne une adolescente de treize ans oisive et en pleine floraison ?

— Nous ne sommes pas aussi... prolifiques dans nos fantasmes que les hommes.

— Ce n'est pas une réponse. Je me fous de ce que les magazines de psychologie disent des fantasmes de l'adolescente typique. Je veux connaître les tiens.

Elle haussa les sourcils.

— Quand j'avais treize ans ? Tu plaisantes ? Tu veux que je te raconte mon obsession pour Leonardo DiCaprio ? À moins que tu juges plus intéressants mes fantasmes concernant les Backstreet Boys ?

Il fronça les sourcils à son tour.

— Si tes fantasmes mettent en scène *tous* les Backstreet Boys, alors j'ai très envie de les entendre.

Ils éclatèrent de rire à l'unisson.

— Je n'ai jamais cru au discours qui affirme que les jeunes filles n'ont pas de fantasmes sexuels, murmura-t-il au bout d'un moment. Tu n'as jamais été excitée par quelque chose d'illicite quand tu étais collégienne ? Rien qui ne te soit resté, une fois adulte ?

Elle passa la main sur sa nuque et sentit son pouls battre à ses tempes.

— Eh bien…

— Oui ?

Elle déglutit péniblement.

— Je vivais dans un coin plutôt reculé, et à l'époque, on pratiquait encore les châtiments corporels. Il est possible que j'aie été un peu… obsédée par l'idée des coups de canne, souffla-t-elle d'une voix à peine audible.

John resta immobile.

— Est-ce que tu as déjà été punie de cette manière ?

— Non. J'étais une enfant sage.

— Une enfant sage qui rêvait d'avoir été vilaine.

Elle rit.

— Crois-moi, j'aurais été terrifiée si on m'avait convoquée dans le bureau du principal, à l'époque.

— Et maintenant ?

La jeune femme hésita. Pourquoi avait-elle envie de se livrer à John ? Même du temps où elle sortait avec Everett Hughes, avec qui elle avait vécu l'une de ses relations les plus sérieuses, elle ne s'était jamais sentie aussi désinhibée qu'à présent.

— Maintenant, j'ai grandi, non ?

Elle ne parvint pas à déchiffrer son expression quand il retira la brochette du feu.

— Viens là, fit-il en tendant le bras vers elle.

Le fumet du lapin rôti embaumait la caverne. Elle s'approcha de lui et s'accroupit à son côté.

— On peut peut-être utiliser les mouchoirs que tu as mentionnés tout à l'heure. Je vais y déposer la viande chaude que tu pourras manger pendant que je ferai cuire le reste.

— Je vais t'attendre, dit-elle en tirant le paquet de mouchoirs de sa poche.

Elle prit aussi le gel désinfectant. Après s'être lavé les mains, elle déposa sur sa paume l'un des mouchoirs.

— Je suis prête.

Elle aida John à retirer les morceaux de viande fumants du bâtonnet. Il transperça aussitôt d'autres bouts et commença à les faire rôtir. L'odeur qui s'éleva mit l'eau à la bouche de Jennifer.

— Vas-y, mange, l'encouragea-t-il. Je sais que tu as faim.

Elle rit doucement. Il avait dû entendre gargouiller son estomac. Elle mordit avec délicatesse dans la chair animale. L'extérieur était croustillant, le jus étonnamment savoureux. Elle se mit à mâcher avec délectation.

— Qu'est-ce que tu en penses ? lança-t-il. Ça mériterait les honneurs d'un restaurant d'Hollywood, non ?

— Tout à fait. C'est délicieux. Goûte, fit-elle en approchant le dernier morceau de viande des lèvres de John.

Elle ne le toucha pas, mais il dut sentir l'odeur du lapin, car il ouvrit la bouche et s'en empara de ses dents blanches – une image que la jeune femme trouva très érotique.

Elle cligna les yeux et se remit en position à genoux.

— Tu es vraiment extraordinaire, murmura-t-elle en prenant un autre morceau de viande.

— Comment ça ? lui demanda-t-il, la bouche pleine.

— Eh bien… On est coincés dans ce trou, on ne sait pas quand, ni même si on viendra nous chercher, et malgré tout… je passe un bon moment. (Elle sentit le rouge lui monter aux joues en repensant à leurs récents ébats.) Un très bon moment.

Ils demeurèrent silencieux quelques secondes, et un petit sourire apparut sur la bouche de John.

— Je n'avais jamais dit ce genre de chose à quelqu'un, avant, reprit-elle d'un ton calme.

Il arrêta un instant de faire griller la brochette au-dessus des flammes et tourna son visage vers elle.

— Dit quoi ? Que tu passais un bon moment ?

— Non. Ce truc au sujet des punitions. Même dans mes relations les plus sérieuses. J'ai eu un amant très spécial, il y a quelques années, qui m'encourageait à être plus… libre et à assumer mes désirs, ma sexualité en général, mais j'en étais incapable.

Quand il se tourna vers elle, elle eut de nouveau l'impression qu'il pouvait la voir avec ses prunelles d'un bleu incroyable. Qu'il faisait même plus que cela. Elle se mordit anxieusement les lèvres.

— Tu me l'as sans doute avoué pour une bonne raison, dit-il. (La jeune femme sentit son cœur s'accélérer.) Si je peux t'aider à oublier la situation, de n'importe quelle façon, je le ferai. Je sais pourquoi les ténèbres te font si peur, trésor.

Elle le dévisagea, interdite, le cœur battant à tout rompre.

Il se remit à faire cuire le lapin, et elle à le manger, mais on aurait dit que quelque chose avait changé entre eux. Un message silencieux avait été communiqué. Elle se sentait plus forte, ses sens étaient plus aiguisés. Elle ne comprit pas tout de suite l'origine de ce changement, jusqu'à ce qu'elle prenne conscience qu'elle était soudain devenue très proche de cet homme. Elle était plus forte, parce qu'il lui avait offert une partie de sa force... une partie de lui-même.

Et de la part de John Corcoran, se dit-elle, c'était un cadeau formidable.

5

Leur dîner fini, ils se nettoyèrent les mains en utilisant le gel désinfectant et l'eau de la cascade. La jeune femme vérifia son portable pendant que John remplissait la Thermos et étendait de nouveau son manteau près du feu.

— Oh ! s'exclama Jennifer, mais elle poussa tout de suite un soupir de déception.

— Qu'y a-t-il ?

— J'ai cru un instant avoir capté un signal sur mon téléphone mais à présent... plus rien.

Elle éteignit l'appareil et le remisa dans sa poche. Il y avait de quoi douter des avancées de la technologie. Elle contempla les flammes qui s'amenuisaient.

— On ferait peut-être mieux d'éteindre le feu, suggéra-t-elle d'une voix faible.

John était en train de ranger leurs maigres possessions en une petite pile – la boîte de premiers secours en plastique, le savon, le foulard de Jennifer, ses sous-vêtements, la Thermos remplie d'eau, sa propre canne et le bâtonnet qui avait servi pour les brochettes. Elle comprenait qu'il se montrait aussi organisé à cause de son handicap, mais elle trouvait sa façon de faire rassurante, solide... sécurisante.

— Tu es sûre ? fit-il en interrompant sa tâche.

Elle hésita.

— Non. Mais je sais qu'il le faut. On n'a pas beaucoup de bois en réserve. On ne devrait pas le gaspiller.

Le visage sobre, John rassembla un peu de terre. La jeune femme le regarda étouffer méthodiquement les flammes pour préserver le peu de bois sec dont ils disposaient. Peu à peu, le brasier s'éteignit. Elle vit la silhouette de John se diluer progressivement dans les ombres, puis, enfin, dans les ténèbres absolues.

Elle resta aux aguets, à l'affût de chacun de ses mouvements dans l'obscurité.

— Viens là, dit-il après quelques secondes.

Jennifer se releva et avança dans sa direction, les mains tendues devant elle. Quand ses doigts rencontrèrent sa poitrine, il lui prit la main et l'aida à s'installer sur le manteau. Jennifer s'assit entre ses jambes écartées, et il l'entoura de ses bras.

— Ferme les yeux, murmura-t-il tout contre son oreille.

Elle s'exécuta et se laissa aller contre sa chaleur rassurante. Il bougea la main droite le long de sa hanche. Jennifer sentit son cœur s'accélérer, mais elle comprit au bout d'un moment que son geste n'était pas vraiment une caresse.

— Qu'est-ce que tu fais ? demanda-t-elle en riant.

— Je cherche les pastilles à la menthe dont tu avais parlé.

— Est-ce que tu essaies de me dire quelque chose ? dit-elle dans un sourire en fouillant dans la poche de sa veste à la recherche du paquet de bonbons.

Elle plaça le petit rouleau dans sa main.

— Non. Tu sens très bon, répondit-il. Je voulais juste te donner un dessert.

— Après ce festin, j'ai droit à un dessert ?

— Tu te souviendras de l'adresse, l'entendit-elle murmurer dans le noir, en même temps que le bruit de l'emballage déchiré.

— Allonge-toi, lui dit-il d'une voix douce quelques instants plus tard.

Il posa la main gauche le long de sa mâchoire et l'attira contre son épaule en lui caressant les cheveux.

— Maintenant, ouvre la bouche.

Elle écarta les lèvres, bizarrement excitée. Il déposa l'une des pastilles sur sa langue.

— Ferme la bouche, dit-il d'une voix rauque qui la fit frissonner.

Elle colla le bonbon entre sa langue et son palais et se mit à le sucer doucement. La saveur puissante de la menthe poivrée mêlée à la douceur du sucre emplit sa bouche.

— Hmm, murmura-t-elle.

Elle consommait presque chaque jour deux ou trois pastilles depuis dix ans, mais elle ne les avait jamais réellement goûtées avant ce jour.

— C'est bon ? souffla-t-il à quelques centimètres de sa joue droite.

Elle sentit le parfum de la menthe dans son haleine et comprit qu'il en avait pris une aussi.

— Oui… c'est très bon, répondit-elle avec surprise.

— Certaines choses sont meilleures dans le noir. L'obscurité ne renferme pas que des cauchemars.

Elle cessa un instant de suçoter le bonbon en percevant une nuance étrange dans sa voix.

— Tu as envie de m'en parler ? proposa-t-il d'un ton calme.

Le cœur de Jennifer se mit à battre à tout rompre. Il faisait allusion à *ça*. À sa peur irrationnelle des ténèbres. Elle se remit à suçoter nerveusement, mais finit par s'arrêter.

— C'est arrivé pendant le tournage du premier long-métrage où j'avais un rôle important. Un film d'espionnage qui ne laissera pas un souvenir impérissable : *Duplicity*.

Elle s'interrompit en se rendant compte à quel point ses paroles étaient stupides. Ce tournage était précisément devenu le pire souvenir de toute sa vie. John resta silencieux, mais elle sentit qu'il l'écoutait avec attention.

— Il y avait une scène dans un ascenseur avec un autre acteur – Jessie Aims, poursuivit-elle d'une voix à peine plus forte que la rumeur de la cascade au fond de la caverne. Elle se déroulait dans un gratte-ciel, à Los Angeles, et le service des effets spéciaux avait bricolé l'ascenseur pour les besoins du tournage. On avait déjà fait six prises, mais le réalisateur, Charlie Jawankowski, en voulait encore une autre.

Elle avala péniblement sa salive, résistant à l'envie d'ouvrir les yeux pour repousser ce souvenir douloureux. Elle savait que seules les ténèbres l'attendaient. John lui caressa la nuque en un geste rassurant.

— Le cameraman en charge de la scène, poursuivit-elle calmement, apaisée par le contact de John, se nommait Dustin Shremer, mais tout le monde l'appelait Dust. Il était jeune. En fait, on avait tous les deux eu vingt-quatre ans pendant le tournage de *Duplicity* ; nos anniversaires n'étaient qu'à deux jours d'écart. L'équipe nous avait offert un gâteau en commun et du champagne pour fêter ça. Dust était un peu la mascotte du groupe. Tout le monde le taquinait sur son âge, mais on avait de l'estime pour lui. Ça n'a rien de facile d'obtenir un poste de cameraman sur une grosse production cinématographique, en particulier pour quelqu'un de si jeune. Je n'étais pas très proche de lui, mais je l'aimais bien. Tout le monde l'appréciait.

Elle serra très fort les paupières, mais il était impossible de repousser les images.

— Tout est arrivé très vite. Jessie et moi, on était déjà en place dans l'ascenseur, et Dust était le dernier à rentrer. (Elle se tut quelques instants et mordit dans la pastille de menthe, la brisant en plusieurs petits éclats dans sa bouche.) Je suis sûre que tu as entendu parler de ce qui est arrivé ensuite.

— Je me souviens juste des menus détails que j'avais lus dans le journal. Ça s'est produit il y a cinq ou six ans, c'est ça ?

— Ça fera sept ans cet été.

— Tu n'es pas obligée de me raconter si tu n'en as pas envie, dit-il en lui caressant les cheveux. J'ai juste abordé le sujet parce que…

— Je sais pourquoi tu l'as fait, fit-elle d'une voix oppressée. (Elle exhala lentement et cala sa tête contre l'épaule de John.) Je veux te raconter.

Elle prit une grande inspiration.

— Dust a voulu entrer dans l'ascenseur et la porte s'est refermée sur lui. Ce n'était pas prévu du tout, bien sûr – il y a eu un dysfonctionnement mécanique. Avec Jessie, on a essayé de repousser la porte, mais rien n'y a fait, continua-t-elle très vite. Il était bloqué au niveau des épaules, mais en essayant de se dégager, il a fini par se coincer la nuque entre les deux battants. Au début, il riait, mais au bout d'un moment la pression sur sa gorge a commencé à le faire suffoquer. Il cherchait désespérément de l'air… Je me souviens de l'expression sur son visage. On a fait tout ce qu'on pouvait pour tenter d'écarter cette putain de porte mais… Puis, l'ascenseur s'est mis à monter.

— Seigneur… murmura John.

— L'ascenseur a entraîné Dust vers le haut. Il y a eu ce… ce… ce bruit. Je suis incapable de le décrire, mais je ne l'oublierai jamais. Je me réveille encore souvent la nuit en entendant ce bruit. C'est à ce moment que toutes les lumières se sont éteintes.

— Arrête si tu veux, Jennifer, intervint John d'une voix douce.

Mais elle poursuivit :

— L'habitacle tremblait beaucoup. J'étais persuadée qu'il allait finir par dégringoler dans le puits d'ascenseur. On était au cinquante-huitième étage… Mais finalement, il a continué à monter, pour finir par s'arrêter entre deux étages.

— Je me souviens juste d'avoir lu qu'un membre de l'équipe du tournage avait trouvé la mort dans une scène où tu jouais et que tu étais restée coincée un bon moment dans cet ascenseur. Combien de temps ils ont mis pour vous tirer de là ?

— Presque quatre heures. Les plus longues de toute ma vie.

John laissa échapper un profond soupir. Jennifer se collait si fort contre lui qu'elle perçut ce mouvement comme si ç'avait été le sien. Sa présence, à côté d'elle, était comme un fil qui la reliait à la vie.

— Il faisait un noir d'encre, là-dedans, continua-t-elle d'une voix étouffée. On n'avait aucun moyen de communiquer avec l'extérieur, mais on a fini par entendre les cris des membres de l'équipe tout autour. J'étais en état de choc, et Jessie complètement hystérique. Rien de ce que je pouvais lui dire ne parvenait à le calmer… C'était comme s'il n'entendait même pas ma voix quand je lui parlais. À la fin, je me suis renfermée sur moi-même. Je suis allée m'asseoir dans un coin de la cabine et j'ai cessé d'essayer de raisonner Jessie. Il se taisait parfois pendant quelques minutes, et puis il recommençait. Il n'arrêtait pas de jurer, de hurler qu'il était trempé…

La voix de la jeune femme se brisa. Elle enfouit son visage contre le torse de John et se mit à sangloter doucement. Il passa les bras autour d'elle et l'étreignit très fort.

— Je n'ai pas compris sur le moment pourquoi il disait ça. Et puis, quand ils ont réussi à nous atteindre et à écarter les portes de l'ascenseur, j'ai vu… c'était horrible. Il y avait du sang partout. Le sang de Dust. J'en étais couverte, moi aussi ; j'imagine que je ne m'en étais pas rendu compte à cause de l'état de choc. Quand l'ascenseur s'était remis en marche, sa tête avait été arrachée de son corps. (Elle hoqueta et se repositionna un peu pour se coller au plus près de la poitrine de John, incapable de réprimer les tremblements qui agitaient son corps.) Elle était là. Dans l'ascenseur, avec nous – la plus grande partie, en tout cas.

John cligna les yeux. Une vague d'horreur et de compassion mêlées l'envahit quand il comprit que par « elle », la jeune femme faisait allusion à la tête du cameraman qui se trouvait avec eux dans l'ascenseur.

Pas étonnant qu'elle fût terrifiée par l'obscurité. Pour la plupart des personnes bien voyantes, les ténèbres représentaient un champ fertile pour l'imagination, où l'horreur pouvait se déployer. Mais quand on rallumait la lumière, tout revenait à la normale, et l'on riait de ses propres angoisses. Une ombre qui avait paru terrifiante redevenait d'un coup un abat-jour, ou un pan de rideau oscillant sous la brise.

Mais Jennifer avait connu une expérience différente. Elle avait appris que quelles que fussent les chimères conjurées au milieu de l'obscurité, la réalité pouvait se révéler bien pire quand le jour se faisait à nouveau.

Il l'attira encore plus près de lui et lui caressa le dos : elle tremblait contre lui.

— Je ne peux pas imaginer à quel point ça a dû être atroce, lui murmura-t-il à l'oreille. Mais tu n'as pas à avoir peur de cela. Je suis là, avec toi.

Il sentit son souffle chaud contre son torse tandis qu'elle éclatait de rire.

— Et toi, tu peux voir dans le noir.

Il sourit tristement. Non. La vie lui avait démontré qu'il ne pouvait pas distinguer les choses qui comptaient, dans le noir.

— Je peux t'assurer avec cent pour cent de certitude que la chose la plus effrayante dans cette caverne est, au pire, une araignée en goguette. Les araignées te font peur ?

— Eh bien, je ne les aime pas trop, mais non – je n'ai pas peur d'elles.

— Et la poussière ? Tu ne crains pas la poussière ? Parce que ça, il y en a partout.

Elle secoua la tête contre son torse, et il sentit qu'un petit sourire se formait sur ses lèvres.

— Et de moi ? Tu n'as pas peur de moi, n'est-ce pas ?

Elle releva la tête. Il lui caressa la joue, émerveillé par la douceur de sa peau.

— Non. Je n'ai pas peur de toi. Mais… John ? Et si on n'arrivait jamais à sortir d'ici ?

— On en sortira, répondit-il d'une voix ferme.

Il attendit, conscient de la tension qui habitait le corps de la jeune femme, en se demandant si elle le croyait. Au bout d'un moment, elle s'effondra à nouveau contre lui.

— J'ai juste horreur de l'obscurité. J'aimerais tant pouvoir te voir, souffla-t-elle d'une voix oppressée.

Il effleura du doigt l'une de ses paupières.

— Alors, ferme les yeux, fit-il en s'allongeant près d'elle et en collant ses lèvres contre les siennes.

Elle répondit avec passion à son baiser, et une part de John en fut presque attristée – la jeune femme essayait si désespérément d'oublier où ils se trouvaient !

Mais une autre part – la plus importante – était trop heureuse d'avoir l'opportunité de la posséder.

Sa bouche, ses mains caressantes, son corps viril – tout cela était un délice. Elle ne se souvenait pas avoir pris autant de plaisir à un baiser. Était-ce à cause du goût de sa bouche, de l'habileté de ses mains, ou des circonstances si éprouvantes et chargées d'émotions ? Ou John possédait-il en lui quelque chose de spécial ?

Quelle que fût la réponse à cette question, son contact était électrique. Elle laissa échapper un gémissement quand il glissa la main sous sa veste pour cajoler l'un de ses seins. Lorsqu'elle sentit son membre se dresser contre le bas de son dos, elle eut l'envie soudaine de le prendre à nouveau dans sa bouche. Il finit par desceller les lèvres des siennes, mais continua à faire pleuvoir sur sa bouche de petits baisers rapides.

— Tes seins sont… si sensibles, souffla-t-il à quelques centimètres de sa bouche en pinçant légèrement un téton.

— Merci… articula-t-elle, tout entière occupée à lui rendre son baiser.

Il s'allongea davantage, rompant leur étreinte, et fit basculer Jennifer sur lui afin de pouvoir défaire les boutons de sa veste plus commodément, exposant sa poitrine dénudée. Elle frissonna en sentant l'air frais de la caverne sur sa peau et gémit de nouveau quand John reprit ses caresses, en s'occupant cette fois des deux seins en même temps.

— Dis-moi ce que tu ressens quand je les touche.

Elle reprit son souffle et se rappela ce qu'il avait dit plus tôt sur sa voix qu'il trouvait excitante.

— Tes mains sont chaudes. Le bout de tes doigts est un peu calleux. La... la façon dont tu me touches me donne la chair de poule et fait se durcir mes tétons.

Elle gardait les paupières obstinément closes, essayant de se concentrer sur les sensations explosives qui la parcouraient et de les traduire avec des mots. Elle étouffa un petit cri quand il pinça les deux pointes durcies à la fois... pas très fort, mais assez pour qu'une décharge d'excitation la traverse.

— C'est trop fort ? murmura-t-il en adoucissant sa caresse.

— Non. Ça me fait mouiller, chuchota-t-elle.

Les doigts agiles de John cessèrent un instant de s'agiter et il prit ses deux seins en coupe, faisant rouler ses mamelons entre le pouce et l'index.

— As-tu déjà eu un orgasme en laissant simplement un homme jouer avec ta poitrine ? demanda-t-il d'une voix grave et rauque.

Elle eut un rire nerveux.

— Juste comme ça ? Non. Je ne sais même pas si c'est possible...

— Bien sûr que c'est possible. Rare, mais possible.

Elle eut un nouveau hoquet quand il gifla très légèrement la courbe inférieure de son sein gauche. Une excitation nouvelle, brûlante et interdite, monta en elle. John se remit à pétrir sa chair tout en titillant ses mamelons.

— Agréable ou désagréable ? murmura-t-il.

Elle savait qu'il faisait allusion à la petite gifle. Son clitoris se mit à pulser. Son sein gauche la brûlait encore un peu... elle voulait connaître à nouveau cette sensation.

— Agréable... souffla-t-elle en lui caressant les épaules.

Satisfait, il leva la main pour lui toucher la joue.

— Il n'y a aucune honte à avoir, chérie. Apprécier une petite sensation de douleur ne fait pas de toi une perverse. C'est en effet très excitant.

Elle sentit le rouge lui monter aux joues. C'était vrai. Il pouvait vraiment voir dans le noir.

— Tu veux dire que toi tu trouves ça excitant ? demanda-t-elle en essayant de rester concentrée tandis qu'il recommençait à jouer avec ses seins.

— Je trouve qu'une femme sensible est excitante. Je trouve qu'une femme qui n'a pas peur d'explorer ses propres désirs est excitante. Et j'aimerais découvrir d'autres choses qui te plaisent.

Il soupesa les deux globes entre ses paumes, comme s'il tentait de percevoir le tremblement de sa chair.

— Ils sont très fermes. Une forme parfaite, fit-il d'une voix pensive. Ce que j'aimerais faire, c'est te fesser avec mes mains, puis avec ma canne, et voir si je peux te faire jouir ensuite simplement en jouant avec ta poitrine.

La jeune femme en eut le souffle coupé, presque comme si elle avait aperçu un flash de lumière éblouissant dans le noir. Avait-elle eu une hallucination ? Il avait parlé d'un ton si ordinaire, si factuel... Rien qu'en entendant ses mots, elle avait senti un flux liquide inonder son entrecuisse. Si l'un de ses anciens amants avait eu ce genre de propos, elle aurait pu trouver ça excitant, mais elle ne serait jamais passée à l'acte. Avec Everett, par exemple, elle était trop occupée à jouer un certain rôle pendant leurs ébats... à devenir quelqu'un d'autre. Il y avait réellement quelque chose de nouveau, avec John, ou cette situation, ou les deux. Elle souhaita soudain que sa proposition fût sérieuse.

— Jennifer ?

Elle sentit qu'il attendait patiemment qu'elle réponde tout en continuant à caresser ses seins, à effleurer ses mamelons, à faire rouler les petites pointes durcies entre ses doigts.

— Je...

— On n'est pas obligés de le faire, si tu n'en as pas envie. On peut juste... en parler.

Elle rit doucement et se remit à caresser les muscles de son cou tout en ondulant les hanches contre le bassin de John. Il laissa échapper un soupir, et elle sut qu'il aimait cette caresse.

— Parler, c'est bien... souffla-t-elle. Agir c'est mieux, en tout cas avec la bonne personne. Peut-être... peut-être qu'on pourrait faire les deux.

Les doigts agiles de John cessèrent de s'agiter un instant.

— Tu es sûre ?

— Je crois, répondit-elle en tremblant.

Il ôta ses mains de sa poitrine, et il la serra soudain fort contre lui. Elle laissa échapper un petit cri de surprise en réaction à ce geste chaleureux et spontané, et lui rendit son étreinte avec ardeur.

— Je ne vais pas te faire mal. Pas maintenant. Jamais. Tu peux me demander d'arrêter à n'importe quel moment et j'obéirai aussitôt, lui murmura-t-il à l'oreille. C'est juste un petit défi. Pour te faire oublier le noir.

Elle releva la tête et colla son front au sien, puis l'embrassa. Leurs lèvres s'unirent.

— Je l'ai déjà oublié, John, chuchota-t-elle contre sa bouche. (Elle perçut son sourire.) Que veux-tu que je fasse ?

— Mmm... fit-il pensivement, comme s'il réfléchissait à la question avec autant de sérieux qu'un diplomate engageant des pourparlers.

Le ronronnement grave et sourd qui vibrait dans sa gorge fit frissonner Jennifer. Il s'écarta un peu d'elle, et elle l'entendit fouiller dans les poches du manteau étendu sous leurs corps. Quelques instants plus tard, elle fut surprise de sentir ses doigts pressés contre ses lèvres. Il les écarta doucement, avant de déposer quelque chose de frais et de rond sur sa langue.

— C'est un M&M, dit-elle en savourant le goût sucré. Ça veut dire que j'ai été gentille ?

— Non, fit-il d'une voix nonchalante.

— Non ?

Il plaça la main derrière sa tête et l'attira plus près de lui, avant de murmurer à son oreille :

— Tu as été prise sur le fait en train de déguster une sucrerie. Tu as été vilaine.

Jennifer écarquilla les yeux en comprenant le jeu qu'il lui proposait.

— Oh, oui... Je... J'avais oublié.

— Tu sais ce qui arrive aux vilaines filles qui se font prendre en train de manger des bonbons.

— On les envoie dans le bureau du principal ?

Elle fut elle-même surprise d'entendre le léger tremblement dans sa voix tandis qu'elle jouait son rôle.

— C'est ça.

Elle cambra le dos et effleura le torse de John avec la pointe de ses seins. Elle brûlait d'envie d'écarter les pans de sa chemise et de sentir sa chaleur.

— Et… c'est vous, le principal ? souffla-t-elle.

— Tu ne me reconnais pas ? fit-il d'une voix rauque et grave.

Elle sentit la tension croître dans le corps de son amant tandis qu'elle frottait sa poitrine contre lui.

— Si, je vous reconnais, monsieur. Vous me faites un peu peur, dit-elle tout contre son oreille. Vous êtes si grand, intelligent et… dur. J'ai entendu parler de ce que vous faites aux jeunes filles dans votre bureau.

— Ce que je fais aux vilaines filles, tu veux dire ?

Jennifer sourit quand elle perçut la pointe d'amusement qui transparaissait dans sa voix. Qui aurait cru qu'elle parviendrait à oublier ses peurs les plus terribles rien qu'en pratiquant des jeux coquins ?

— Oui, chuchota-t-elle en reculant la tête. Je suis une vilaine fille. (Elle colla ses lèvres aux siennes et fit glisser le M&M fondant dans sa bouche.) Vous m'avez prise en flagrant délit.

Le sexe de John se dressa contre sa cuisse au moment même où il assenait une claque sur ses fesses. Elle lâcha un petit cri de surprise.

— N'essaie pas de m'amadouer, dit-il d'une voix sourde et menaçante. Tu sais que c'est moi qui commande, ici.

— Oh, oui, répondit-elle d'un ton contrit.

— À présent, il est temps de te donner ta punition.

— C'est vrai, ce que les autres filles disent ? Que vous... que vous fessez les élèves déculottées ? fit-elle en réprimant à grand-peine un fou rire.

— C'est vrai, dit-il en commençant à déboutonner le jean de Jennifer. (La jeune femme se mordit les lèvres pour s'empêcher de gémir quand il effleura son clitoris de ses longs doigts.) Les vilaines filles doivent s'allonger sur mes genoux et recevoir la fessée. Les très vilaines filles doivent ôter tous leurs vêtements et se courber pour subir mes coups de canne.

— Quel genre de fille suis-je ?

— À toi de me le dire, rétorqua-t-il en faisant glisser son jean sous la ligne de son postérieur.

Il s'interrompit pour caresser doucement les éminences de chair, et elle frissonna.

— Eh bien... Il m'arrive d'être vilaine, même parfois très vilaine.

Il cessa de la caresser.

— Alors, il me semble que tu dois subir les deux punitions, ne penses-tu pas ?

— Si, chuchota-t-elle d'un ton plus sérieux, son fou rire évanoui.

— Allonge-toi sur mes genoux.

Il semblait savoir précisément ce qu'il attendait d'elle. Elle ne put s'empêcher de se demander s'il avait fait ce genre de chose souvent. Elle se mit en position, le bassin sur sa cuisse droite, et le sommet de ses seins touchant sa cuisse gauche. Il fit descendre son jean jusqu'aux genoux. Le contact de l'air frais sur sa peau nue et sa féminité humide lui donna la chair de poule. Elle était sûre qu'il entendait sa respiration haletante pendant qu'il lui ôtait sa veste, s'assurant que ses seins étaient découverts eux aussi.

Elle se figea lorsque John plaça la main sur sa fesse droite et la caressa.

— Écarte davantage les cuisses, ordonna-t-il.

Elle s'exécuta, le cœur battant.

— Est-ce que ça fera mal, monsieur ?

— Un peu, répondit-il solennellement. Mais tu aurais dû y penser avant de manger ce bonbon.

— Je comprends. Je mérite que vous me punissiez.

Il leva la main et lui donna une tape cuisante. Elle se tordit sur ses genoux et sentit son membre dressé contre son abdomen. Il la fessa de nouveau, produisant un claquement sec qui retentit contre les murs de la caverne. Elle cria, davantage de surprise que de douleur.

— Arrête de te tortiller. Reste immobile, ou je prolongerai la punition.

Elle essaya de se plier à ses instructions, mais c'était difficile de rester immobile – pas parce que ça faisait mal, mais parce que c'était excitant. Chaque nerf voulait être stimulé, chaque muscle voulait réagir. Ses tétons la picotaient, son vagin se contractait, et la sensation de brûlure sur ses fesses semblait se communiquer directement à son clitoris. John fit une pause après le dixième coup et caressa la peau cuisante, apaisant la douleur.

— Cette zone devient chaude et palpitante, l'entendit-elle murmurer. Qu'est-ce que ça te fait ?

— Ça fait si mal…

Il releva la main.

— Vraiment ? s'inquiéta-t-il.

— Non, marmonna-t-elle entre ses dents pour le rassurer, avant de reprendre son rôle. Vous me rendez brûlante. Est-ce que c'est normal que ça fasse aussi…

— Aussi quoi ? dit-il en reprenant ses caresses.

— Que ça me brûle aussi entre les cuisses ?

— Tu veux dire cet endroit-là ? fit-il en introduisant un doigt entre ses lèvres intimes.

Il s'arrêta un instant, et posa le pouce sur la petite boule de chair. Elle sursauta et gémit, traversée par une décharge de plaisir. Il ôta sa main de son entrejambe, puis la fessa à plusieurs reprises.

— Il n'y a que les vilaines, très vilaines filles qui brûlent à cet endroit-là quand on leur donne leur correction, dit-il en frappant son postérieur encore et encore.

Elle sourit dans l'obscurité, parce que lorsqu'il avait dit « vilaine », elle avait perçu le contraire dans sa voix.

— Les seins des filles vraiment, vraiment vilaines se durcissent quand on les châtie. Ah… ta culpabilité est évidente, dit-il en titillant l'un de ses tétins, arrachant un hoquet à la jeune femme.

Il le pinça légèrement, au même rythme que les claques qui s'abattaient sur son postérieur. Jennifer commença à se tordre comme une tigresse sur ses genoux, cherchant le contact de son érection flagrante sous la toile du jean. Elle brûlait d'envie de sentir sa main contre son sexe, de faire cesser ce jeu et de le supplier de la prendre sur-le-champ.

Brusquement, il détacha les mains de son corps.

— Je vois bien que cette punition ne suffit pas. Tu es vraiment une élève entêtée.

— Je… je suppose que vous allez être obligé d'utiliser votre canne ?

Le tremblement dans sa voix n'était pas totalement feint. La canne lui ferait-elle mal ?

— De toute évidence, oui. Maintenant, debout et enlève tes vêtements.

— Tous mes vêtements, monsieur ?

— Tout, sauf tes chaussettes.

Elle se redressa avec peine en regrettant aussitôt la chaleur de son contact, se releva et ouvrit les yeux. Les ténèbres l'assaillirent à nouveau, prêtes à l'engloutir.

— Je suis là, dit soudain John, juste à sa droite.

Il lui toucha l'épaule de ses doigts chauds et rassurants.

— Je… Je sais, m… monsieur, bafouilla-t-elle en refermant les paupières.

Elle se débarrassa à la hâte de ses chaussures. La peur s'était infiltrée à nouveau dans le cocon réconfortant de son excitation, mais elle ne voulait pas la laisser prendre le dessus. C'était hors de question. Quelques instants plus tard, elle se tint debout sur le manteau de John, entièrement nue à l'exception de ses chaussettes.

— Il fait froid, n'est-ce pas ? fit-il en se relevant à son tour.

Sa voix résonnait juste à sa droite. Il effleura brièvement son corps avec le sien.

— Oui, murmura-t-elle, focalisée sur la sensation de sa chaleur virile.

Elle sentit son membre dressé sous son jean lorsqu'il se pressa légèrement contre sa hanche.

Elle avait l'impression d'être très vulnérable ainsi, nue alors qu'il restait habillé. Il fit courir sa large main le long de sa hanche droite et remonta vers la courbe de ses côtes. Les tétons de la jeune femme se durcirent si brusquement qu'elle grimaça, prise d'un frisson incontrôlable. Elle se rendit soudain compte à quel point elle était menue comparée à lui.

— Tu as des fesses très fermes, mais ta peau est tendre et douce. J'aurais préféré utiliser ma tapette, mais tu as été si vilaine que je suis obligé de te châtier avec ma canne, dit-il avec douceur.

— Tu as vraiment une tapette ? le questionna-t-elle, brisant un instant leur jeu.

— Oui.

— Oh...

Elle était sur le point de lui demander quels autres sex-toys il possédait, mais quelque chose la déconcentra. Il s'était mis à caresser sa peau avec sa longue canne. L'embout de cuir usé glissa de façon très érotique contre sa hanche, puis son ventre, exacerbant la sensibilité de sa peau. Elle retint son souffle quand l'objet disparut, pour se poser quelques instants plus tard sur la courbe de ses seins. Haletante, elle passa la main entre ses propres cuisses pour tenter désespérément d'apaiser le désir cuisant qui bouillait en elle.

Elle comprit soudain quelles étaient les intentions de John. Il l'obligea doucement à retirer sa main et la plaça dans son dos.

— Je ne veux pas de ça. Pas maintenant.

— Mais, monsieur... Cette punition est trop dure...

— Elle cessera bien assez tôt. Tu obtiendras ce que tu veux, murmura-t-il.

Elle sentit une pièce de tissu bruisser contre son poignet et reconnut la texture de son foulard. Il avait dû le récupérer en même temps que la canne.

— En attendant, je crains de devoir immobiliser ces petites mains indisciplinées.

Toujours haletante, elle le laissa tirer en arrière son autre poignet et lui lier les mains.

— Maintenant, penche-toi pour recevoir ta punition. (Il plaça l'extrémité de la canne entre ses cuisses et tapota l'une, puis l'autre.) Écarte un peu les jambes.

Jennifer se pencha et écarta les pieds. Elle sentit l'air frais s'insinuer dans son entrejambe humide. Le mélange d'appréhension et d'excitation était presque insupportable, sorte de cocktail explosif parcourant ses veines. Elle crut que son cœur allait s'arrêter lorsque John pressa la canne noire contre le sommet de ses cuisses, juste au-dessous de ses fesses. Il caressa la chair lisse de son postérieur et pétrit une fesse, puis l'autre, avant de les frapper successivement d'un coup léger.

— Comme je te l'ai dit, ta peau est très délicate. Je vais donc faire attention. Dis-moi si ça te fait trop mal.

Elle ouvrit la bouche pour parler, mais sa réplique fut interrompue net par un nouveau coup de canne. Elle hoqueta, et la paume de John se posa immédiatement sur la brûlure pour l'apaiser. Le bref élancement de douleur l'avait laissée un peu sous le choc, mais la sensation se dissipa très vite pour laisser place à une onde de fourmillements agréables qui se communiquèrent à son clitoris.

— Je crois que ce petit cul est davantage fait pour être puni par ma main, énonça John froidement.

— Non... Enfin, je veux dire... Ça fait un peu plus mal, mais maintenant...

— Oui ? fit-il en enlevant sa main et en la remplaçant par la canne, caressant ses fesses et la courbe de ses cuisses avec l'extrémité recouverte de cuir.

— Maintenant, ça picote juste. Je crois... Je crois que je mérite un autre coup, monsieur.

— Les vilaines filles en redemandent toujours, dit-il, un sourire dans la voix.

Il frappa de nouveau et elle cria sous la douleur cuisante. De nouveau, sa main fut là, chaude et apaisante à l'endroit même où la canne avait cinglé.

— Je crois que ta punition touche à sa fin, murmura-t-il. Encore trois claques avec ma main, un dernier coup avec la canne, et nous en aurons terminé pour cette fois. Mais voyons d'abord ce que nous apprennent les autres indicateurs.

— Les autres indicateurs ? répéta-t-elle en tremblant.

— Oui, répondit-il avec une solennité moqueuse.

— Oh ! s'exclama-t-elle quand il inséra le majeur dans sa féminité.

— Hmmm... Oui, fit-il sans retirer son doigt, la faisant palpiter. L'humidité et la chaleur que je sens ici nous prouvent bien que la punition touche à sa fin.

Sa voix avait quelque chose de rauque et de grave, moins ironique et joueuse qu'elle l'avait été quelques instants plus tôt.

Elle lâcha un soupir de déception quand il ôta son doigt.

— Redresse-toi pour l'instant, lui ordonna-t-il.

Elle suivit ses instructions, percevant sa présence à quelques centimètres d'elle. Elle avait envie de lover son corps nu contre le sien, de sentir sa chaleur et sa force, mais elle s'obligea à demeurer immobile. Il pressa soudain du doigt l'un de ses tétons et se mit à le titiller.

— Oooh, monsieur ! s'écria-t-elle en tremblant. (Il était en train de répandre ses fluides intimes sur son mamelon en un geste lent et circulaire, pinçant de temps en temps la pointe de chair durcie. Elle se dit qu'il avait dû reposer la canne, car il leva l'autre main pour s'occuper aussi du deuxième sein.) Pourquoi me punissez-vous aussi durement ?

— Parce que tu es vilaine, et douce, et adorable, susurra-t-il. (Elle se mordit la lèvre inférieure lorsqu'il pressa les globes de chair entre ses paumes pour les caresser lascivement.) Jennifer ?

— Oui ?

— Maintenant que ta punition est terminée, je m'occuperai exclusivement de tes seins. As-tu envie que je te fasse jouir de cette façon ?

— Oui, répondit-elle avec ferveur.

— Alors, penche-toi à nouveau.

Elle s'exécuta. John se colla contre elle, et elle sentit son érection pressée contre sa hanche pendant qu'il lui caressait les fesses. Soudain, il laissa échapper un juron entre ses dents et s'écarta d'elle.

— John ? Je veux dire… monsieur ?

— Tout va bien. Je suis là, la rassura-t-il une seconde plus tard en revenant se coller à elle.

Elle rouvrit grands les yeux, mais cette fois, elle ne remarqua même pas les ténèbres. Elle était concentrée sur le contact du membre érigé de John qui venait de toucher sa peau. Il l'avait manifestement fait passer à travers sa braguette ouverte, car elle sentait aussi un bouton métallique contre sa chair.

Elle sourit.

— C'est toujours ainsi que se déroulent les punitions, monsieur ?

— Non. Mais il m'arrive de pratiquer des châtiments peu orthodoxes lorsque les… circonstances l'exigent.

Elle cessa un instant de jouer son rôle et lâcha un rire cristallin. Elle crut l'entendre rire, lui aussi, mais à cet instant sa paume s'abattit de nouveau sur ses fesses en une gifle légère.

— Oooh ! s'exclama-t-elle, surprise.

Il massa son postérieur tout en passant la main sous sa poitrine. Jennifer sentit les muscles de son vagin se contracter quand il se mit à caresser l'un de ses tétins entre le pouce et l'index. Elle gémit et se cambra pour lui offrir sa poitrine. Il assena une nouvelle claque sur son postérieur, plus cinglante. Elle sentit son érection se dresser contre sa hanche au contact de leurs deux corps. Sa paume frappa à nouveau, et il pinça son téton.

Puis, il se mit à masser la pointe de chair d'avant en arrière, rudement, tout en continuant à la fesser.

— Oh, non, gémit-elle. S'il vous plaît… S'il vous plaît, faites que ça s'arrête.

— Il ne te reste qu'à endurer un dernier coup de canne.

Elle serra les dents. Comme il s'écartait d'elle, elle comprit qu'il la ramassait.

— Te punir m'a tellement excité que mon sexe est dur comme de l'acier, chuchota-t-il quelques instants plus tard en faisant courir l'extrémité de la canne le long de sa hanche.

— Je suis désolée, souffla-t-elle en humectant nerveusement ses lèvres. Vous pourriez... me demander de le sucer.

— Jennifer, gronda-t-il soudainement d'une voix qui ressemblait beaucoup plus à celle de John qu'à celle du « principal ». Prépare-toi à recevoir ton dernier coup. Tu es prête ?

— Oui, haleta-t-elle.

Elle avait du mal à respirer tant son excitation et son appréhension étaient grandes. Il caressa son postérieur doucement avec la canne, puis la retira. Elle entendit la tige de bois siffler dans le silence. Tout l'air qu'elle avait retenu dans ses poumons s'échappa quand le coup s'abattit. Elle serra les dents pour contrer l'afflux de douleur, mais l'oublia presque aussitôt quand John introduisit à nouveau les doigts dans son sexe trempé.

— Relève-toi, dit-il d'une voix rauque et tendue.

Était-il aussi bouleversé qu'elle ? Non. C'était impossible.

Quand elle se redressa, il appliqua de nouveau son nectar intime sur ses seins. Il stimulait ses tétons de manière si exquise que leur sensibilité se décuplait. Ses fesses la brûlaient, et le creux de son ventre pulsait sourdement. Lorsqu'il se mit à pincer ses mamelons, elle laissa échapper un cri de frustration et de plaisir mêlés.

— Chut… intervint-il d'un ton apaisant, avant de la faire plier entre ses bras pour prendre l'une des pointes de chair dans sa bouche.

Elle cria de nouveau en sentant sa langue chaude jouer avec son sein.

— Oui, c'est bon… Oh, suce-le encore plus fort ! implora-t-elle.

Il lui donna ce qu'elle voulait en pinçant le deuxième téton. Jennifer arqua le dos au-dessus de son bras. Tous ses muscles étaient tendus à l'extrême ; l'air froid de la caverne assaillait son sexe humide. Quand John la mordit tendrement, elle succomba à un orgasme explosif en poussant un long cri aigu.

— Oh, ça fait mal… si délicieusement mal, gémit-elle sans même s'en rendre compte.

Soudain, John la retourna vers lui et la prit dans ses bras. Il glissa une main jusqu'au creux de ses jambes et caressa son clitoris. C'était comme s'il avait libéré toute l'énergie qu'elle retenait depuis le début. Elle hurla presque sous les vagues de plaisir qui la traversaient, plus intenses et plus puissantes que tout ce qu'elle avait connu jusque-là. Sans y penser, elle plaça sa main sur la sienne, perdue dans le tourbillon de la jouissance.

Lentement, la tempête s'apaisa. John continuait à la caresser d'une main, lui arrachant jusqu'au dernier soupir d'extase. Enfin, elle s'écroula contre son torse.

— Oh, mon Dieu ! murmura-t-elle, à bout de souffle, les yeux ouverts sur les ténèbres.

— Tu es extraordinaire, lui chuchota-t-il à l'oreille.

L'ardeur et la tension qu'elle perçut dans sa voix la firent écarquiller les paupières.

— Tu as un autre préservatif, John ?

— Non, répondit-il d'une voix emplie de regret.

— Alors, détache-moi et laisse-moi te sucer.

Elle entendit son souffle rauque contre sa gorge tandis qu'il se rapprochait d'elle et tendait les mains vers son dos pour la libérer. Son pénis était brûlant et particulièrement dur.

Elle tomba à genoux immédiatement, une fois ses poignets détachés, sans plus chercher à incarner un personnage. Seul son désir la conduisait – son désir et la compréhension de la frustration qu'il ressentait.

Il continua à lui parler tandis qu'elle le prenait en bouche. Sa voix profonde et grave s'accordait parfaitement avec la sensation de son membre épais et pulsant dans la gorge de la jeune femme, et à l'odeur de son sexe qui envahissait ses narines. Elle n'avait pas besoin de le voir : il était avec elle, présent dans sa chair, dans ses veines, dans chaque fibre de son être.

— Comment fais-tu pour être aussi douce et me sucer si fort ? haleta-t-il.

Il laissa échapper un sifflement quand elle effleura la partie inférieure de son sexe avec ses dents.

— Et tu as deviné mon point faible depuis le début, hein ? (Il crispa les doigts dans sa chevelure.) Ah, je crois que je vais jouir. J'aurais tant aimé le faire dans ta petite chatte… Ne bouge pas et laisse-moi posséder un peu ta bouche. Ah, Seigneur, c'est presque un miracle !

Elle serra les paupières, submergée par l'émotion, et le suça aussi fort qu'elle put tandis qu'il allait et venait librement dans sa bouche.

— Je sens que ça vient, chérie… (Elle le savait aussi ; sa hampe était de plus en plus épaisse et rigide contre son palais.) Je vais jouir !

Il poussa un cri guttural, et elle sentit sa semence chaude se répandre sur sa langue. Il tenta de se dégager par un mouvement du bassin, mais elle refusa de le laisser partir et le garda en elle pendant qu'il se répandait jusqu'à la dernière goutte. Il lui avait donné tant de plaisir qu'elle avait oublié qui elle était, perdue dans un abîme de jouissance. Elle voulait lui rendre la pareille.

Elle en voulait davantage.

6

John insista pour que Jennifer remette tous ses vêtements, y compris le soutien-gorge, sa culotte, son foulard et ses chaussures.

— La moindre parcelle de tissu t'aidera à te réchauffer, lui dit-il.

Il épousseta son manteau et le lissa. Quand il eut trouvé l'endroit le plus plat du sol, il appela la jeune femme pour qu'elle vienne s'étendre près de lui. Il la prit dans ses bras, émerveillé par la douceur de sa peau, si féminine contre les courbes dures de son propre corps. Elle posa la tête sur sa poitrine et il referma étroitement les pans du manteau autour d'elle.

Elle émit un doux soupir de satisfaction.

— Ça va ? lui demanda-t-il en caressant sa hanche recouverte par le jean.

— Très bien...

Il aimait sa façon de se blottir contre lui et d'enfouir son visage contre son torse comme si elle se nourrissait de sa chaleur, de sa proximité. Au bout d'un moment, elle posa la joue sur ses pectoraux, et il sentit que ses muscles se détendaient. Il se demanda si elle s'était endormie.

Bercé par le son de la petite cascade, il médita sur les probabilités qu'ils sortent de cette caverne sains et saufs. S'ils réussissaient à tenir le coup encore deux jours, il y avait une chance qu'une équipe de secours parvienne à les localiser. Deux jours de plus, enfermé avec Jennifer Turner...

Il y avait de pires façons pour un homme de passer son temps.

Et de bien pires façons de mourir.

Non, ils s'en sortiraient. C'était très probable. Bien sûr, on ferait des efforts décents pour le rechercher une fois qu'on aurait constaté sa disparition, mais pour Jennifer ? On retournerait le moindre mètre carré de terre jusqu'à ce qu'on l'ait retrouvée.

Ils seraient sauvés. Ça ne faisait pas le moindre doute.

Mais ne risquait-il pas, en passant davantage de temps avec Jennifer, d'avoir encore plus de mal à renoncer à elle ? Il savait pourquoi elle avait désiré cette intimité avec lui. Elle comprenait d'instinct que c'était la meilleure façon de lutter contre la terreur et la claustrophobie que lui inspiraient les ténèbres. Ils étaient de toute évidence sexuellement compatibles, mais une fois qu'ils seraient sortis de ce trou et qu'elle ne serait plus oppressée en permanence par le danger et l'obscurité, son désir pour lui... son besoin de lui s'évanouirait.

— John ? fit-elle, interrompant le fil de ses pensées.

— Oui ?

— Tout à l'heure... quand tu as dit cette chose sur l'homme dont ton ex-femme est tombée amoureuse – qu'il avait un genou sacrément amoché, mais des yeux en parfait état de marche. Qu'est-ce que tu sous-entendais ?

— C'était juste une pique de dépit.

Elle releva la tête de sa poitrine.

— Non, ce n'était pas ça. Tu n'es pas ce genre d'homme.

Elle avait parlé d'un ton assuré, comme si elle voulait le dissuader par avance de protester.

— Il nous est arrivé quelque chose, à Adèle et à moi, six mois avant de nous séparer. Je pense qu'on peut considérer cet événement comme le premier pas qui a mené à notre divorce. Je me trompe peut-être, c'est possible – ce mariage était probablement voué à l'échec de toute façon, et ce qui s'est passé n'a sans doute fait qu'accélérer les choses.

— Qu'est-ce qui s'est passé ? chuchota-t-elle.

— Deux hommes se sont introduits dans notre maison pendant la nuit. Des cambrioleurs.

— Oh, mon Dieu...

— Oui. Nous étions endormis. Enzo m'aurait alerté plus tôt s'il avait été là, mais on revenait juste d'un séjour chez la mère d'Adèle, qui était allergique aux chiens. J'avais laissé Enzo provisoirement chez un ami. J'ai entendu les cambrioleurs et je me suis réveillé, mais ils étaient déjà en train de pénétrer dans la chambre alors que je sortais tout juste de mon lit. J'en ai attrapé un par le col au moment où il franchissait le seuil. Je l'ai cogné à la figure et au ventre, et j'ai eu l'impression qu'il était sonné. Il hoquetait et essayait de reprendre son souffle. Adèle a hurlé. J'ai essayé de frapper son complice, mais il y a eu un bruit sourd suivi aussitôt d'un chapelet de jurons. J'ai appris plus tard qu'Adèle s'était réveillée au moment où l'homme essayait de la bâillonner avec sa main, et qu'elle s'était débattue de toutes ses forces. Il avait fini par la frapper à la tête avec une lampe. Elle s'était évanouie.

— Seigneur…

— J'ai attrapé le deuxième homme par les cheveux alors qu'il tentait de s'enfuir, mais son comparse avait retrouvé ses esprits. Il tenait un revolver pointé contre la tête d'Adèle et menaçait de la tuer si je ne laissais pas son ami partir. On a découvert quelques mois après que j'avais brisé l'une des côtes de l'homme au revolver. Je pense qu'il avait trop mal pour se soucier de terminer le cambriolage – ou de nous régler notre compte, à Adèle et à moi. Il a dit à son complice qu'il était temps de partir.

— Dieu merci. Est-ce qu'Adèle a été blessée ?

— Un traumatisme crânien et quelques contusions. Elle était surtout très secouée.

— C'est compréhensible. (Ils se turent tous les deux pendant quelques secondes.) Et… comment ce crime a-t-il mené à la fin de ton mariage ?

— Plus tard, la police est venue nous interroger alors qu'Adèle se trouvait à l'hôpital. Ils l'ont gardée vingt-quatre heures en observation à cause du traumatisme crânien. Nous avons détaillé le déroulement des événements. Je leur ai dit que l'un des cambrioleurs mesurait environ un mètre soixante-quinze, qu'il avait les cheveux plutôt longs, et que l'autre faisait presque un mètre quatre-vingt-dix, avec une carrure mince et musclée. Je leur ai dit que le plus grand des deux avait probablement un œil au beurre noir. J'ai expliqué aussi que je les avais suivis jusqu'à notre porte d'entrée malgré leurs menaces et que j'avais entendu une voiture démarrer. La police m'a demandé tout de suite de quelle couleur et de quelle marque elle était, et si j'avais noté le numéro d'immatriculation.

— Ils ne s'étaient pas rendu compte que tu étais aveugle, murmura Jennifer.

Ça ne la surprenait pas. John avait un talent étonnant pour donner le change et persuader les gens qu'il voyait les mêmes choses qu'eux.

— Non. Je le leur ai dit à ce moment-là. Mais pendant que je racontais tout ça aux policiers, Adèle est devenue très calme. C'était la première fois qu'elle m'entendait décrire le déroulement précis des événements. Et ça la dérangeait, même si elle ne me l'a pas dit franchement avant plus d'un mois.

— Je ne comprends pas. Qu'est-ce qui la dérangeait ? demanda la jeune femme.

— Que je me sois tenu si proche des cambrioleurs en fuite et que j'aie été incapable de donner à la police plus de détails pour les aider à les retrouver. Si j'avais été bien voyant, j'aurais pu leur indiquer la couleur de leurs cheveux et leur décrire leurs vêtements. J'aurais pu noter le numéro de la plaque d'immatriculation. Les criminels se seraient retrouvés derrière les barreaux bien plus vite.

— C'est complètement absurde, lâcha Jennifer. Tu les as décrits avec bien plus de précision que beaucoup de gens n'auraient pu le faire.

— Adèle était dévastée, malgré tout. Le sentiment de sécurité qu'elle éprouvait auprès de moi avait disparu.

— Ce n'est pas ta faute. Tu l'as protégée. Tu as mis en fuite ces enfoirés.

— Tu le penses vraiment ? fit-il d'un ton incertain.

Durant les quelques secondes de silence qui suivirent, il sentit qu'elle méditait sa réponse.

— Oui. C'est ce que tu as fait.

Il prit une profonde inspiration.

— Je suppose que c'est une façon de voir les choses. Le fait est que si je n'avais pas été handicapé – si j'avais simplement été en mesure d'indiquer la couleur et la marque du véhicule –, ces salauds auraient été rattrapés en quelques heures. Mais le fait de les savoir en liberté rendait Adèle très vulnérable. Elle se demandait s'ils allaient revenir. J'essayais de la rassurer, et nous avons pris beaucoup de mesures de précaution, mais le poison du doute s'était instillé dans notre couple.

— Deux criminels pervers ont détruit la confiance que ta femme avait en toi... dit-elle, incrédule.

— Elle n'avait plus le sentiment que je pouvais la protéger, Jennifer. Pas avec mon handicap.

Il l'entendit reprendre son souffle pour protester, mais elle se ravisa.

— Est-ce que la police a fini par les attraper ? demanda-t-elle au bout d'un moment.

— Oui. Trois mois après le cambriolage, l'un des gars a été arrêté en possession de drogues. Ses empreintes digitales correspondaient avec celles que la police avait relevées chez nous. Il a donné son complice en échange d'une peine moins lourde.

— Et ça n'a pas rassuré Adèle ?

— Je pense qu'il était trop tard. C'était déjà sans doute trop tard à la minute où ces hommes ont porté leur choix sur notre maison.

— Adèle s'est montrée très injuste. Tu l'as protégée. Et même si tu ne l'avais pas fait, personne d'autre n'aurait été en faute que ces deux criminels.

— Elle a ressenti les choses différemment. Elle a le droit d'avoir sa propre opinion.

— Mais tu penses qu'elle a eu raison de te juger de cette façon, répondit Jennifer. Je le sens au ton de ta voix.

Il poussa un soupir impatient.

— Et si c'était le cas, même un petit peu ? C'est dur pour un homme de voir ainsi sa maison envahie, sa femme menacée et brutalisée. N'importe qui aurait voulu faire plus. N'importe quel homme, femme ou enfant en bonne santé aurait pu voir cette voiture !

— Une bonne partie d'entre eux ne seraient pas intervenus pour les arrêter comme tu l'as fait.

Il secoua la tête.

— Ça ne compte pas. Comme je te l'ai dit, le sentiment d'insécurité qu'Adèle s'est mise à ressentir serait apparu un jour ou l'autre. Le cambriolage a agi comme un révélateur. Elle croyait avoir compris ce que cela impliquait d'être l'épouse d'un homme aveugle, mais elle a découvert qu'elle se trompait.

— De ton côté, cela t'a permis de découvrir qu'elle n'était qu'une personne faible et inconstante.

— Tout le monde a ses points faibles… Je ne veux pas dire qu'Adèle était faible. Simplement, nous n'étions pas faits l'un pour l'autre, c'est tout.

Pour marquer sa désapprobation, la jeune femme reposa la tête sur sa poitrine. Il ne put s'empêcher de se sentir réconforté par sa réaction. Il n'avait parlé des circonstances qui avaient mené au divorce qu'à deux proches amis, qui s'étaient montrés tout aussi incrédules et indignés que Jennifer. Mais au fond de lui, il s'était demandé s'il n'avait pas perçu également en eux un vague embarras, comme si ses amis ressentaient une pointe de honte à l'idée qu'il avait été incapable de faire ce qui était à la portée de n'importe quel enfant de dix ans.

La réaction de franc dégoût de Jennifer était une première. Étrangement, cela le rassérénait. Dans quelle mesure la honte qu'il éprouvait avait-elle influencé sa manière de juger ses amis ? Quelle part avait eue cette honte dans le sentiment d'insuffisance qu'il éprouvait vis-à-vis d'Adèle ?

— Ce que je retiens de cette histoire, c'est qu'être capable de protéger ta femme représentait quelque chose de très important pour toi, et pas seulement pour elle, murmura-t-elle contre son torse, quelques instants plus tard.

— Oui. Je crois qu'on peut dire les choses comme ça, dit-il en lui caressant les cheveux.

— Eh bien, juste pour que tu saches, je considère que la protection doit être réciproque, dans un couple. Mais, en dehors de ça, si je devais choisir une personne pour m'épauler dans une situation dangereuse, ce serait toi.

La franchise toute simple avec laquelle elle avait parlé l'emplit d'une sensation de chaleur. Par habitude, il répondit par une pirouette :

— On ne peut pas dire que tu aies eu le choix. Tu es coincée ici avec moi.

Elle colla sa joue contre sa poitrine.

— Et j'ai une chance immense que ce soit *avec toi*.

Il resta longtemps éveillé, assailli par un tourbillon de pensées contradictoires, pendant que la respiration de Jennifer devenait calme et régulière.

Il se réveilla à la seconde où Enzo aboya.

— John ? John Corcoran ? Tu es au fond de ce trou ? lança une voix distante une minute plus tard.

— Lila ? C'est toi ? cria-t-il.

— John ? marmonna Jennifer.

Il lui caressa les épaules tout en se redressant.

— Tout va bien, murmura-t-il avant de crier à nouveau en direction de la surface. Lila, fais attention au sol, il pourrait s'effondrer !

— Je me suis encordée à un arbre. Je ne peux pas tomber, répondit cette dernière, une habituée de longue date de la forêt.

— Tu as une autre corde ?

— Oui. Une longueur suffisante pour vous deux.

John se releva et retrouva sa canne.

— Comment as-tu su qu'on était coincés ici ?

— Je vous cherche depuis l'aube. Katie Pierce m'a appelée pour me dire qu'elle avait reçu un texto indiquant que vous étiez tous les deux tombés dans une fondrière. Elle a contacté la police ; Rill et elle se trouvent avec eux, en ce moment. Ils ont démarré les recherches aux premières lueurs du jour. Comme elle savait que j'habitais dans le coin, elle m'a appelée pour me demander si j'avais remarqué quelque chose.

— Qui est Lila ? chuchota Jennifer.

— Lila Raschamak. Elle vit à quelques kilomètres de chez moi.

— Attends... la dame aux chinchillas ?

John fronça les sourcils.

— Katie t'a parlé d'elle ? murmura-t-il en souriant.

Il avait appris par Sherona Legion que Katie Pierce et Lila avaient développé une amitié surprenante. Katie travaillait au service d'aide sociale et aidait les habitants démunis ou illettrés du comté à remplir leurs déclarations fiscales. L'année précédente, elle avait tiré la rude et peu amène Lila d'un mauvais pas avec le fisc. Bien que Lila eût initialement accueilli Katie en pointant un fusil chargé sur elle, cette dernière était à présent la seule personne à qui elle offrait parfois de ses coûteux cigares. Lila détestait l'humanité par habitude, mais elle connaissait John depuis qu'il était enfant et le tolérait mieux que la plupart des gens.

— John ? Tu veux que j'envoie la corde ? cria-t-elle.

— Qu'est-ce qui t'inquiète ? demanda Jennifer, qui avait perçu son hésitation.

— J'ai peur que le sol cède au-dessus de nous quand nous nous accrocherons à la corde. Une fois dehors, le danger sera moindre, mais…

— On ferait peut-être mieux d'attendre l'équipe de secours, alors.

Il réfléchit quelques instants.

— Ils seront obligés d'utiliser une corde aussi. De plus, je ne veux pas t'alarmer, mais l'« équipe de secours » en question est constituée en tout et pour tout du shérif local et d'un ou deux pompiers volontaires. Et j'ai tendance à faire davantage confiance à Lila qu'au shérif Mulligan. D'ailleurs, ajouta-t-il d'une voix pensive, je ne suis pas certain qu'envoyer ici Mulligan en compagnie de Rill et Katie Pierce soit une très bonne idée. Je n'ai rien contre tes amis, évidemment ; je sais que Rill Pierce est un réalisateur et un scénariste de talent, mais… j'ignore s'il connaît la forêt.

— Il est capable de se débrouiller seul. Enfin, de toute façon, je me rangerai à ton avis quel qu'il soit, John.

— Lila ? appela-t-il.

— Yep ?

— C'est le shérif Mulligan qui arrive ?

Il y eut un bruit distinct de crachat, indication claire du mépris que Lila affichait à l'égard de l'officier de police du comté.

— Pour ce que ça va nous avancer… Lui et cet empoté de Hilbert Hanks. Le seul pompier volontaire à qui on n'ait pas proposé de participer à ce séjour de pêche dans l'Ohio.

John soupira. Les choses ne se présentaient pas au mieux.

— Est-ce qu'il y aurait un arbre de bonne taille avec une branche horizontale pas trop loin du trou ?

— Yep, répondit Lila au bout d'un moment.

John plissa le front, pensif.

— Qu'est-ce que tu penses faire, John ? demanda Jennifer.

— Tu crois que tu serais capable de monter à la corde sans que personne ne te tire, si tu passes la première ? Il y aura des nœuds pour t'aider, mais ça demande beaucoup de force dans les bras.

Il perçut ses doutes au milieu du silence.

— Je passerai en premier, alors. Une fois que je serai en haut, je pourrai te tracter tout en évitant que la corde imprime trop de pression sur le sol.

— D'accord.

— Je ne te laisserai pas seule ici si tu ne le veux pas. Mais si je sors, ce ne sera qu'une question de minutes avant que tu me rejoignes. Je te le promets.

— Ça ira. Je te fais confiance, quoi qu'il arrive.

En entendant la tension qui perçait dans sa voix, il comprit qu'elle songeait à ce qu'il lui avait dit la veille au sujet d'Adèle.

— C'est vrai, John, reprit-elle avec calme. Bien plus qu'à une équipe composée d'un shérif incompétent et d'un pompier maladroit.

Il eut un petit rire et tendit la main pour lui caresser la nuque.

— Lila ! Tu peux t'avancer et nous envoyer la corde. Fais-y quelques nœuds et attache l'extrémité à une branche basse pour éviter qu'il y ait trop de pression sur le sol.

— Je suis à quelques pas au-dessus de vous, répondit Lila d'un ton bourru.

Un instant plus tard, Jennifer entendit le bruissement de la corde qui sifflait dans l'air. John tira dessus pour s'assurer qu'elle tenait bien, avant de se pencher vers elle.

— Tu es sûre que ça ne t'ennuie pas de patienter un peu ?

— Complètement sûre.

Il guetta une trace de tremblement dans sa voix, mais n'en trouva aucune.

— Par contre, reprit-il d'une voix calme, je ne veux pas que tu restes là. Si jamais la corde provoque un nouvel éboulement, il ne faut pas que tu sois dessous. Il vaut mieux que tu attendes dans la partie de la caverne qui se trouve à l'opposé de la galerie effondrée. Tu peux faire ça ?

— Oui. Je n'ai plus peur du noir, maintenant. Plus après cette nuit.

Sacré bout de femme ! Elle était extraordinaire. Miraculeuse.

John se pencha vers elle et l'embrassa avec passion.

— On se revoit en haut. Va te positionner à l'autre bout de la caverne, fit-il en accrochant la dragonne de sa canne à une boucle de sa ceinture. On sera tirés d'affaire tous les deux en moins de temps qu'il n'en faut pour le dire.

Il attendit, à l'écoute des pas de la jeune femme qui s'éloignaient. Quand il sut qu'elle se trouvait à distance suffisante, il glissa le pied dans la boucle qui formait l'extrémité de la corde et empoigna le premier nœud. Les muscles contractés, il commença à grimper – il avait toujours le goût des lèvres de Jennifer dans la bouche.

Déjà, ils allaient retrouver le monde réel. Il ne pouvait s'empêcher de se demander si ça avait été leur dernier baiser. Préoccupé par cette pensée, il se hissa à la force des bras vers la surface, rassuré de voir que le sol semblait résister au poids de la corde. La plupart des gens auraient considéré l'épreuve qu'ils venaient de vivre – se retrouver piégés sous terre sans moyen de communiquer avec l'extérieur – comme un véritable enfer, mais John ne pouvait s'empêcher de voir les choses différemment. S'ils s'en sortaient tous les deux sains et saufs, il se souviendrait de cette expérience jusqu'à la fin de sa vie. Il se rappellerait Jennifer – sa chaleur, son humour, sa sensualité et sa générosité.

Mais il était en train de revenir sur terre, où les miracles étaient rares et éphémères.

Jennifer regarda John grimper à la corde ; son corps grand et mince crispé par l'effort contrastait avec la colonne de lumière dans laquelle il était plongé. Le voir disparaître ainsi provoqua un étrange sentiment en elle, comme si elle risquait de ne jamais le revoir. Son cœur se mit à battre à tout rompre quand une portion de terre se détacha près de la corde, faisant tomber sur John une pluie de terre et de cailloux. Il interrompit son ascension et toussa.

— Ça va ? lança-t-elle, inquiète.

— Oui. Ça va.

Il se remit à grimper. Elle cessa pratiquement de respirer jusqu'au moment où elle vit ses chaussures disparaître derrière le rebord du trou.

John remonta la corde après lui.

— Je suis en haut, Jennifer. Tiens bon pendant que je trouve un endroit plus sûr pour fixer la corde.

— OK.

Quelques minutes plus tard, la corde retomba dans le faisceau de lumière. Mais l'extrémité en était différente : à la place d'une simple boucle, elle se terminait par une sorte de harnais.

— Avance au centre du harnais et fais-le remonter jusqu'à tes hanches, lui cria John.

Elle s'exécuta et avertit John quand elle eut fini.

— Maintenant, reprit-il, enroule la corde *autour* de toi. N'essaie pas de t'y agripper ; tiens-toi les coudes avec tes mains, de manière à ce que tes bras, tes avant-bras et ta poitrine forment une sorte de carré. La corde t'entoure ; maintiens fortement ta position et ne relâche ta prise sous aucun prétexte. Tu as compris ?

— C'est bon, fit-elle après avoir suivi ses instructions.

— Assieds-toi dans le harnais. Mets tout ton poids sur la corde, lança-t-il.

Elle fit ce qu'il lui disait et ses pieds quittèrent le sol. Il fallait plus de tension musculaire qu'elle ne l'aurait cru nécessaire pour maintenir son corps en équilibre.

— Tu te sens stable ?

Elle se mordit nerveusement la lèvre inférieure.

— Tout à fait, répondit-elle.

— Très bien. Je vais commencer à te hisser. Accroche-toi bien.

Elle s'éleva soudain à un mètre au-dessus du sol et étouffa un hoquet de surprise. La corde lui sciait les hanches et les cuisses et appuyait douloureusement contre ses poignets, comprimant ses biceps et ses épaules.

— Ça va toujours ?

— Oui !

Un grognement d'effort se fit entendre. Elle monta encore d'un bon mètre supplémentaire, et le sol de la caverne commença à s'éloigner au-dessous d'elle. Un autre grognement retentit plus haut. À mi-chemin de la surface, elle resta suspendue pendant plusieurs secondes en se balançant d'avant en arrière. Elle leva les yeux vers le trou et vit que la corde passait par-dessus une branche d'arbre qui se trouvait à trois bons mètres à la verticale, évitant ainsi qu'elle frotte contre le sol fragile. John, invisible, la tractait à distance – elle n'osait pas imaginer l'effort que cela représentait.

À force de serrer ses avant-bras, ses mains commençaient à se crisper, mais le désagrément restait supportable. Elle s'inquiétait surtout pour John. Y avait-il un problème ?

— John ? Ça va ?

— Minute, papillon, marmonna Lila non loin du rebord. Vous croyez que c'est facile de vous remorquer à la seule force des bras ?

Une vague d'embarras l'envahit. Elle ouvrit la bouche pour protester, mais se ravisa au dernier moment.

— Non, bien sûr, je ne pense pas que ça soit facile. Je craignais juste qu'il soit arrivé quelque chose à John. Est-ce qu'il va bien ? demanda-t-elle à voix basse à Lila.

— Il va bien, répondit la redoutable femme avec plus de douceur que Jennifer ne s'y attendait. Ce garçon est aussi fort qu'un bœuf. Il va vous tirer de là.

Elle crut entendre John reprendre son souffle.

— Tout va bien, Jennifer. Tiens bon.

Elle s'éleva de nouveau, cette fois en deux rapides mouvements de la corde. Son cœur bondit dans sa poitrine quand elle parvint à la hauteur du trou. Le visage d'une femme aux cheveux gris et au visage ridé lui apparut.

— Attrapez ma main, ordonna Lila.

Jennifer lui tendit la paume. Sa peau était sèche et parcheminée, mais la vieille femme la tenait fermement.

— Une, deux, trois, cria Lila.

Cette dernière bascula en arrière. Jennifer entendit un dernier grognement d'effort et s'affala soudain à plat ventre sur la terre, le front collé contre une touffe d'herbes. Lila la prit à bras-le-corps et extirpa ses hanches de l'orifice. La jeune femme se redressa sur les coudes, haletante. La lumière éblouissante du soleil faisait paraître la forêt irréelle, tel un pays de contes de fées scintillant et merveilleux. Elle se rendit compte au bout d'un moment que Lila était elle aussi allongée sur le sol.

— Restez dans cette position pour répartir équitablement votre poids. Ça réduira les chances que le terrain cède à nouveau, lui enjoignit Lila. Maintenant, rampez en direction de John.

Jennifer suivit ses instructions sans quitter une seconde John des yeux. Il se tenait debout, le pied calé contre les racines puissantes d'un chêne, la corde enroulée autour de ses avant-bras et de ses mains. Même si l'effort qu'il produisait à présent n'avait rien de comparable avec celui qu'il lui avait fallu fournir pour la hisser à la verticale hors de la caverne, ses muscles restaient tendus à l'extrême.

— J'espère que tu connais un bon chiropracteur. Tu vas en avoir besoin avec les courbatures que tu t'es faites en me tirant de ce trou, dit-elle en rampant vers lui à la manière d'un soldat commando.

Il grimaça un sourire.

— Ça va ?

— Ça va, répondit-elle juste avant qu'un aboiement plaintif ne retentisse.

— Salut, Enzo. Merci pour le dîner d'hier soir.

Le berger allemand était assis à côté de John et remuait la queue.

Elle avait presque atteint son amant quand un cri féminin retentit depuis le sentier.

John tourna la tête en direction du bruit.

— Pierce... Mulligan ?

Jennifer releva le visage de l'herbe et vit que John avait raison. Plusieurs personnes se tenaient sur le sentier à quelques dizaines de mètres. Elle reconnut la chevelure dorée de Katie Pierce, son visage anxieux et la haute silhouette aux larges épaules de Rill à côté d'elle. Un homme brun revêtu d'un uniforme de police s'avança hors du sentier.

— Restez en arrière, cria John. Le terrain est un vrai gruyère. Il peut céder au moindre poids supplémentaire. On va vous rejoindre.

Il tendit la main vers Jennifer quand elle l'atteignit enfin. Alors, il relâcha la tension sur la corde et l'aida à s'extraire du harnais.

Elle lui effleura l'épaule et contempla son visage. Ses yeux n'étaient pas seulement bleus, comme elle l'avait cru dans la caverne. Ils avaient la couleur d'un ciel azur ensoleillé.

— Va rejoindre Katie et Rill. Je vais attendre Lila.

— Est-ce que je dois continuer à ramper ?

— Oui, jusqu'à ce que tu aies atteint le terrain stable. Tu pourras te relever quand tu seras au niveau des Pierce.

Quelques secondes plus tard, Katie l'aidait à se remettre debout et la serrait dans ses bras.

— Oh, mon Dieu, est-ce que ça va ? Nous avons eu si peur !

— Je vais bien, la rassura Jennifer. Où est le bébé ?

— Olive Fanatoon s'occupe d'elle, répondit Katie.

Rill Pierce fit un pas vers eux, toujours aussi grand, charismatique et ténébreux. Elle avait joué dans l'un de ses films, quatre ans plus tôt, et était tout excitée à l'idée de collaborer de nouveau avec lui à l'automne prochain – obtenir un rôle dans un film de Rill était le rêve de bien des acteurs à Hollywood. Il l'avait invitée à passer quelques jours chez lui, dans sa maison au cœur du parc national de Shawnee, pour discuter avec elle du personnage qu'elle allait interpréter. Elle était déjà amie avec sa splendide épouse au caractère bien trempé, Katie ; cette dernière était la petite sœur d'Everett, son ex-petit ami.

— Je croyais t'avoir dit de ne pas sortir des sentiers balisés dans la forêt, la gronda Rill juste avant de l'étreindre avec autant d'énergie que Katie.

Jennifer jeta un coup d'œil à son amie pardessus l'épaule de Rill et vit cette dernière lui adresser un petit sourire. Katie lui avait dit un jour que l'accent de Rill s'accentuait quand il était inquiet ou en colère, et elle avait maintenant l'occasion de le constater. Les origines irlandaises du réalisateur transparaissaient dans les moindres syllabes.

— Tu seras enchanté de voir que ma manie de sortir des sentiers battus améliore grandement mon jeu d'actrice, lança-t-elle d'un air taquin.

Rill relâcha son étreinte et la tança d'un regard sévère dont l'effet fut aussitôt ruiné par le petit sourire qui perçait au coin de ses lèvres. John se rapprocha d'eux avec Lila. Le shérif Mulligan, un homme entre deux âges aux jambes osseuses surplombées par un ventre replet et dont le visage semblait afficher une perpétuelle contrariété, se mit à bombarder John de questions. Jennifer accepta la bouteille d'eau que lui offrait Katie et but lentement tout en écoutant John raconter leur mésaventure.

— Et aucun de vous n'est blessé ? demanda Mulligan.

— Je vais bien. Jennifer ? Est-ce que ça va ? l'interrogea John.

— Oui, je vais bien. La corde m'a scié les jambes et un peu brûlé la mâchoire, et il me reste pas mal d'écorchures après ma chute d'hier, mais vu les circonstances, je crois qu'on peut considérer que je suis en pleine forme.

John se dirigea vers elle, guidé par le son de sa voix. Il trébucha en chemin contre un homme qui se tenait planté sans rien faire au milieu du groupe. Elle supposa qu'il s'agissait d'Hilbert Hanks, le pompier volontaire dont avait parlé Lila. Il avait une corde enroulée sur l'épaule et fixait stupidement Jennifer depuis l'instant où elle avait rejoint le sentier. Katie avait dû remarquer l'embarras croissant de la jeune femme, car elle se déplaça de façon à faire écran entre elle et son admirateur muet. Hilbert marmonna quelques protestations dans sa barbe quand John le heurta, mais ce dernier se contenta de l'ignorer et de continuer sa route vers Jennifer. Elle prit la main qu'il lui tendit lorsqu'il arriva près d'elle.

— Tu devrais aller à l'hôpital et faire un check-up, dit-il.

— Je suis d'accord, l'appuya Katie.

La jeune femme serra très fort la main de John. Il avait des cheveux d'un noir d'encre ; c'était encore plus évident à la lumière du soleil. Elle perçut confusément le regard surpris que Katie posa sur eux en les voyant agir ainsi, mais toute son attention était focalisée sur John.

— Tu devrais sans doute te rendre aussi à l'hôpital, John, intervint Rill. On va vous conduire tous les deux.

— Je n'en ai pas besoin, je vais bien, répliqua John sans détourner le visage de celui de la jeune femme. Mais vous veillerez bien à ce que Jennifer y aille ?

— Non, John…

Elle baissa soudain les yeux, et sa phrase demeura en suspens. La main de John était striée de marques rouges infligées par la corde. La jeune femme laissa échapper un hoquet étranglé.

— Oh, mon Dieu, tes mains ! murmura-t-elle, horrifiée.

Elle lui attrapa l'autre. C'était pire. La peau était déchirée en plusieurs endroits, et du sang suintait sur sa paume.

— Il faut que tu viennes à l'hôpital. La corde t'a déchiré les mains.

— Non, répondit-il si calmement qu'elle écarquilla les yeux. J'ai connu pire. En plus, tu sais que j'ai une trousse de premiers secours.

Elle eut un petit sourire tremblé en se rappelant la façon dont il avait transformé la boîte de plastique en ustensile de cuisine.

— Tout va bien se passer. Il faut que tu y ailles, murmura-t-il.

Elle s'approcha un peu plus près de lui. Elle comprit soudain qu'elle ne verrait plus jamais la caverne – plus jamais l'endroit où John lui avait appris à voir avec tant d'acuité dans les ténèbres absolues.

— Merci d'être tombé dans ce trou avec moi, fit-elle doucement. Merci de m'en avoir sortie. Merci pour tout.

Il sourit.

— Si c'était à refaire, je n'hésiterais pas un instant.

Le temps sembla s'arrêter. Il la serra une dernière fois dans ses bras, avant de se détourner d'elle.

— On devrait laisser Rill et Katie conduire Jennifer à l'hôpital, dit-il d'une voix ferme. Si vous avez encore des questions à me poser, shérif, je vous suggère de m'accompagner jusqu'à mon chalet.

Il tendit la main devant lui, paume vers le sol, et Enzo accourut à son côté. Le chien se mit à trottiner devant lui le long du sentier – il remplissait si parfaitement sa fonction de guide que John n'avait même pas besoin de sa canne.

Jennifer resta plantée là, immobile. En regardant John s'éloigner, elle eut l'impression que la terre venait de l'engloutir à nouveau.

Épilogue

Jennifer se hâta vers la porte, le cœur battant. Elle avait donné congé à son assistante, Cassie, dès qu'elle avait reçu le coup de téléphone. Elle avait eu à peine plus d'une heure pour se préparer. Au début, paralysée par l'excitation et l'angoisse, elle se demandait par quoi commencer. Après s'être reproché de se montrer aussi ridicule, elle avait pris une douche, puis avait simplement passé une robe en jersey et des escarpins.

Elle ouvrit grande la porte de sa maison située sur les hauteurs d'Hollywood et sa respiration hachée se calma dès qu'elle le vit debout sur le palier. Elle le contempla comme un trésor inespéré. Le voir dans ce nouveau décor lui semblait surréaliste. Extraordinaire.

— John. Quelle merveilleuse surprise !

— Je suis désolé d'avoir prévenu au dernier moment, dit-il. On est venus pour ainsi dire sur un coup de tête.

Jennifer baissa les yeux et regarda Enzo, tenu en laisse.

— Je suis ravie que vous l'ayez fait. Entre ! Je nous ai préparé un petit dîner.

— J'espère que je ne te dérange pas, reprit John après avoir fait quelques pas dans la partie supérieure de son salon à deux niveaux.

Jennifer balaya du regard son appartement soigneusement décoré – la demeure luxueuse d'une star de cinéma. John ne pouvait pas le voir et ça la rassurait. Elle était heureuse que les apparences n'aient aucun sens pour lui.

Ce qui ne voulait pas dire qu'elle fût indifférente à son apparence. Elle le contempla d'un œil appréciateur. Il portait un pantalon couleur kaki qui lui allait à merveille et une chemise bleue déboutonnée à l'encolure. Il s'était rasé et ne portait plus qu'une barbe de quelques millimètres qui mettait en valeur ses lèvres bien dessinées. Bien qu'il ne ressemblât plus au rude homme des bois qu'elle avait vu en lui la première fois, c'était toujours un homme d'une grande virilité, visiblement confiant dans ses capacités.

— Ça ne me dérange pas du tout, répondit-elle. En plus, je vous dois un dîner à tous les deux, tu te souviens ?

Il ne répondit pas tout de suite, et le sourire de la jeune femme s'évanouit. Un silence atroce s'installa. Avait-elle mal interprété les raisons de sa visite ? Quand il l'avait appelée, une heure et demie plus tôt, elle avait presque défailli d'incrédulité et d'excitation. Depuis qu'il l'avait tirée de la fondrière, presque deux semaines plus tôt, il n'avait pas donné signe de vie.

Après sa sortie de l'hôpital, où l'on avait pansé ses écorchures, elle avait suivi les indications de Katie pour retrouver son chalet. Mais elle avait trouvé la maison silencieuse et vide au milieu des bois. John avait-il découvert en rentrant chez lui qu'il souffrait de blessures plus sérieuses ? Le shérif l'avait-il conduit à l'hôpital ?

Elle avait décidé de revenir plus tard dans la journée, après être allée déjeuner à Vulture Canyon. Elle s'était rendue au restaurant local et avait rencontré Sherona Legion, la plantureuse et séduisante propriétaire dont John lui avait parlé. Pendant qu'elle dégustait son délicieux repas, Sherona lui avait révélé que son petit frère Derek avait conduit John une heure plus tôt à l'aéroport de Carbondale. Les vacances de John étaient finies.

Jennifer en était restée interloquée. Cette nouvelle l'avait blessée et choquée.

Oui, elle avait partagé avec John une expérience sexuelle intense au fond de cette caverne. Elle avait fait avec lui des choses qui, avec ses anciens amants, l'avaient toujours mise plus ou moins mal à l'aise, et elle en avait adoré chaque seconde.

Mais cela avait été davantage que du sexe. Cela avait été une expérience humaine unique… une connexion entre deux êtres qui dépassait tout ce que Jennifer avait connu précédemment. Quand elle avait vu John s'éloigner si vite dans la forêt, la jeune femme s'était questionnée sur la véritable force de cette expérience, mais elle avait été d'une telle intensité pour elle… John l'avait forcément ressenti, lui aussi.

Il l'avait ressenti. L'intuition de Jennifer le lui disait. Mais peut-être s'était-elle fait des illusions, sous le coup de la peur et de l'angoisse qui l'avaient submergée ? Le lien singulier qu'elle avait cru déceler entre eux avait-il réellement existé ?

Elle s'éclaircit la gorge, essayant d'apaiser son anxiété.

— Laisse-moi te débarrasser de tes bagages, fit-elle en désignant le sac de voyage en toile que John portait sur l'épaule.

— Merci. J'ai pris un taxi depuis l'aéroport, je n'ai pas encore pu passer à mon hôtel.

— Tu ne vas pas descendre à l'hôtel. Tu vas dormir ici, dit-elle en prenant le sac.

Elle vit son expression se figer et eut de nouveau l'impression d'être perdue au milieu de l'océan sans gilet de sauvetage.

— On pourra en reparler pendant le dîner, fit-elle pour tenter de diminuer la tension qui crépitait dans l'air.

— Ça me va, répondit-il.

Elle posa le sac dans un coin et conduisit Enzo et John à la cuisine.

— Tu veux un verre de vin pendant que je m'occupe de la salade ?

En voyant ses sourcils se froncer, elle reprit précipitamment :

— J'ai aussi de la bière et des boissons sans alcool.

— Non, ce n'est pas ça, marmonna-t-il. Je ne suis pas venu ici pour dîner avec toi, Jennifer.

— Oh… lâcha-t-elle d'une voix tremblante.

Il grimaça.

— Je me suis mal exprimé. Je voulais juste dire… il faut que je te parle de quelque chose.

— D'accord, dit-elle prudemment en appuyant la hanche contre le comptoir.

Malgré ce qu'il venait de dire, il semblait avoir un mal fou à trouver ses mots.

— Je… J'ai su au bout de vingt minutes, après être reparti dans la forêt, que je me comportais comme un imbécile. Il m'a fallu tout ce temps pour trouver le courage de venir te parler.

— Pourquoi ? murmura-t-elle. J'avais tellement envie de te revoir.

Cette phrase le surprit tant qu'il resta interdit quelques secondes.

— Vraiment ? lâcha-t-il enfin, le visage tendu.

— Je suis passée à ton chalet trois heures après t'avoir quitté.

Il ouvrit la bouche, mais aucun son n'en sortit.

— Pourquoi es-tu parti, John ?

Il secoua la tête.

— Je suis parti parce que tu me manquais à tel point que c'était douloureux d'être là.

— C'est idiot, dit-elle doucement en s'approchant plus près de lui.

— Je sais, grommela-t-il d'une voix crispée de frustration. Je n'avais aucune idée de ce que ça avait représenté pour toi, d'être piégée dans ce trou avec moi. Je sais que tu avais peur. Je sais que coucher avec moi t'a aidée à combattre tes angoisses. Je me suis persuadé qu'une fois les choses revenues à la normale, tu m'oublierais. Tu es une femme splendide et accomplie. Une star de cinéma célèbre, ajouta-t-il d'un ton bourru. Je ne suis qu'un chiropracteur aveugle et divorcé dont le meilleur ami est un chien et qui préfère couper du bois ou travailler seul dans un atelier de sculpture que se rendre à la première d'un film, ou dans un restaurant luxueux.

— Ne me réduis pas à un stéréotype, John, répondit-elle d'une voix grave et vibrante. Moi, je ne me le permets pas. Tu m'as appris pendant qu'on était coincés dans cette caverne qu'il était stupide de vouloir te ranger dans une catégorie. Je suis peut-être une actrice, mais ça signifie simplement que je suis une artiste, comme toi. J'ai des doutes. J'ai des sentiments. J'ai un cœur. (Elle s'interrompit quelques instants et prit une longue inspiration, consciente que sa voix se brisait sous le coup de l'émotion.) Tu veux savoir ce que ça a représenté, pour moi, d'être au fond de ce trou avec toi ? Quelque chose de très important. Ce n'est pas seulement le sexe qui m'a aidée à affronter les ténèbres. C'est toi. Ta force et ta compassion. Je ne me suis jamais sentie aussi proche d'une autre personne que je l'ai été de toi cette nuit-là. C'était comme si je m'étais mélangée à toi… liée à toi. Je sais que mon comportement a pu sembler impulsif, que d'autres gens le verraient simplement comme du sexe débridé, mais ce n'était pas ça pour moi. Je t'ai donné quelque chose de moi. Et tu m'as offert une part de toi-même en retour. Je l'ai senti, murmura-t-elle. Après tout ça, que crois-tu que j'aie éprouvé en te voyant partir aussi vite ?

La mine grave, il s'éclaircit la gorge et fit un pas vers elle, les bras ouverts. Elle vint à sa rencontre et ferma les yeux, submergée par l'émotion, quand il referma son étreinte autour d'elle. Il était si large et solide. Il sentait le musc et la forêt, avec juste une petite pointe de savon citronné. Il sentait comme les bois où elle avait grandi… comme son foyer.

Il sentait comme John.

— Je suis désolé, chuchota-t-il en se penchant tout près de son oreille. (Il la serra plus fort contre lui, comme s'il n'arrivait pas plus qu'elle à croire au miracle de leurs retrouvailles.) J'ai repensé à ce que tu m'avais dit cette nuit-là, à propos du sentiment que j'avais d'être responsable de mon divorce... d'être insuffisant en tant qu'homme et incapable de protéger une femme. Je me suis demandé si je n'avais pas abandonné trop vite l'espoir de te retrouver... si je n'avais pas choisi la voie la plus lâche parce que je refusais de prendre le risque de décevoir une femme à nouveau.

— Je n'arrive même pas à comprendre comment tu as pu te tromper à ce point, murmura-t-elle. Tant que tu seras avec moi, John, tu ne pourras jamais, jamais me décevoir.

Il déposa un baiser sur sa tempe.

— Ce qui me fait peur, chérie, c'est que je te désire tant que si j'échoue à te donner ce dont tu as besoin, la chute sera d'autant plus dure.

Elle secoua la tête, mouillant sans le vouloir la chemise de John de ses larmes. Sa gorge était tellement nouée qu'elle n'arrivait pas à parler.

— Mais la deuxième chose que j'ai comprise durant ces deux semaines, poursuivit-il tout contre son oreille, faisant naître en elle une vague de frissons, c'est que j'avais renoncé trop tôt. Je te désire tant que je suis prêt à tout risquer pour que ça marche, même si ça m'oblige à combattre mes propres démons. Je suis venu ici pour me battre pour toi, Jennifer.

Elle sanglotait doucement contre son torse ; des larmes de pur bonheur.

— Tu as déjà remporté la bataille, John.

Quand il enfouit le visage dans son cou et l'embrassa, respirant son odeur, elle serra les paupières et le vit à travers l'obscurité, comme il le lui avait appris.

— Seigneur... Tu as le parfum d'un miracle, souffla-t-il en baisant son oreille, puis sa gorge.

Elle passa les doigts dans ses cheveux et approcha le visage tout près du sien.

— Tu es un miracle, chuchota-t-elle avant que leurs bouches se rejoignent et se scellent enfin l'une à l'autre.

Portraits libertins

1

Photographe de paysages brillant et mondialement reconnu, Chance Hathoway avait l'habitude de capturer l'inattendu. Il fallait toujours se tenir prêt au cas où Dame Nature se déciderait à vous montrer la quintessence de sa beauté, car cette déesse capricieuse n'appréciait pas la négligence. Il avait développé une sorte d'addiction pour ces moments rares et magiques où il parvenait à photographier l'un de ses sanctuaires les plus sacrés.

Le matin où il vit la femme sortir d'Orchard Lake, ruisselante d'eau, Chance se dit que cette fois-ci, Dame Nature s'était surpassée.

Il se tenait à la lisière de la forêt, prêt à photographier le lever du soleil sur le lac. Autour de lui, l'herbe haute et les marguerites jaunes formaient un contraste parfait avec l'eau miroitante. Trois quarts d'heure plus tôt, la surface du lac bruissait sous la pluie battante, comme sous l'effet d'une légère ébullition. À présent, elle était lisse comme du verre. Un silence ouaté s'était installé après le passage de l'averse et les rayons du soleil réchauffaient l'air humide. Il suffisait d'un infime changement de la lumière pour rendre une scène superbe ennuyeuse, et sublime une scène médiocre. Le lac d'Orchard, au cœur de cette forêt de l'Illinois du sud, était magnifique. Mais ce seraient la qualité et l'intensité de la lumière qui détermineraient la valeur artistique de la photo. *En tout cas, je l'espère,* songea Chance en fixant un objectif à angle large sur son appareil et en commençant à prendre des vues.

Ce fut d'abord à travers l'objectif qu'il vit la femme – une paire de bras lisses qui brisaient la surface miroitante du lac. Il cessa un instant de prendre des photos. Sa nuque était parcourue de picotements, et Chance savait d'instinct que quelque chose de spécial était sur le point d'arriver. Il se remit à presser le déclencheur à un rythme rapide tandis que la femme rejoignait la rive. Elle s'approcha assez près de lui pour qu'il distingue la forme de ses mollets luisants et de ses cuisses tandis qu'elle nageait d'une brasse énergique. Il aperçut aussi ses fesses, globes ronds et clairs qui scintillaient juste au-dessous de la surface de l'eau. Il sentit son sexe se dresser mais continua à mitrailler pour capturer l'essence de cette beauté inespérée.

Quand elle parvint à une dizaine de mètres de la rive, il remplaça l'objectif grand angle par un téléobjectif et se remit à appuyer sans relâche. Il y avait quelque chose, dans ses mouvements gracieux et paisibles, qui l'ensorcelait – une femme savourant le plaisir simple de nager seule un matin d'été, le contact de l'eau sur sa peau nue et les rayons du soleil qui réchauffaient déjà son dos.

Elle resta quelques instants debout à quelques pas de la rive, ses cheveux noirs ruisselant d'eau qui dévalait ensuite ses épaules rondes et ses seins généreux. La concentration de Chance se brisa. Il continua à regarder la femme à travers l'objectif, l'index en suspens, le souffle coupé. Elle marcha vers la rive en prenant tout son temps. Sa peau constellée de gouttelettes scintillait sous les rayons du soleil.

Comme mû par une volonté propre, son doigt pressa le déclencheur, dans une tentative de capturer son image… son essence.

Est-ce que la nature crée encore des femmes comme ça ? se demanda-t-il, estomaqué. Elle ressemblait à une vedette de cinéma des années 1950 – avec ses seins voluptueux et fermes et ses tétons rose foncé, sa taille étroite, son ventre musclé et lisse, et ses hanches rondes. Avait-elle perdu la tête, pour se promener nue dans la forêt avec un corps comme ça ? Chance se considérait comme un homme doté d'idées modernes, mais, *bon sang…* Si quelque chose pouvait réveiller les instincts primitifs d'un homme, c'était elle. C'était très difficile de ne pas penser à des choses totalement inconvenantes en ce moment – il ne put s'empêcher de s'imaginer en train de la prendre sur son épaule, de l'allonger sur l'herbe et de réclamer son droit sur sa glorieuse féminité de la façon la plus primaire qui soit.

Quelque chose, dans sa vulnérabilité, l'excitait, il en était conscient. Tandis qu'elle jaillissait du lac, il remarqua que les sombres poils pubiens entre ses longues cuisses fuselées étaient taillés très court.

Sans même y réfléchir, il activa le zoom. Le sang faisait pulser son sexe, et il eut une érection instantanée en voyant les gouttes d'eau accrochées à ses poils pubiens et à ses pulpeuses lèvres intimes. À quoi pouvaient-elles ressembler, trempées de désir ?

Alors qu'elle arrivait à quelques pas du rivage, il prit d'autres photos. Ses seins généreux offraient un contraste érotique avec son torse étroit et délicat. Elle tremblait légèrement en sortant de l'eau. Il savait très bien qu'il violait son intimité, mais l'instant ne se prêtait pas à la logique ou au politiquement correct. Chance était photographe. Il lui aurait été aussi difficile de cesser de respirer que d'ôter son doigt du déclencheur alors qu'un tel miracle de féminité se tenait devant lui.

Son excitation s'accrut alors que l'eau baissait peu à peu au niveau des genoux et des chevilles de la femme, dévoilant ses courbes de déesse. Il n'avait pas pour habitude de photographier des êtres humains, si artificiels en comparaison des animaux sauvages et des paysages… Mais cette femme – cette magnifique créature – constituait une exception. Elle irradiait de grâce naturelle. Après tout, le sexe représentait un aspect essentiel de la nature.

Or, tout en elle y faisait songer.

Elle se tenait dans l'eau peu profonde, légèrement haletante après avoir nagé, sa longue torsade de cheveux noirs enroulée sur son épaule droite. Elle les tordit pour les essorer. Chance entendit le bruit des gouttes qui tombaient en cascade dans le lac et vit les perles d'eau s'éparpiller sur ses seins bombés. Elle leva la main derrière sa nuque et détacha l'élastique qui retenait sa chevelure. Des mèches souples retombèrent sur ses épaules et sur son torse, à quelques centimètres de sa poitrine voluptueuse.

Il sut à quel moment précis elle se rendit compte qu'on l'observait. Avait-elle entendu le clic de son appareil ? Elle se figea soudain, et il se concentra sur son visage. Ses lèvres roses humides s'écartèrent de surprise. Elle avait de grands yeux couleur d'ambre. Et ils étaient vrillés sur lui.

Il se redressa et la regarda enfin à l'œil nu, sans le truchement de son appareil. Seuls une quinzaine de mètres les séparaient. Lors de ses voyages autour du globe, il avait eu l'occasion de photographier beaucoup d'animaux sauvages. Il y avait toujours quelque chose d'intense, de presque magique quand l'animal le remarquait pour la première fois et que, pendant une seconde ou deux, la conscience de la bête et celle de l'homme se fondaient l'une dans l'autre.

La rencontre avec cette femme faisait naître en lui une sensation qui dépassait tout ce qu'il avait pu connaître. Qu'allait-elle faire ? Se ruer sur lui et lui reprocher violemment son audace ? Pousser un hurlement d'effroi ? Pour autant qu'il sût, il n'y avait personne à des kilomètres à la ronde. L'orage récent avait chassé la plupart des randonneurs et des pêcheurs de la forêt. Peut-être allait-elle s'enfuir en courant. Mais quelque chose, dans l'immobilité surnaturelle qu'elle conservait, faisait plutôt penser à un animal prêt à se jeter sur sa proie.

Docilement, ses bras retombèrent le long de ses flancs et elle se redressa, faisant saillir ses seins. Immobile, elle gardait les yeux fixés sur lui. Il ignorait pourquoi, mais cette posture à la fois ouverte et figée éveilla quelque chose en lui. Il n'était pas *certain* qu'elle constituât une invite. Il en avait bien *l'impression*, cependant.

Il se pencha à nouveau sur son objectif et reprit sa tâche impossible – capturer l'essence d'une déesse.

Sherona Legion était née et avait grandi dans le sud de l'Illinois et elle connaissait le lac Orchard comme elle connaissait intimement chaque centimètre carré de son *diner* et chaque habitant de la minuscule ville de Vulture Canyon. Du moins, elle *croyait* connaître les moindres recoins de sa confortable petite parcelle d'univers. Un univers qui se transforma tout à coup en un monde mystérieux, vaste et excitant, quand elle sortit du lac après avoir nagé et qu'elle vit l'homme, à la lisière de la forêt, en train de la photographier.

Durant plusieurs secondes, elle demeura figée, les muscles tendus et le cœur battant à tout rompre. Elle constituait une proie facile. Elle songea un instant à attraper au vol ses affaires et à entamer un sprint dans la forêt, mais l'homme resta lui aussi immobile. Elle ne le connaissait pas. Il était grand, avec des cheveux blond sable ébouriffés. Sa peau était d'un brun doré sous l'encolure du teeshirt blanc tout simple qu'il portait au-dessus d'un short long en treillis et des chaussures de randonnée. Vu son bronzage, il passait manifestement beaucoup de temps à l'extérieur. Ses hanches étaient étroites, mais son torse et ses épaules semblaient puissants. Sa carrure athlétique, ses jambes longues et ses mollets musclés montraient clairement qui serait le vainqueur en cas de course.

Un frisson d'excitation la parcourut à l'idée de cet homme la pourchassant dans les bois... La rattrapant....

Elle cligna les paupières, surprise par le tour que prenaient ses pensées.

La main de l'homme tenait toujours l'appareil photo, évoquant à Sherona la poigne possessive et assurée d'un amant. Qui était-il ? Ses vêtements étaient ordinaires, mais l'appareil manifestement coûteux suggérait une certaine aisance.

Ces pensées chaotiques et anxieuses déferlèrent dans son esprit en quelques secondes alors qu'elle se tenait immobile, nue et ruisselante d'eau, et qu'il la clouait de son regard. Il fallait qu'elle se rhabille et qu'elle exige la destruction des clichés. Quand elle baissa les yeux sur la partie inférieure du corps de l'homme, son cœur se mit à battre de plus belle. Même à cette distance, il était impossible de ne pas voir l'érection qui déformait son short.

Une onde de chaleur brûlante la parcourut. Elle était nue et vulnérable. Sans qu'elle puisse se l'expliquer, la façon dont il l'observait, comme s'il revendiquait le droit de graver son image à la fois sur ses pellicules et sur sa rétine, lui semblait audacieuse et très excitante.

Elle savait qu'elle était sans défense, mais le savoir lui donnait un étrange sentiment de puissance. Elle laissa retomber les bras le long de ses flancs en un geste étrangement soumis – Sherona était loin d'être du genre docile. Elle n'avait pas à avoir honte de son corps nu. Le membre de l'homme, dressé sous la toile du short, disait assez qu'il la trouvait belle.

Elle ne fut même pas surprise de le voir se pencher pour la scruter à nouveau à travers son objectif. Elle demeura comme statufiée alors qu'une douce brise venait caresser sa peau et faire se durcir ses tétons. Le mouvement subtil des doigts de l'homme tandis qu'il la photographiait encore et encore lui semblait de plus en plus érotique. Elle imagina ce que ce serait de sentir ces doigts sur sa chair, détaillant ses courbes avec le toucher plutôt qu'avec la vue. Un liquide moite afflua entre ses cuisses, et tout bascula dans son esprit. Sans réfléchir, elle glissa les doigts entre la fente humide de son sexe. Une onde de plaisir la traversa, délicieuse et interdite. Ses tétons se durcirent encore, presque douloureusement. Elle vit que l'homme avait cessé de prendre des photos. Il releva un peu la tête et la fixa entre ses paupières étrécies.

Seigneur Dieu ! Elle était une exhibitionniste, et elle ne s'en était jamais rendu compte avant ce moment.

Elle cligna les yeux, incrédule et terrifiée face à cette prise de conscience. Soudain, elle se rua vers la robe d'été soigneusement pliée qu'elle avait déposée au bord de l'herbe avant de pénétrer dans l'eau. Prise de panique, elle l'enfila en toute hâte, couvrant sa nudité, et glissa les pieds dans une paire de tongs. Elle jeta un bref coup d'œil vers le photographe tout en fourrant sa culotte dans son sac en toile – elle n'avait pas envie de se rendre encore plus vulnérable en la remettant devant lui –, mais l'homme était toujours planté devant son trépied, immobile. Sherona se redressa, le cœur battant. Elle sentait son pouls marteler ses tempes.

Le sentier qui menait jusqu'au parking se trouvait à une quinzaine de mètres sur sa droite – à une trentaine de mètres de l'homme. Elle partait avec un léger avantage. De plus, elle doutait qu'il abandonne derrière lui son coûteux appareil pour se lancer à sa poursuite.

Le cœur de la jeune femme battait si fort qu'elle avait l'impression que sa poitrine allait exploser. La tête haute, dans une posture de défi, elle s'avança d'un pas assuré vers le sentier tout en surveillant l'homme du coin de l'œil, prête à piquer un sprint au moindre mouvement suspect. Il ouvrit la bouche, et l'espace d'une seconde, elle crut qu'il allait l'interpeller. Il n'en fit rien, cependant, et Sherona regagna le sentier sans encombre. Là, elle se mit à courir, cachée aux yeux de l'homme par le feuillage épais des arbres. Elle n'avait pas voulu qu'il la voie s'enfuir, mais à présent, elle se ruait aussi vite qu'elle pouvait vers sa voiture. Quand elle atteignit finalement le parking, elle était à bout de souffle et une fine couche de sueur recouvrait sa peau.

Elle jeta un dernier coup d'œil en arrière, vers la forêt, et ouvrit la porte avant du véhicule. Ce ne fut qu'une fois assise au volant, les portières verrouillées, qu'elle s'autorisa à reprendre son souffle. Tandis que son rythme cardiaque diminuait un peu, elle regarda vers la gauche. La seule autre voiture présente sur le parking était une Jaguar décapotable aux courbes fuselées, garée près de sa propre Ford Focus. Elle remarqua les plaques de location.

C'était forcément *sa* voiture. À l'exception peut-être de Katie Pierce, personne, à des kilomètres à la ronde autour de Vulture Canyon, ne conduisait de véhicule de sport aussi luxueux.

Maintenant qu'elle était en sécurité, elle pressa la paume sur sa poitrine pour apaiser les battements de son cœur. Son esprit rationnel lui disait qu'elle aurait dû interpeller l'homme pour exiger qu'il détruise les photos qu'il avait prises d'elle.

Mais il s'était passé *quelque chose*, là-bas, au milieu des bois. Quelque chose que Sherona n'était pas en mesure de définir, mais dont elle ressentait les effets sur son corps et sur son âme. Confusément, elle savait que cet étranger avait perçu une facette d'elle-même dont elle n'était pas consciente. Et cela remettait en cause toutes les certitudes de sa petite vie confortable.

Le monde lui semblait soudain un endroit bien plus grand, et bien plus excitant qu'elle l'avait cru jusqu'alors.

Deux jours plus tard, Chance pénétra dans la salle fraîche et d'une propreté impeccable du *Legion Diner*. L'adolescent costaud et séduisant qui se tenait derrière le comptoir avec un demi-tablier drapé autour de son jean n'était pas la personne qu'il espérait voir. Les seuls autres individus présents étaient un homme d'une cinquantaine d'années aux cheveux gris qui lui jeta un regard suspicieux avant de se replonger dans la lecture de son journal et un homme maigre coiffé d'une casquette sous laquelle pointaient ses oreilles décollées. Ce dernier continua à manger sa tourte d'un air concentré, sans même jeter un seul coup d'œil à Chance.

Le gamin derrière le comptoir lui adressa un signe de tête amical.

— Installez-vous où vous voulez.

— Merci, fit Chance en se glissant sur l'une des banquettes qui bordaient la vitrine.

Il balaya du regard la rue centrale déserte de Vulture Canyon – qui était en fait la *seule* rue du village. Pour autant qu'ait pu le constater Chance, cette pauvre ligne de bitume bordée de bâtiments décrépits était la seule voie goudronnée à des lieues à la ronde. Le *diner*, l'épicerie coopérative et le bar *Le Terminus* représentaient les seuls commerces viables.

Il releva les yeux lorsque le garçon posa un verre d'eau glacée devant lui.

— Est-ce que la propriétaire est là ? Sherona ? demanda Chance.

L'expression aimable du jeune homme s'altéra légèrement.

— Elle est partie chercher du pain et des tartes à l'épicerie. Elle n'en a pas pour longtemps. Vous êtes anglais, ou un truc comme ça ?

— Australien. Vous avez déjà eu l'occasion de visiter les antipodes ?

Le gamin le regarda avec froideur.

— Je ne suis jamais allé plus au sud que Nashville. Qu'est-ce que je vous sers ?

Chance regarda la carte affichée sur l'ardoise derrière le comptoir.

— Qu'est-ce que vous me conseillez ?

— Tout. Ma sœur est la meilleure cuisinière du comté.

Chance fronça les sourcils.

— Vous êtes le frère de Sherona ?

— Derek Legion, répondit le jeune homme sans sourire.

Le photographe esquissa une grimace. Derek s'était montré parfaitement amical avec lui jusqu'à ce qu'il lui ait dit vouloir voir sa sœur. Eh bien... Il n'était pas surprenant que le jeune frère d'une femme aussi ravissante que Sherona se montre quelque peu protecteur.

Il tendit la main au jeune homme.

— Je suis Chance Hathoway. Rill Pierce m'a demandé de venir réaliser quelques clichés pour la brochure de l'association *Food for Body and Soul*, expliqua-t-il en échangeant une rapide poignée de main avec Derek.

Il connaissait Rill Pierce depuis qu'ils avaient fréquenté ensemble les bancs de la fac à Los Angeles. Ils étaient tous les deux étudiants en Arts Visuels, et tous les deux expatriés – Rill venait d'Irlande et Chance d'Australie. Rill était devenu par la suite un célèbre réalisateur de cinéma, et Chance avait choisi la photographie, mais ils ne s'étaient jamais perdus de vue au fil des années. Lorsque Rill lui avait parlé de son rôle d'ambassadeur pour l'association *Food for Body and Soul*, une coopérative agricole qui fournissait des produits frais et sains aux familles défavorisées du Midwest et des Appalaches, Chance s'était montré intéressé. Il avait ainsi profité de quelques jours de vacances pour venir voir Rill dans sa demeure de Vulture Canyon et lui offrir ses services. C'était

Rill qui lui avait suggéré que ses talents pourraient être utiles à l'association.

— C'est pour ça que vous voulez parler à Sherona ? À cause de *Body and Soul* ?

Chance hocha la tête.

— On m'a dit qu'elle s'occupait des relations publiques de l'association. Je pensais lui demander des conseils sur les endroits qu'il serait intéressant de photographier.

— Eh bien, elle devrait revenir d'ici quelques minutes, répondit Derek d'un ton un peu plus aimable.

Chance n'avait fait qu'occulter une partie de la réalité. Rill lui avait bien dit que Sherona était la personne à contacter concernant la brochure. Il devait également admettre qu'il brûlait d'envie de la rencontrer depuis qu'il savait que c'était *elle*, la femme du lac. Quand il l'avait appris par Rill, il avait su que la chance était avec lui.

Il avait raconté à son ami – dans une version très édulcorée – ce qui s'était passé deux jours plus tôt au lac Orchard. Ils étaient assis tous les deux sur la véranda de la grande maison de Rill et Katie et savouraient l'air frais du soir. Le cinéaste lui avait posé des questions précises sur l'apparence de la jeune femme.

— Je suis certain que c'était Sherona Legion, la propriétaire du *diner* à qui je t'ai dit de t'adresser pour la brochure, lui avait dit Rill tout en se renfognant sur le vieux siège de jardin en bois.

— Comment peux-tu en être si sûr ? lui avait demandé Chance d'une voix amusée.

Rill lui avait jeté un coup d'œil en biais.

— Tu penses que beaucoup de femmes à Vulture Canyon correspondent à la description que tu m'as faite ?

Rill avait siroté une gorgée de bière tout en contemplant d'un air pensif le ciel bleu lavande du crépuscule.

— Je ne pense pas qu'il y ait beaucoup de femmes sur la *planète* qui correspondent à ce que j'ai vu hier matin.

Son ami avait levé les yeux au ciel.

— Sacré compliment, venant d'un photographe globe-trotter qui peut se vanter de connaître les plus belles femmes du monde !

Gêné, Chance avait tourné les yeux vers la porte d'entrée. Katie devait les rejoindre d'une minute à l'autre.

— Ne dis pas ce genre de choses devant ta femme. Katie pensera que je ne suis qu'un fils à papa sans intérêt, et je n'aurai aucune chance d'être réinvité chez vous.

— Katie n'a pas besoin de moi pour se forger sa propre opinion. Elle ne te reprochera pas ton statut d'héritier de la fortune Hathoway ou ton succès avec les femmes, sauf si tu lui en donnes des raisons, dit Rill avec un petit sourire.

Chance poussa un soupir. Il appréciait beaucoup Katie, aussi lumineuse que Rill était sombre. Il ne voulait pas qu'elle le méprise.

— Katie ne réduit pas les gens à des stéréotypes. Elle a dû elle-même lutter contre ce genre de préjugés, du temps où tout le monde ici la voyait comme une riche blonde venue d'Hollywood. De plus, elle sait aussi prendre du recul par rapport à la célébrité – n'oublie pas de qui elle est la sœur, dit Rill en faisant allusion à Everett Hughes, le célèbre acteur hollywoodien.

— Ni de qui elle est la femme, je suppose, répliqua Chance avec ironie.

Rill s'était contenté de hausser les épaules.

— Je prendrai le plat du jour et un verre de thé glacé, annonça Chance à Derek en sortant de sa rêverie.

L'adolescent hocha la tête et jeta un coup d'œil vers l'endroit où se tenait le jeune homme à la casquette.

— Tu as fini de manger, Errol ? demanda l'homme aux cheveux gris.

Errol hocha la tête.

— Très bien. Je vais te raccompagner chez toi, alors, reprit le quinquagénaire d'un ton à la fois bourru et tendre qui surprit un peu Chance.

Les deux hommes mangeaient sur des banquettes séparées, et le photographe n'aurait pas cru qu'ils se connaissaient. Le jeune homme à la casquette reposa sa fourchette en un geste docile qui ressemblait à celui d'un enfant.

— Voilà pour nous deux, fit l'homme âgé en déposant de l'argent sur le comptoir.

— Merci, Monty. N'oublie pas le pain que Sherona t'a mis de côté, Errol, dit Derek en désignant un grand sac en papier posé sur le bar.

Errol le saisit au passage, d'un geste machinal.

— À la prochaine ! lança l'homme grisonnant.

— Bonne journée, Monty. À toi aussi, Errol, répondit Derek avant de consulter sa montre et d'ouvrir la porte du réfrigérateur.

Le dénommé Errol emboîta le pas de Monty jusqu'à la sortie. Chance comprit après coup que tous les occupants du *diner* qu'il avait croisés se connaissaient aussi intimement que s'ils formaient une famille. Le restaurant de Sherona Legion était la cantine de cette minuscule ville.

Il se retourna en entendant un bruit derrière le comptoir. Sherona franchit le seuil de la porte à double battant tout en nouant un tablier autour de ses hanches.

— Je suis revenue, Derek, tu peux y aller. Mike t'attend devant l'épicerie.

Elle leva les yeux et se figea en voyant Chance assis derrière le bar.

— Bonjour !

À supposer qu'elle portât du maquillage, le photographe n'arrivait pas à le distinguer. Elle n'en avait pas besoin. Ses lèvres, légèrement entrouvertes sous l'effet de la surprise, étaient d'un adorable rose sombre naturel. Aucun artifice n'était nécessaire pour les rendre plus pleines.

Ou plus sensuelles.

Perdu dans ses pensées, Chance se rendit compte que Derek les regardait d'un air gêné.

— Je peux rester, je n'ai rien à faire de spécial, dit le jeune homme d'un air de défi.

Sherona fronça les sourcils et se redressa, adressant un regard sévère à son jeune frère.

— Qu'est-ce que tu racontes ? Mike t'attend, et ça fait un moment que tu nous rebats les oreilles avec cette partie de pêche.

Cette fois, Sherona remarqua le coup d'œil embarrassé que Derek jeta à Chance.

— Ça va aller, crut-il l'entendre murmurer entre ses dents serrées. (Elle regarda le photographe.) Est-ce que Chance a pris votre commande ?

ajouta-t-elle d'un ton pas vraiment froid, mais professionnel.

— J'ai demandé le plat du jour et un thé glacé.

Elle hocha la tête et commença à s'activer derrière le bar. Derek hésita, mais il semblait rassuré par l'attitude distante de sa sœur vis-à-vis de Chance. Il retira son tablier et quitta l'arrière du comptoir.

— Je crois que je vais y aller, alors.

Sherona déposa une boîte de conserve sur une étagère et s'avança vers son frère pour lui dire au revoir. Elle l'étreignit brièvement et déposa un baiser sur sa joue.

— Appelle-moi quand tu veux. Et profite bien de ta sortie. Vu ton dernier bulletin de notes, tu l'as bien méritée, dit-elle avec fierté.

Derek eut un petit sourire et se dirigea vers la porte. Il adressa au photographe un salut méfiant avant de quitter le restaurant.

Chance et Sherona étaient seuls dans le *diner*.

Il se dit que la meilleure chose à faire était de l'aborder en lui disant qu'il était désolé pour ce qui s'était passé au lac Orchard. Il s'avança vers le comptoir et s'assit sur un tabouret. La jeune femme ne montra pas le moindre intérêt pour lui – elle ne semblait pas attendre des excuses, ni d'ailleurs quoi que ce soit d'autre.

Il la contempla avec fascination tandis qu'elle préparait son repas. Elle était vêtue de façon plutôt… eh bien, *négligée*, pour être honnête : tee-shirt blanc informe, un jean usé et des Converse noires. Mais Chance s'en fichait. Même si elle avait porté du Chanel, la seule chose qu'il aurait vue était l'image de sa nudité glorieuse dans les flots.

S'habillait-elle de cette manière pour dissimuler son corps de déesse ? Cet artifice aurait pu donner le change à certains hommes, mais pas à lui. Même accoutrée d'un sac poubelle, elle lui aurait paru divinement sexy.

Elle se déplaçait comme si elle exécutait une danse à la chorégraphie soignée – ouvrir le réfrigérateur, attraper une poêle d'une main et une assiette de l'autre, refermer la porte du frigo, déposer la poêle sur le feu, ouvrir le gaz, faire glisser l'assiette dans le four, ouvrir de nouveau le réfrigérateur, attraper la carafe de thé, déposer quelques glaçons dans un verre…

Elle se mouvait avec efficacité, mais aussi une grâce extrême – chaque fois, la poêle ou l'assiette se trouvait exactement à l'endroit où il fallait qu'elles soient quand elle tendait la main. En quelques minutes, elle garnit devant lui une assiette fumante de boulettes de viande en sauce, de pommes de terres sautées, de maïs tendre et de haricots verts. Quand elle déposa devant lui des couverts et un set de table, Chance prit alors conscience qu'il n'avait pas encore prononcé un mot. Elle l'hypnotisait totalement, comme l'autre matin, au lac.

— Merci, fit-il avec chaleur en humant l'odeur délicieuse de l'assiette.

Elle resta debout à le contempler, cessant tout à coup de tourbillonner dans sa cuisine. Elle avait attaché ses cheveux en une queue de cheval basse. Maintenant qu'ils étaient secs, Chance remarquait que leur couleur auburn correspondait presque parfaitement avec le noisette de ses yeux.

Malgré l'expression calme et indéchiffrable qu'elle affichait, il voyait son pouls battre à sa gorge.

— Qu'est-ce que vous avez l'intention de faire avec ces photos ?

Il cligna les yeux. Elle avait une voix grave et envoûtante, où perçait une pointe de colère.

— Je n'ai pas l'intention d'en faire quoi que ce soit.

Les narines de Sherona frémirent légèrement, et ses yeux bruns étincelèrent.

— Alors, pourquoi les avoir prises ? répliqua-t-elle en croisant les bras sur la poitrine.

Il ne put s'empêcher de baisser les yeux un instant, avant d'adresser un regard d'excuse à Sherona.

— Pourquoi, à votre avis ? répondit-il avec calme. (Il la vit se raidir, et soupira.) Désolé. Je n'aurais pas dû dire ça. J'ai eu tort de prendre ces photos. La vérité, c'est que je n'ai pas pu m'en empêcher. Vous êtes si belle…

Elle le contempla en silence.

Il prit sa fourchette et piqua dans la viande tendre. Une seconde plus tard, il laissa échapper un soupir d'aise tout en mâchant. Avait-il vu un infime sourire amusé sur les lèvres de la jeune femme ? Il reposa la fourchette et lui tendit la main, espérant profiter de cette accalmie temporaire dans son irritation. Elle lui serra la main avec réticence.

— Chance Hathoway. Je suis un ami de Rill Pierce, et je lui ai proposé de réaliser les photos pour la brochure de *Food for Body and Soul.* J'ai cru comprendre que je devais vous voir pour les questions pratiques.

— Je crois que vous m'avez déjà assez vue, non ?

Il éclata de rire la bouche pleine. La jeune femme le fixa d'un air désapprobateur, mais il ne parvenait pas à réprimer son hilarité. La réponse de Sherona lui avait fait baisser sa garde.

— Je n'en ai pas vu autant que je l'aurais aimé, répondit-il en toute honnêteté avant d'enfourner une nouvelle fourchetée de pommes de terre. Votre frère avait raison, ajouta-t-il une fois sa bouchée avalée. Vous êtes une cuisinière hors pair.

Sherona resta sur la défensive, et il comprit qu'il n'allait pas lui faire oublier sa faute en la charmant.

Il posa sa fourchette.

— Écoutez… (Il n'avait pas *envie* de lui faire cette offre, mais il savait qu'il n'avait pas le choix), mon ordinateur portable est dans ma voiture. Je vous apporterai les photos une fois que j'aurai fini de manger, et vous pourrez les écraser vous-même.

— Vous voulez dire les supprimer ? demanda-t-elle, visiblement déroutée par son jargon de photographe.

— Oui. Si c'est ce que vous voulez.

Elle décroisa les bras, s'avança vers l'évier et s'empara d'un torchon.

— Ce que j'aurais surtout voulu, c'est que vous respectiez mon intimité, fit-elle en commençant à briquer énergiquement le bar. Mais comme vous ne m'avez pas accordé cette faveur, je me contenterai de votre dernière offre. Comment puis-je être sûre que vous n'avez pas déjà fait des dizaines de copies de ces photos ?

— Je suis photographe professionnel. Je ne diffuse jamais de photos de personnes sans autorisation signée des intéressés. Si je le faisais, on pourrait me traîner en justice, ajouta-t-il en mordant dans l'épi de maïs beurré qui fondit dans sa bouche. Bon sang, qu'est-ce que c'est bon !

Elle rinça le torchon et l'étendit avec soin.

— Très bien. J'ai parlé de vous hier avec Katie Pierce, et elle a l'air de vous trouver plutôt digne de confiance. Je suppose que je vais devoir me fier à elle.

— *Plutôt* digne de confiance ?

Chance fronça les sourcils, interrompant un instant son repas. Cela faisait longtemps qu'il n'avait rien mangé d'aussi bon. Le petit sourire que Sherona lui adressa lui fit presque oublier la pointe de déception qu'il avait ressentie en apprenant que Katie le jugeait *plutôt* fiable. Il faisait vraiment tout son possible pour faire une bonne impression à son hôtesse depuis qu'il était arrivé à Vulture Canyon.

— Aussi digne de confiance que puisse l'être un homme disposant d'une fortune illimitée, d'un talent à l'avenant et d'un charme irrésistible.

— Katie vous a dit ça ?

— Non. Elle vous a décrit en termes plus aimables, mais c'est la conclusion que j'en ai tirée. (Elle se dirigea vers la porte, derrière le comptoir.) J'ai quelques cartons à défaire dans l'arrière-boutique. Appelez-moi quand vous aurez fini, et apportez votre ordinateur.

— Vous voulez dire que vous allez *vraiment* effacer les photos vous-même ?

— À votre place, je n'en douterais pas, répondit-elle en lui jetant un regard froid avant de disparaître dans l'arrière-boutique.

Chance sourit et mordit avec voracité dans son pain de viande. Dans l'intimité de la chambre d'hôte où il résidait chez Rill et Katie, il avait contemplé ces photos bien plus de fois qu'il ne saurait l'admettre. Il était bien placé pour savoir qu'il s'agissait de clichés d'une qualité exceptionnelle. Sherona allait devoir regarder les photographies une par une avant de les effacer, et il se trouverait à côté d'elle pendant qu'elle le ferait.

Il avait hâte d'y être.

2

Sherona sursauta quand elle entendit Chance l'appeler par son nom, et faillit presque lâcher les boîtes de conserve qu'elle était en train de ranger sur l'étagère. Elle était fébrile depuis l'instant même où elle l'avait vu assis derrière le comptoir avec son grand corps mince et viril. Un homme comme Chance Hathoway ne mettait jamais les pieds dans des endroits comme Vulture Canyon, et cette visite éphémère allait sans doute émouvoir plus d'un cœur féminin dans la ville.

Pour des raisons connues de lui seul, le destin avait décidé que ce serait son cœur à *elle*, songea la jeune femme avec ironie en lissant nerveusement son tee-shirt et en se ruant vers son bureau pour se regarder dans le miroir craquelé qui s'y trouvait. Et si ce n'était son cœur, c'était déjà son corps... Elle ne se souvenait pas d'avoir jamais ressenti sa propre féminité de manière aussi intense, comme elle l'avait fait sur les rives du lac, deux jours plus tôt, avec l'objectif de Chance pointé sur elle. C'était très embarrassant de songer qu'il l'avait surprise durant ce moment de sensualité exacerbée.

À moins que le plus gênant ne fût de savoir qu'elle avait éprouvé de l'excitation *précisément parce qu'il l'observait.* En pensant à cela, elle se sentait très vulnérable vis-à-vis de lui.

Elle savait très bien qui il était, bien sûr. Elle l'ignorait quand elle l'avait vu au bord du lac, mais Katie avait mentionné le nom de leur invité la veille, en passant au *diner,* et Sherona savait additionner deux plus deux. Son frère, Derek, lui avait offert l'un des livres de Chance Hathoway l'hiver dernier, lorsqu'elle avait commencé à s'intéresser à la photo. Hathoway était un des meilleurs photographes de paysages au monde ; ses photos étaient exposées dans des musées, des galeries d'art, des magazines, des livres et des journaux dans le monde entier. Il avait gagné de multiples prix pour son travail – une quantité impressionnante pour un homme si jeune. Le fait qu'il soit par ailleurs l'héritier de l'immense fortune de la famille Hathoway, et un Australien séduisant à la réputation d'aventurier et de *bad boy* ne faisait qu'ajouter à l'aura du personnage.

C'était l'homme avec qui Sherona Legion – propriétaire de *diner,* cuisinière, serveuse et résidente à vie d'une bourgade perdue, Vulture Canyon – s'apprêtait à aller regarder des photos de nus.

Des photos *d'elle* nue.

Tandis qu'elle sortait de son bureau, son regard s'attarda sur le billet de loto qu'elle avait acheté quelques jours plus tôt. Elle l'avait épinglé sur le panneau en liège, au-dessus des dix autres pour lesquels elle avait gaspillé son argent en dix ans. C'était un rituel stupide, elle le savait, mais elle ne pouvait s'empêcher d'en acheter un chaque année dans l'espoir d'échapper un jour à Vulture Canyon – une tentative futile et éphémère de briser la monotonie de son quotidien.

Parfois, il fallait tenter sa chance si l'on voulait vraiment vivre sa vie.

Elle s'efforça de plaquer sur son visage l'expression impassible et professionnelle qu'elle avait fini par adopter en permanence au bout de dix années passées à travailler comme cuisinière et serveuse dans une communauté d'artistes et de marginaux, et poussa la porte battante qui ouvrait sur la salle de restaurant.

Il était assis sur son tabouret, devant son verre d'eau fraîche, son ordinateur et un paquet de pastilles à la menthe. Elle remarqua que son assiette n'était plus là. En jetant un coup d'œil vers l'évier, elle vit qu'il avait fait la vaisselle.

— Faites comme chez vous ! dit-elle d'un ton à la fois sarcastique et amusé.

— Je voulais juste débarrasser derrière moi, dit-il en essayant de prendre un air innocent.

Il échoua lamentablement. Pas évident, pour un grand gaillard baroudeur à la barbe de trois jours qui avait arpenté à peu près tous les endroits du globe, d'avoir l'air angélique. Elle lui jeta un regard ironique.

— N'ouvrez pas les photos ici ! s'exclama-t-elle en se rendant compte que l'écran de l'ordinateur était tourné vers l'entrée du *diner*.

Comme si elle avait besoin que ses clients la voient nue comme un ver ! La colère monta de nouveau en elle à l'idée de cette violation de son intimité.

— Venez, ordonna-t-elle en lui faisant signe de la suivre.

Elle ne lui jeta pas un regard avant qu'ils aient pénétré dans son minuscule bureau à l'arrière de la salle et se furent assis.

— On ne devrait pas verrouiller la porte du restaurant ? demanda Chance après s'être installé sur la seule autre chaise du bureau.

Ses genoux étaient coincés sous le panneau de bois – cette pièce était vraiment trop exiguë pour lui.

À moins que ce soit *lui* qui soit trop grand. Chance Hathoway lui semblait très impressionnant dans son petit univers familier.

— Personne ne rentrera probablement ici dans les deux prochaines heures, et si ça arrivait, j'entendrais la clochette de la porte, répondit-elle d'une voix calme et assurée.

En réalité, son cœur battait bien trop vite.

Il déposa l'ordinateur sur le bureau et tapota sur quelques touches, l'air concentré. Il avait des yeux noisette piquetés d'or, d'une couleur chaude en accord parfait avec ses cheveux blond sable. Bien que sa peau, ses yeux et ses cheveux soient de nuance claire, ses cils épais, les poils de ses bras et l'ombre de barbe qui recouvrait sa mâchoire étaient plus sombres.

Il orienta l'ordinateur de manière qu'elle puisse bien voir l'écran. Son expression s'était faite aussi impassible que celle de la jeune femme, comme s'ils étaient tous les deux attablés autour d'une partie de poker.

Elle contempla l'écran. Et sentit sa bouche s'assécher.

Sur la première photo, elle s'avançait vers la rive, les cuisses encore immergées. La lumière du matin et les gouttes d'eau luisantes sur son corps nu rendaient son corps… luminescent. Cependant, c'est l'expression de son visage qui la frappa le plus. Elle paraissait sereine, mais un léger sourire se dessinait sur ses lèvres.

C'était comme si Chance avait eu conscience qu'il capturait une partie d'elle dont elle-même n'avait pas réellement connaissance.

Maintenant, elle avait vu.

Elle se sentait bizarre… comme hébétée.

— Le bouton « supprimer » est juste là.

En entendant sa voix bourrue, elle releva les yeux sur son visage. Son expression était grave… patiente. Elle ne bougea pas.

— Vous voulez voir les autres ? reprit-il après un silence interminable.

Elle hocha la tête, incapable d'articuler un mot.

Ses longs doigts s'agitèrent au-dessus du clavier, rappelant à Sherona la manière sensuelle dont il manipulait son appareil près du lac – des gestes précis, économes, fluides. Elle contempla l'écran, submergée par une émotion qu'elle ne parvenait pas vraiment à identifier. La deuxième image la montrait en train d'essorer ses cheveux au-dessus de l'eau ; des gouttelettes cristallines scintillaient sur son sein droit, et un mince filet d'eau ruisselait le long de ses côtes.

Sur celle-ci, elle se tenait tout près de la rive. Chance avait saisi l'expression d'une femme totalement en paix avec elle-même – qui appréciait sa propre compagnie. Des larmes apparurent au coin des paupières de Sherona.

Il appuya sur une nouvelle touche, et la jeune femme eut le souffle coupé devant ce qu'elle vit. Elle regarda Chance, les yeux écarquillés. Il la contemplait sans ciller, comme il l'avait fait quand il l'avait photographiée, au moment où elle s'était rendu compte de sa présence. À présent, Sherona éprouvait exactement la même chose qu'en cet instant : une excitation diffuse commençait à se répandre dans son bas-ventre.

Il passa à la photo suivante. Sur cette image, la jeune femme fixait l'objectif, les mains le long de ses flancs, les épaules hautes et la poitrine bombée, un air de défi sur le visage.

— Non, arrêtez ! s'exclama-t-elle en voyant qu'il s'apprêtait à passer à la suivante.

— Pourquoi ? Celles-ci sont les plus belles de toutes... et sans doute les plus émouvantes, dit-il en la regardant avec chaleur.

Il appuya sur une touche, et Sherona crut que son cœur allait s'arrêter. Elle ne pouvait pas détacher les yeux de l'image. Sur cette dernière, elle fixait toujours l'objectif, sans crainte. À cause peut-être de la lumière du soleil levant, sa peau semblait avoir une nuance cuivrée. Quelques gouttes d'eau s'accrochaient aux poils de son pubis et aux deux doigts qu'elle avait glissés entre ses lèvres intimes pour apaiser son excitation.

Elle sentit ses joues devenir écarlates. Avec réticence, elle croisa le regard de Chance et ressentit de nouveau cette pointe de désir. Pourquoi le regard qu'il posait sur elle lui faisait-il autant d'effet ?

— Maintenant que vous les avez vues, vous ne pouvez pas vouloir les détruire, dit-il d'une voix grave et musicale qui résonna comme une caresse dans la pièce confinée. (Sa voix troublait Sherona autant que son regard.) Elles comptent parmi les meilleures photos que j'aie jamais prises, reprit le photographe.

Elle cligna les paupières, interdite.

— Je suis sincère, reprit-il avec calme. Je veux vous photographier à nouveau.

— Vous voulez dire… nue ?

Il hocha la tête. Ils parlaient à présent sur un ton bas, presque intime. La jeune femme se sentait toujours à demi hébétée, mais l'excitation croissante qui irradiait dans son sexe semblait la rappeler à la réalité, à ce moment partagé avec Chance. Elle ne pouvait pas lui échapper. Elle n'en avait pas envie.

— Mais pas simplement nue, dit-il.

Cette réponse emplit Sherona de confusion, et fit courir un nouveau frisson d'excitation dans son corps. C'était comme s'il arrivait à la séduire… à la caresser, rien qu'avec sa voix.

— Qu'est-ce que vous entendez par « pas simplement nue » ?

Il hocha la tête en direction de l'écran. L'image de Sherona les fixait tous deux, incarnation de la sensualité.

— Je veux en voir *davantage*. Je veux libérer l'essence de ce que je perçois ici. Je veux tout voir, Sherona.

Dans le silence qui suivit, Sherona entendit son pouls marteler ses tempes.

— Que… Qu'est-ce que vous voulez en faire ? Des photos ?

— Les conserver comme un trésor précieux, je l'espère.

Le cœur de la jeune femme se figea dans sa poitrine.

— Je ne laisserai jamais personne les voir, à part vous. Je vous en prie… Je voudrais tant vous faire partager ce que *je* vois quand je vous regarde. J'ai envie de célébrer votre beauté. Vous êtes la plus belle femme que j'aie jamais vue.

Cette dernière phrase fit voler en éclats le halo d'excitation diffuse qui s'était formé autour d'elle. C'était une affirmation complètement ridicule.

— Épargnez-moi votre baratin ! lâcha-t-elle en se relevant d'un mouvement vif. (Elle se sentit soudain très vulnérable, et rabaissa l'écran de l'ordinateur pour masquer l'image offensante – et fascinante.) Je suis sûre que vous racontez les mêmes salades à toutes les femmes que vous rencontrez pour qu'elles se déshabillent devant vous.

— Non. Je ne fais jamais ça.

Le calme de sa réponse ébranla Sherona. Elle entendit la clochette de la porte du restaurant tinter.

— Je ne photographie pas les gens, d'habitude. Je suis spécialisé dans les paysages.

Elle déglutit avec peine. Bizarrement, elle le croyait – après tout, un homme aussi séduisant n'avait aucun besoin d'élaborer ce genre de scénario stupide pour coucher avec des femmes. De plus, elle connaissait ses magnifiques photos de paysages et avait le sentiment qu'il était incapable de dévoyer son art pour satisfaire ses instincts vulgaires.

Les photos qu'il avait prises d'elle étaient tout sauf vulgaires. Elles étaient érotiques, mais d'une grande force esthétique. Elles ne rabaissaient pas sa sensualité, elle l'exaltaient.

— Je… Je dois y aller. Un client est entré, dit-elle en se dirigeant vers la sortie du bureau.

Il se releva et s'avança vers elle, lui bloquant le passage.

— Sherona ?

— Oui, murmura-t-elle en fixant les boutons de sa chemise de manière qu'il ne puisse pas croiser son regard.

— Vous allez réfléchir à ma proposition ?

— Je… je ne sais pas.

Éberluée, elle leva les yeux vers lui quand il lui toucha la joue. Le visage de Chance était soudain très proche du sien, et elle fut frappée par la beauté de ses traits virils et ciselés. Elle percevait la fragrance de son après-rasage et quelque chose qui lui rappelait l'air piquant de la forêt.

— Vous avez le droit de ne pas me croire, mais votre beauté me captive totalement, dit-il avec douceur.

Elle sentit son souffle chaud contre ses lèvres. Il effleura sa bouche de la sienne, cherchant un baiser. Sans y réfléchir, elle se soumit à sa chaleur… à son toucher. Elle colla ses lèvres contre les siennes et ferma les yeux quand il lâcha un soupir de plaisir. Il posa la main le long de sa gorge en un geste possessif et se pencha au-dessus d'elle.

Une chaleur moite inonda le creux des cuisses de la jeune femme lorsqu'elle sentit sa langue s'introduire dans sa bouche. Elle sentit son goût l'envahir – la saveur fraîche de la menthe, et autre chose qu'elle ne parvenait pas à définir, mais que chaque cellule de son corps reconnaissait. Plus rien n'existait soudain que la sensation de sa langue jouant avec la sienne, conquérante, explorant sa bouche jusqu'à ce qu'elle laisse échapper un gémissement de plaisir.

Il saisit sa taille entre ses mains et l'attira plus près de lui, caressant ses hanches avec une telle douceur qu'elle sentit une onde de frissons courir sur sa peau. Elle se lova instinctivement contre lui et sentit son membre dressé à travers son jean. Il était si chaud, si viril et si dur... elle ne s'était jamais sentie aussi excitée de toute sa vie.

Lorsqu'il descella leurs lèvres, elle laissa échapper un hoquet de frustration. Il continua à faire pleuvoir de petits baisers joueurs sur sa bouche.

— Je vais prendre soin de toi, Sherona, murmura-t-il. Laisse-moi capturer ton image avec mon appareil. Je veux voir le plaisir illuminer ton visage. Je veux te voir aussi trempée que le jour où tu es sortie du lac devant moi – mais de désir, cette fois. Je veux te montrer ce que tu peux être, ce que tu peux *ressentir.*

Sherona le contempla, bouleversée par ses paroles. C'était difficile de réfléchir, le corps toujours collé au sien, le goût de sa bouche encore dans la sienne. Il la serrait de manière possessive, une promesse ardente dans les yeux. Elle recula un peu et brisa leur étreinte, puis porta la main à ses propres lèvres comme pour effacer le souvenir de leur baiser.

Inutile d'essayer. Ce baiser resterait probablement gravé dans sa mémoire jusqu'à la fin de ses jours.

Elle lui adressa un dernier regard désespéré avant de se diriger vers la salle du *diner.* Une minute plus tard, quand il la rejoignit dans le restaurant, elle était en train de préparer du café pour ses clients.

— Pourrais-je passer demain pour que vous me fassiez visiter l'épicerie, ou d'autres endroits que vous aimeriez voir figurer dans la brochure ? demanda-t-il d'une voix neutre.

Elle lui jeta un regard en biais. Il était ostensiblement revenu au vouvoiement. Elle lui sut gré de cette réserve qui lui permettait de sauver la face devant ses clients et de prendre le temps de réfléchir. Regarder ces photos avec lui, l'entendre prononcer ces mots excitants, l'embrasser… cela avait été une expérience extraordinairement intense, et intime aussi.

— Le *diner* ferme à midi le dimanche, répondit-elle.

— Parfait. Je passerai vous prendre chez vous alors. Où habitez-vous ?

— *Non*.

Elle rougit en prenant conscience du ton abrupt qu'elle avait employé. Derek serait absent pendant plusieurs jours, et elle n'était pas sûre de vouloir revoir le photographe en tête à tête dans sa maison vide. Pas après ce qui s'était passé.

Elle jeta un coup d'œil prudent aux trois clients et baissa la voix :

— Venez me retrouver ici. J'ai du travail à finir après la fermeture du *diner*. Seize heures, ça vous va ? La chaleur sera moins étouffante en fin d'après-midi, pour visiter la ferme. Je pourrai vous montrer les endroits que nous souhaitons voir figurer sur la brochure.

Il hocha la tête, les paupières étrécies.

— Et vous réfléchirez à ma proposition d'ici là ?

— Oui, répondit Sherona avec une assurance qu'elle était loin de ressentir.

Elle se détourna et commença à préparer les commandes.

Elle doutait fort d'arriver à penser à *autre chose* qu'à sa proposition durant les prochaines vingt-quatre heures.

3

Sherona resta immobile et regarda Chance Hathoway contempler l'intérieur de l'épicerie de *Food for Body and Soul*, où était vendue une petite partie de la production de la coopérative. Il avait absorbé le décor de la même façon lorsqu'elle l'avait escorté jusqu'à la ferme – *absorber* était bien le mot juste pour décrire sa façon d'enregistrer tout ce qui l'entourait. Elle avait l'étrange impression qu'il voyait des choses de son quotidien auxquelles elle-même était aveugle.

Fort heureusement, il n'avait pas mentionné une seule fois depuis qu'il était passé la chercher l'offre audacieuse qu'il lui avait faite au *diner* – c'était du moins ce qu'elle se disait. Cependant, alors qu'elle passait du temps avec lui et développait un respect croissant pour le sérieux qu'il manifestait, sa conversation plaisante et sa mâle séduction, ses doutes ne faisaient qu'augmenter. Au bout d'une heure et demie, son détachement apparent, la facilité qu'il avait à faire abstraction de ce qui s'était passé entre eux – la scène du lac, et sa proposition osée de prendre d'autres clichés dénudés d'elle – avaient fini par la rendre nerveuse. Elle était incapable de ne pas y penser, comme elle aurait été incapable d'ignorer un éléphant planté au milieu d'une pièce.

Alors qu'il s'avançait vers elle de sa démarche sensuelle de prédateur, des mèches de cheveux blond sable lui retombant sur le front et un petit sourire aux lèvres, elle regretta qu'il n'évoque pas le sujet – cela mettrait un terme à l'appréhension qu'elle ressentait chaque fois qu'il faisait mine de dire quelque chose.

Elle n'en revenait pas d'avoir sérieusement envisagé d'accepter sa proposition. Certaines de ses amies auraient été scandalisées par l'offre de Chance – sans parler de sa réaction à *elle*. Mais elles n'avaient pas vu les photos. Personne ne pouvait comprendre l'extraordinaire sensation de puissance qui avait saisi Sherona quand elle avait contemplé ces images qui représentaient une part de ce qu'elle était *réellement*.

— Je me disais que ce serait une bonne idée de mettre aussi une photo du fleuve, fit-elle en désignant d'un geste les bois qui bordaient l'Ohio. La vue de là-bas est vraiment magnifique, et cela donnera une idée du cadre dans lequel évoluent les membres de l'association. Mais c'est vous, le professionnel, ajouta-t-elle comme il ne répondait pas immédiatement. Je vous laisse juge de ce que vous souhaitez inclure ou pas dans la brochure.

— Je pense que c'est une excellente idée, dit-il. (Il fouilla dans la poche de poitrine de son tee-shirt blanc et attrapa ses lunettes de soleil.) Je ne refuse jamais de photographier un paysage. Vous voulez me conduire jusqu'au fleuve ?

Elle adressa un signe de tête à Louis Vanhard, le quadragénaire aux cheveux longs, résident de longue date de Vulture Canyon, qui s'occupait de la caisse, et sortit de la boutique. Elle guida Chance le long d'un sentier forestier qui partait du parking de l'épicerie et menait directement au fleuve. À la seconde où ils pénétrèrent sous l'ombre des feuillages, Sherona sentit l'attention du photographe s'intensifier. Elle se tourna vers lui lorsqu'ils atteignirent la petite clairière, au bord de l'eau.

— Vous avez raison, dit-il en balayant les environ du regard. (Il retira ses lunettes de soleil et scruta la rive opposée, comme s'il mesurait la lumière.) Ça sera parfait pour la brochure. Je viendrai prendre les clichés au petit matin, je pense.

Il remit ses lunettes et se tourna vers elle.

— Est-ce que je peux vous demander... pourquoi vous faites ça ?

— Pourquoi je fais quoi ?

— Pourquoi vous prenez de votre temps pour venir dans une minuscule ville comme Vulture Canyon et réaliser des photos gratuitement ?

— C'est pour la bonne cause, non ? De la nourriture saine pour des familles dans le besoin ?

Sherona hocha la tête d'un air pensif et le contempla entre ses paupières étrécies.

— Vous êtes un philanthrope, alors.

— Je n'ai pas une vocation de bienfaiteur, si c'est ce que vous entendez par là. Mais certaines choses me touchent particulièrement. Je suis plutôt un écolo, pour tout vous dire.

— Un écolo ?

— Disons... un amoureux de la nature. J'ai photographié les plus beaux paysages du monde. Je ne peux pas contempler cette beauté sans avoir envie de la préserver par tous les moyens qui sont à ma disposition.

Un frisson parcourut la chair de la jeune femme. Elle ne distinguait pas ses yeux à travers le verre sombre des lunettes, mais elle avait l'impression qu'il venait de la détailler des pieds à la tête.

— Pourtant, vous êtes l'héritier d'une grande fortune. Vos convictions personnelles n'entrent-elles pas en conflit avec le fait que vous serez un jour à la tête d'un énorme conglomérat financier ? Que ferez-vous, le jour où l'on vous dira qu'il est nécessaire de sacrifier une portion de la forêt pour construire vos magasins ?

— Je n'ai pas demandé à naître dans cette famille-là, répondit-il d'une voix égale.

— Alors, vous refuserez de prendre la suite de votre père ?

— Je n'ai pas dit cela. Je voulais juste souligner que j'avais mes propres convictions. Ça n'a rien à voir avec une simple rébellion adolescente contre le style de vie de mon père – c'était peut-être le cas au début, mais les expériences que j'ai vécues au cours des quinze dernières années m'ont beaucoup marqué. J'ai vu des choses qui ont modifié à jamais mes valeurs.

L'assurance tranquille avec laquelle il avait parlé impressionna la jeune femme. Il n'y avait rien de défensif dans son ton.

— Je vous admire, reprit-elle sincèrement au bout d'un moment. Je vous envie pour les endroits que vous avez vus… les choses que vous avez faites. J'ai toujours désiré voir le monde. Voyager. (Elle soupira et contempla le fleuve scintillant.) Vulture Canyon est mon seul univers.

— Ce n'est pas si terrible, fit-il en se perdant lui aussi dans la contemplation du paysage inondé de soleil. Vous vivez dans un endroit magnifique, et les gens d'ici semblent bienveillants.

Elle lui jeta un regard en biais.

— C'est vrai. Alors... Qu'allez-vous faire ? Avec la fortune de votre père ? ne put-elle s'empêcher de demander.

Il haussa les épaules.

— Mon père a encore une santé de fer. Il n'est pas près de passer la main. Si j'hérite un jour de ses responsabilités et de son argent, je prendrai des décisions fondées sur mes valeurs, pas les siennes.

La jeune femme ne put s'empêcher d'afficher un sourire incrédule.

— Et il le *sait* ? Votre père ?

— Brandon C. Hathoway n'est pas un imbécile. Il connaît son fils. S'il me lègue sa fortune un jour, ce sera en connaissance de cause : son argent durement gagné se retrouvera entre les mains d'un écolo raté.

Elle sourit en l'entendant accentuer le mot *raté*.

— Si c'est le cas, il doit beaucoup vous aimer.

Chance haussa les épaules.

— Je suis son fils unique. Je l'aime assez pour le laisser mener ses affaires tranquille, et lui m'aime assez pour s'abstenir de me chapitrer sur ma vie dissolue quand je le vois à Noël.

— Ça ressemble à une relation raisonnable entre deux hommes très différents.

— Et vous ? Où sont vos parents ?

— Ils sont décédés dans un accident de voiture quand j'avais dix-huit ans, et Derek huit.

Le sourire de Chance s'évanouit.

— Je suis désolé…

— C'est arrivé il y a longtemps, et j'ai eu le temps de faire mon deuil, même s'ils me manquent encore. Le *diner* leur appartenait. J'y ai travaillé comme serveuse dès mes douze ans. Chaque fois que je passe la porte du restaurant, je peux encore sentir leur présence.

— C'est vous qui avez élevé Derek ?

— Oui.

— Pas étonnant que vous n'ayez jamais quitté Vulture Canyon, dit-il avec douceur. Derek a dû être pour vous un fils presque autant qu'un frère. Vous avez assumé le rôle de parent dès l'âge de dix-huit ans.

— Il est *vraiment* comme mon fils. Heureusement, c'est un garçon adorable. Je n'étais pas du tout préparée à assumer ce rôle, mais dans mon malheur j'ai eu beaucoup de chance. Je ne sais pas ce qui se serait passé s'il s'était révélé un adolescent rebelle – comment aurais-je pu gérer la situation, sans aucune expérience ? Il aurait peut-être vu sa vie gâchée à jamais. Par chance, les choses ont très bien tourné. Derek est un jeune homme intelligent, réfléchi… un garçon bien. Il vient de terminer brillamment sa première année à l'université Washington de Saint-Louis. On lui a accordé une bourse très prestigieuse, ajouta-t-elle avec fierté.

— Je l'ai trouvé très bien quand je l'ai rencontré. Il se montre plutôt protecteur avec vous.

— Qu'est-ce que vous voulez dire ? questionna Sherona en se tournant vers lui.

— Je veux dire qu'il s'est aussitôt renfrogné quand j'ai demandé à vous voir. Il doit avoir l'habitude de voir des hommes tourner autour de sa splendide sœur.

La jeune femme sentit le rouge lui monter aux joues.

— Ne soyez pas idiot, marmonna-t-elle en contemplant le bout de ses sandales au milieu de l'herbe. La ville ne compte qu'une poignée d'hommes, et je vous assure qu'ils ont mieux à faire que de me tourner autour.

Il retira ses lunettes et s'approcha d'elle. Elle lui jeta un regard surpris en s'apercevant que son visage n'était qu'à quelques centimètres du sien. Son regard la transperçait de part en part. Il prit une lente inspiration, comme pour humer le parfum de sa nuque.

— Sincèrement, je ne vois pas ce qu'il peut y avoir de plus intéressant que de vous tourner autour, Sherona, dit-il d'une voix grave qui la fit frissonner. (Elle avala sa salive, incapable d'articuler un mot.) Avez-vous repensé à la proposition que je vous ai faite hier ?

— Oui, murmura Sherona sans pouvoir détacher les yeux de ses iris piquetés d'or.

— Je sais que vous avez appelé Rill hier soir.

Elle sursauta. Elle considérait Rill comme un ami digne de confiance.

— C'est lui qui vous l'a dit ?

— Non. Je passais juste dans la cuisine quand je l'ai entendu prononcer votre nom. Vous avez mené une enquête sur moi, Sherona ? demanda-t-il avec un infime sourire.

— Ça vous surprend, après ce que vous m'avez demandé de faire ?

En prononçant ces derniers mots, elle sentit une chaleur moite envahir son sexe. Peut-être était-ce à cause de son parfum mâle qui lui emplissait les narines ?

— Non. Vous avez bien fait de prendre des renseignements de première main auprès de quelqu'un qui me connaît depuis longtemps. Vous savez maintenant que je ne suis pas un pervers.

Le timbre grave de sa voix hypnotisait complètement la jeune femme. Il la dévisagea, fit un pas vers elle, et posa les mains sur ses épaules. Son torse effleurait la poitrine de la jeune femme et la ceinture de son short brun frôlait son ventre. Elle sentit ses tétons se dresser au contact des côtes du photographe, et son clitoris pulser d'excitation.

— Comment Rill pourrait-il savoir si vous êtes un *pervers*, au sens sexuel du terme ? J'imagine que vous n'iriez pas le crier sur les toits, non ? rétorqua-t-elle en relevant le visage de telle façon que leurs lèvres se touchaient presque.

— Non. Je ne m'étends jamais sur ma vie sexuelle. De plus, je suppose que cela dépend de ce que vous considérez comme pervers, n'est-ce pas ?

Elle se mordit nerveusement la lèvre. Enfin, on arrivait au cœur de la question.

— Oui, je suppose que vous avez raison. Vous devez m'en dire plus sur vos intentions – à part prendre des photos de moi...

Un fantôme de sourire apparut sur ses lèvres. Il avait une bouche très sensuelle.

— Vous l'avez forcément compris – le matin où je vous ai vue au lac.

Elle croisa son regard. Avait-il perçu lui aussi le frisson électrique qui l'avait traversée ce matin-là ? Elle vit une lueur briller dans ses yeux, et eut l'impression que oui.

— Je pense qu'il serait intéressant de mettre en scène certains fantasmes avec vous, lâcha-t-il sans s'éloigner de ses lèvres.

— À quel genre de fantasmes faites-vous allusion ?

Il s'approcha encore davantage, se collant presque à elle, et lui enserra les épaules. Elle sentit son membre durci pressé contre son ventre et se rappela son érection, quand il l'avait photographiée sur les rives du lac. Un sentiment excitant d'interdit la traversa.

— Les miens. Je pense que vous les partagez, cependant.

— C'est un peu présomptueux de votre part de l'affirmer, non ?

Il leva les sourcils, relevant son défi.

— Je vais vous révéler ce que j'ai en tête, et vous me direz si j'ai tort.

La respiration de Sherona se fit soudain erratique. Il lui caressa doucement les épaules de ses pouces, ne faisant qu'ajouter à son trouble.

— J'espérais que vous m'aideriez à capturer sur pellicule l'essence même d'un fantasme, murmura-t-il. Un fantasme très cru que je n'avais jamais eu avant de vous voir sortir de ce lac.

Elle soutint son regard en essayant de dissimuler son souffle haletant.

— J'aimerais vous photographier quelque part à l'intérieur de cette forêt. Je voudrais que vous ressembliez à une captive.

— Une captive ? répéta Sherona d'un ton froid qui contrastait avec le brusque afflux de chaleur, entre ses cuisses.

Il hocha la tête, sans détourner les yeux, et se mit à lui masser langoureusement le dos. L'espace d'un instant, elle se demanda s'il essayait de faire en sorte qu'elle se détende alors qu'il lui disait toutes ces choses excitantes et provocantes.

— Oui. Une captive très sensuelle. Je voudrais vous mettre en scène comme si je vous avais enlevée et emmenée au milieu des bois pour mon plaisir personnel, dit-il, une lueur à la fois amusée et ardente dans les yeux.

— C'est comme ça que vous voulez me photographier ? Nue *et attachée* ?

— Oui, dit-il en la dévisageant comme s'il tentait de déchiffrer sa réaction.

Son petit sourire disparut lorsqu'elle s'humecta les lèvres.

— Et… et quel plaisir y prendrez vous *réellement* ?

— Ce sera à vous de le décider. Tout sera laissé à votre appréciation. Je ne vous ferai rien sans votre accord, et j'arrêterai à la seconde où vous me direz : « stop. »

Il approcha la bouche à quelques millimètres de la sienne. Elle n'avait jamais connu un homme qui l'excitait autant. Elle avait envie de se gorger de son odeur.

— Vous n'avez pas l'impression de m'en demander beaucoup ? Je ne vous connais même pas, murmura-t-elle d'une voix désespérée. Et si… et si vous décidiez d'abuser de moi quand je serai attachée et sans défense ?

— Je vous jure que je ne vous ferai aucun mal. En fait, j'espère vous donner plus de plaisir que vous n'en avez jamais connu. (Il scruta calmement son visage dans le silence qui suivit.) Rill vous a assuré que j'étais un honnête citoyen – pour l'essentiel, ajouta-t-il avec un petit sourire ironique. Mais le plus important, c'est que je suis convaincu que *vous* me faites confiance, Sherona. D'instinct. Vous m'avez fait confiance pour ne pas vous attaquer sur le bord du lac. Et durant quelques secondes, vous avez sans doute fait *plus* que me faire confiance. Vous avez apprécié que je vous contemple dans toute votre beauté. Et s'il vous faut croire une seule chose dans tout ce que je vous dis, croyez à ceci, ajouta-t-il d'un ton soudain grave et sérieux : vous êtes la femme la plus incroyablement belle que j'ai vue durant toute ma putain de vie. Vous ne pouvez pas me reprocher de vouloir saisir cette beauté, n'est-ce pas ?

Quand il baissa la tête et s'empara de ses lèvres, Sherona eut l'impression que ses poumons se vidaient d'un coup. Elle noua les bras autour de ses épaules et répondit à son baiser avec passion.

Elle voulait plus – beaucoup plus – mais il releva la tête.

— Quelle est votre réponse, Sherona ?

Elle hocha gravement la tête, la gorge serrée.

Un sourire triomphant dévoila les dents blanches de Chance.

— Merci. J'ai tout ce qu'il faut dans le coffre de ma voiture.

La jeune femme ressentit soudain un sentiment de panique.

— Que… Vous voulez dire, *maintenant* ?

— Oui. La lumière du soir est parfaite. Vous connaissez un endroit reculé ? Dans la forêt ?

— Je… (Elle jeta un regard nerveux autour d'elle. Son cœur martelait sa poitrine à tout rompre.) Oui, je crois.

Il lui prit la main et la serra. Elle releva les yeux vers son visage, et vit qu'il la regardait avec chaleur.

— Je vais appeler Katie et Rill une fois qu'on aura rejoint la voiture, et leur dire que j'ai prévu de passer la soirée avec vous.

Sherona cligna les yeux en comprenant le message implicite caché derrière ces mots. Il tenait à la rassurer en informant des amis communs qu'ils passaient la soirée ensemble. Elle ne serait pas la seule à savoir qu'elle s'en remettait à lui. Rill et Katie aussi en auraient connaissance.

Elle se dit avec un choc qu'elle lui faisait *réellement* confiance – à lui, un étranger – à tel point qu'elle n'avait même pas pensé à prendre elle-même une telle précaution.

Elle opina, et, main dans la main, ils se mirent en marche à travers la forêt.

4

Elle le guida sur une étroite route de campagne.

— Une fois que nous aurons garé la voiture, il faudra marcher encore deux kilomètres environ, dit-elle à Chance qui conduisait. C'est l'un des accès les moins connus de la forêt, et les randonneurs ne s'aventurent jamais jusqu'ici. Si nous ne voyons aucune autre voiture sur le parking, c'est qu'il n'y a personne dans un rayon de cinq kilomètres.

Chance s'engagea sur le chemin qui menait au parking, et Sherona poussa un soupir en constatant qu'aucun autre véhicule n'était visible.

— Parfait, dit Chance en se garant.

Il lui adressa un sourire. Elle descendit et resta de l'autre côté de la Jaguar tandis qu'il fouillait dans le coffre. Elle le vit sortir un grand carton qui contenait sans doute son matériel photo, mais aussi plusieurs bouteilles d'eau, une couverture ivoire d'aspect très doux, et...

... une corde.

Il remarqua qu'elle avait reculé un peu.

— Ne vous inquiétez pas. C'est une corde en nylon, une matière qui n'agresse pas la peau. Je l'utilise pour tracter mon équipement en haut des falaises quand je travaille en montagne.

Elle resta immobile à le contempler, remettant soudain en cause tout ce qu'elle avait accepté.

Était-elle *folle* ?

Avait-elle à ce point envie d'aventure, de sexe débridé avec un homme superbe, qu'elle se mettait délibérément en danger ?

Son angoisse se calma un peu devant l'expression de Chance.

— C'est une corde douce, Sherona, même si elle a l'air rugueuse. Je pense qu'elle sera... eh bien, super sexy, pour le scénario que j'ai en tête. La texture de cette corde noire sur votre peau douce et pâle... (Elle sentit le rouge lui monter aux joues.) Mais j'ai aussi des morceaux de tissu dans mon coffre. On peut les utiliser à la place. C'est comme vous voulez.

Sherona s'efforça de conserver un visage impassible en s'adossant contre la carrosserie de la décapotable pour examiner la corde. Elle jeta un regard en biais au photographe.

— Suivez-moi...

Il ne répondit rien, mais lui emboîta le pas.

Trente-cinq minutes plus tard, ils pénétrèrent dans une clairière semée de marguerites et de pissenlits qui bordait un petit étang au creux des collines.

— Bon Dieu... lâcha-t-il d'un ton admiratif, regardez-moi ces couleurs !

Sherona se tourna vers lui pour la première fois depuis qu'ils avaient quitté le parking. Il contemplait la clairière entre ses paupières étrécies. Elle avait gardé une conscience aiguë de sa présence tout le long du trajet à travers les bois et n'avait pu s'empêcher de fantasmer sur lui, imaginant qu'il la poursuivait dans la forêt. Le frottement du jean contre son sexe durant la marche n'avait cessé d'aviver son excitation, et elle sentait que sa culotte était déjà humide.

C'était comme si son corps *savait* qu'elle pouvait lui faire confiance, malgré les risques.

— Vous voulez dire que… que ça vous convient ?

Le sourire qu'il lui adressa était plus que sensuel.

— C'est absolument parfait.

Elle ne put s'empêcher de lui sourire à son tour.

— Eh bien… Je vous laisse décider de l'endroit où vous voulez qu'on s'installe. C'est vous qui connaissez les meilleurs angles, pour la lumière.

Il opina et s'avança de plusieurs pas, inspectant le décor avec la concentration extrême qu'elle avait déjà constatée chez lui à l'épicerie. Elle sentit son cœur bondir dans sa poitrine quand Chance s'arrêta, déposa son sac de voyage sur le sol et étendit la couverture polaire sur l'herbe grasse.

— Ici ? demanda-t-elle d'une voix tremblante.

Il hocha la tête et s'agenouilla à côté du sac.

— L'étang est très beau, mais j'aime plus encore la lumière du soir sur la clairière. L'eau fait plus songer à une destination de vacances, alors que j'avais en tête…

— D'enlever une femme innocente pour satisfaire tous vos désirs ?

Il fronça les sourcils devant ce commentaire sarcastique.

— Vous avez changé d'avis, Sherona ? demanda-t-il en commençant à monter son trépied.

Il tira aussi une bouteille d'eau du sac et la lui tendit.

— Assurez-moi une nouvelle fois que vous n'êtes *pas* un pervers, dit-elle en serrant les doigts autour de la corde noire.

— Je ne pense pas en être un, répondit-il en se relevant. Mais si vous considérez que c'est le cas, parce que je veux vous photographier nue et attachée, c'est tout ce qui compte. Nous pouvons rentrer à Vulture Canyon tout de suite.

— Il n'existe pas de norme en matière de sexe, dit-elle d'une voix calme après avoir bu une gorgée d'eau.

— Je suis heureux de vous l'entendre dire. Je suis à cent pour cent d'accord avec ça, tant que tout se déroule entre personnes adultes et consentantes.

Elle se mordit la lèvre et regarda de nouveau la corde.

— Je poserai pour vous – dans toutes les positions qui vous plairont. Mais... si vous me touchez ne serait-ce qu'un instant, je veux que vous détourniez l'objectif. Je refuse d'être photographiée pendant une scène de sexe.

— Ne vous inquiétez pas. Je respecterai vos instructions à la lettre, répondit-il d'un ton rassurant.

Il savait qu'il n'avait pas dû être facile pour la jeune femme de dire cela – mais simultanément, il avait senti son membre se dresser. Sa requête semblait signifier qu'elle s'attendait à avoir des rapports sexuels avec lui, n'est-ce pas ?

— Alors, qu'est-ce qu'il faut que je fasse ? demanda-t-elle d'une voix hésitante.

— Je pense que vous pourriez commencer par enlever vos vêtements, dit-il en dépliant son trépied.

Sherona posa la corde et déboutonna son chemisier.

Il la vit se déshabiller au bord de son champ de vision, mais se força à rester concentré sur sa tâche. Il comprenait à demi-mot que la jeune femme avait besoin de constater qu'il gardait son calme.

Malgré tout, il n'était qu'un homme, et elle était extraordinairement belle. Il détacha les yeux de son appareil quand elle retira sa jupe et s'assit sur la couverture, juste vêtue d'un débardeur moulant et d'une culotte assortie. Elle releva le visage vers lui et vit qu'il la fixait.

Elle soutint son regard tout en faisant glisser la culotte le long de ses jambes fuselées.

Chance sentit son sexe se raidir en un instant. L'image était excitante en elle-même, mais c'était *l'expression* de Sherona qui le ravissait. Elle appréciait manifestement de se dévoiler devant lui, de le tenter.

Et quelle tentation, songea-t-il en fixant le creux de ses cuisses. Ses poils pubiens étaient taillés si court qu'il distinguait sans peine ses pulpeuses lèvres intimes et la fente de son sexe.

Il brûlait d'envie qu'elle écarte les cuisses. Son désir était si fort qu'il lui nouait la gorge. Il frémit lorsqu'elle commença à faire descendre l'une des bretelles de son débardeur le long de son épaule. Elle guettait sa réaction, fascinée elle aussi. L'étoffe délicate glissa lentement sur la courbe supérieure de ses seins. Les tétons apparurent, roses et dressés.

Ça allait être une torture de ne pas la toucher.

— Arrêtez !

Sherona se figea, le débardeur juste sous la poitrine. Le tissu était si moulant qu'il soulignait la plénitude de ses seins.

— Restez comme ça, marmonna-t-il, le regard vrillé sur les deux globes de chair.

Cette créature était une merveille de féminité. Le sexe de Chance se remit à pulser à l'intérieur de son boxer alors qu'elle laissait retomber ses bras, suivant docilement ses instructions. Il sourit à la jeune femme et reporta à regret son attention sur l'appareil photo.

— Ce n'est pas difficile pour vous ? demanda-t-il pour essayer de détourner le cours de ses pensées. D'être aussi belle ?

Comme elle ne répondait pas tout de suite, il tourna de nouveau le regard vers elle. Ses joues étaient teintées de rose. L'incrédulité et l'émerveillement qui brillaient dans ses prunelles le bouleversèrent.

— Vous savez *forcément* que vous êtes belle, n'est-ce pas ?

Elle demeura silencieuse, mais il vit son pouls battre sous sa gorge. Il baissa les yeux sur elle, étourdi par sa sensualité. Elle soutint son regard.

— L'appareil photo est éteint. Puis-je vous toucher – juste un moment – avant que nous commencions la séance ?

— Oui, répondit-elle.

Le mouvement de ses lèvres pulpeuses fit frissonner Chance de désir.

Il s'approcha d'elle et enserra sa tête entre ses paumes, caressant sa mâchoire délicate. Il était presque certain qu'elle s'attendait à ce qu'il la touche de manière intime – mais au lieu de ça, il s'assit à côté d'elle et déposa un baiser chaste sur ses lèvres entrouvertes. Sa langue se glissa l'espace d'un instant dans sa bouche. Elle était si douce…

Il releva la tête et croisa le regard de Sherona alors qu'elle ôtait l'élastique qui retenait ses cheveux. Aucun d'eux ne parla tandis qu'il passait les doigts dans sa longue chevelure auburn, répandant les mèches autour de ses épaules.

— Voilà. Vous êtes la tentation incarnée. Vous êtes prête à commencer ?

Elle sembla un peu surprise de le voir reculer. Lui-même fut presque étonné d'être capable d'un tel geste.

— Oui, je crois.

Il ramassa l'une des cordes.

— Vous pourriez vous étendre sur le côté pendant que je vous attache ? Ce sera la position la plus confortable pour vous.

Elle s'agenouilla sur la couverture d'un mouvement qui fit légèrement bouger ses seins. Il ne pouvait s'empêcher de détailler, fasciné, chaque courbe de son corps.

— Parfait, reprit-il d'un ton professionnel. (Il s'accroupit près des jambes de la jeune femme.) Comme je vous l'ai précisé, cette corde est très douce, mais n'hésitez pas à me dire si je serre trop. Elle doit s'enrouler fermement autour de votre corps, mais il ne faut pas qu'elle vous morde la peau, dit-il en lui attachant les chevilles.

Sa chair est incroyablement douce, songea-t-il en effleurant la peau de ses mollets. Au bout d'une minute, il recula un peu et inspecta son travail.

— Vous êtes plutôt habile avec une corde, fit Sherona avec malice.

Elle était appuyée sur un coude, et observait ses jambes entravées. Chance avait réalisé un nœud sophistiqué qui faisait passer la corde autour de ses chevilles, jusqu'au bas des mollets. Le contraste entre la corde noire et la chair pâle et lisse était admirable.

Ma superbe captive.

— Je vous l'ai déjà dit, j'ai souvent besoin d'une corde quand je travaille dans la nature, fit-il en s'emparant du deuxième rouleau.

— C'est la seule raison pour laquelle vous maîtrisez si bien votre sujet ?

Il vit qu'un léger sourire ourlait les lèvres de la jeune femme.

— Oui.

Il savait qu'elle lui demandait implicitement s'il aimait attacher ses partenaires et il ne pouvait pas nier qu'il appréciait ce genre de jeux érotiques. Cependant, il n'avait jamais utilisé d'accessoire aussi rude qu'une corde… et il n'avait jamais entravé les chevilles d'une femme. Voir que Sherona y consentait l'emplissait de gratitude et d'émerveillement.

Elle resta silencieuse – il était incapable de dire si elle le croyait ou non. Pour seule réaction, elle lui tendit les mains, poignets joints.

— Vous êtes vraiment incroyable…, commenta-t-il d'une voix bourrue. Je sais le courage dont vous faites preuve.

— Merci, murmura-t-elle.

Chance se contenta de hocher la tête et attacha ses poignets vers l'avant.

— Parfait, tout est en place, dit-il une fois cela terminé.

Il se rendit compte que sa respiration était devenue haletante. *Bon sang... Cette femme est la sensualité incarnée !*

Il se releva en grimaçant un peu, tentant d'ignorer la solide érection qui faisait pulser son sexe à côté de sa cuisse droite.

Il rejoignit son appareil et régla l'objectif.

— Je veux que vous compreniez bien la mise en scène. (Il sourit en voyant une lueur amusée dans les yeux de la jeune femme.) Je vous ai capturée par la force, mais vous finissez par vous donner à moi de votre plein gré.

— Bien sûr, répondit-elle d'un ton ironique. C'est bien commode pour vous !

Il eut un petit rire.

— J'espérais que vous trouveriez ça commode aussi *pour vous*, dit-il en la fixant à travers l'objectif.

Il leva le doigt au-dessus du déclencheur.

— Vous voulez que je prenne l'air effrayé ?

En entendant la voix chaude et mélodieuse de la jeune femme, il sentit sa bouche s'assécher. Bon sang, dans quelle histoire s'était-il embarqué ?

— Bien sûr. Si vous voulez, répondit-il en s'efforçant de conserver un ton professionnel.

Elle ne modifia pas radicalement l'expression de son visage, mais ses iris se dilatèrent. Il commença à prendre des photos. Malgré la splendeur du corps de la jeune femme, c'était sur ses yeux qu'il zoomait. De grands yeux d'ambre veloutés, semblables à ceux d'un faon apeuré.

Des yeux qui le mettaient à la torture.

— Vous n'avez pas réellement peur, n'est-ce pas ? l'interrogea-t-il tout en continuant à prendre des clichés.

— Un peu…

— Vous n'avez rien à craindre. Détendez-vous, dit-il en prenant un dernier cliché avant d'ôter l'appareil du trépied.

Il s'approcha d'elle.

— Je vais en prendre quelques-unes en plan serré.

Il enjamba les genoux de la jeune femme, un mouvement qui ne fit qu'accentuer son érection. Il vit que le regard de Sherona était posé sur son entrejambe et grommela un juron.

— Qu'avez-vous dit ?

Elle avait les joues d'un rose intense, à présent, et la couleur de ses lèvres s'était elle aussi assombrie.

— Rien, fit-il en ajustant l'angle de l'appareil. Faites-moi une faveur et relevez les mains derrière la tête. Cambrez le dos. Maintenant, regardez-moi avec vos magnifiques yeux bruns. Ah… C'est *parfait*, Sherona. Vous vous en sortez à merveille.

— À quel moment suis-je censée accepter d'être votre captive ? demanda-t-elle calmement en le fixant de ses grands yeux, attachée devant lui telle une délicieuse proie.

— Je vous laisse en décider.

Il se figea en voyant la jeune femme s'humecter les lèvres.

— Vous êtes une tentatrice, Sherona Legion.

— Je ne fais que jouer mon rôle.

— Faites attention. Vous jouez si parfaitement que je finirais presque par y croire, dit-il en la mitraillant avec son appareil.

— Vous devriez peut-être.

Il s'immobilisa et abaissa l'objectif. Durant quelques secondes, ils se dévisagèrent.

— Eh bien, je suppose qu'il n'existe qu'un moyen de savoir si vous y prenez réellement plaisir, ou si ce n'est qu'une comédie. Mettez-vous à genoux et écartez les cuisses. Un peu plus, ma belle...

Il l'aida à ajuster sa position, s'autorisant seulement à la prendre par les épaules pour qu'elle retrouve son équilibre en position assise.

— Allez-y, dit-elle d'une voix oppressée tandis qu'il la contemplait sans mot dire.

Ses poignets liés étaient posés sur ses cuisses ; ses bras collés le long de ses flancs faisaient ressortir ses seins au-dessus de l'étoffe du débardeur moulant. Ils ressemblaient à deux fruits mûrs, prêts à être cueillis.

— Écartez les jambes. Encore.

Elle s'exécuta, ouvrant les genoux malgré ses chevilles entravées sous ses fesses. Il ressentit l'envie soudaine de la faire basculer sur la couverture et de la prendre sans autre forme de procès, et recula d'un pas pour s'en empêcher. Il releva son appareil.

— Maintenant, placez les mains derrière la tête.

Elle hésita, et un voile d'anxiété altéra ses traits harmonieux luisants de sueur. Il appuya sur le déclencheur pour saisir cette expression de réticence mêlée à une évidente excitation tandis qu'elle relevait lentement les bras, exposant ses seins dénudés et son sexe écartelé. Sa position la forçait à cambrer un peu le dos et faisait bomber ses seins fermes et voluptueux. La lumière du soir irradiait sur sa peau nue.

— Dieu ait pitié de moi ! marmonna Chance en enchaînant les clichés.

5

Sherona avait le plus joli sexe qu'il ait jamais vu. Il était d'un rose intense entre ses cuisses écartées, sa chair tendre et lisse, ses lèvres intimes gonflées par le désir. Même à quelques pas d'elle, il avait l'impression de sentir son odeur. Peut-être était-ce le cas – elle était visiblement très excitée –, et Chance se sentait comme un fauve primitif, tous les sens aux aguets. La fente humide de la jeune femme luisait dans la lumière.

— C'est un spectacle magnifique, Sherona. Écartez encore un peu les cuisses.

Elle suivit ses instructions sans une hésitation, et il réussit à capturer une image de l'étroite ouverture avec son appareil. Son membre pulsait sourdement, comme s'il était doté d'une volonté propre et qu'il savait où était sa place – enfoncé au plus profond du sexe étroit de Sherona.

— Je crois que nous avons notre réponse, murmura-t-il sans cesser de la prendre en photo. Vous vous êtes prise au jeu. Vous aimez l'idée d'être retenue prisonnière.

— J'aime que vous me regardiez.

Il s'interrompit et abaissa l'objectif.

— Oui, je vous regarde. Et je vois la plus belle femme que j'aie jamais rencontrée de ma vie. Je veux que *vous* vous regardiez de cette façon, Sherona.

— C'est drôle… Vous, vous regardez, mais c'est moi qui vois.

— Et que voyez-vous ? dit-il en redressant lentement l'appareil.

— Je vois un homme séduisant qui a peur de perdre le contrôle en me contemplant nue et sans défense, répondit-elle avec un sourire à la Mona Lisa qui transperça Chance de part en part.

— C'est moi qui suis sans défense. (Il se remit à la mitrailler dans l'espoir de saisir ce sourire ineffable.) Vous avez tout le pouvoir du monde. *Montrez-moi.* Baissez les bras et caressez-vous.

Il crut qu'elle allait avoir un instant d'hésitation, comme lorsqu'il lui avait demandé d'écarter les cuisses. Mais il n'en fut rien. Elle abaissa ses mains liées vers ses jambes et fit glisser les doigts entre ses cuisses.

— Vous me bloquez la vue. Laissez-moi profiter du meilleur, dit-il d'un ton taquin en appuyant frénétiquement sur le déclencheur.

Elle releva le menton dans une attitude de défi.

— C'est ça, ma belle… Tu sais que tu as les cartes en main, marmonna-t-il entre ses dents.

Il n'aurait pas cru qu'elle pouvait écarter davantage les cuisses avec les chevilles ainsi liées, mais c'est pourtant ce qu'elle fit. Elle accentua ainsi la cambrure de son dos, faisant ressortir ses seins encore davantage. Il aurait pu jurer qu'elle savait précisément ce qu'elle faisait en adoptant une posture aussi érotique. Toutefois, l'expression de son visage demeurait indéchiffrable – les seuls indices révélant son excitation étaient la couleur pourpre de ses joues et la lueur dans son regard. Il se demanda si ce n'était pas ce mélange de sensualité et d'innocence qui l'avait tout de suite fasciné chez elle et l'avait conduit à orchestrer cette folle mise en scène.

Elle releva les mains comme il le lui avait demandé, lui laissant voir son sexe doux et rose. Son abdomen musclé ondulait de manière subtile au rythme de son souffle heurté. Elle glissa un doigt entre ses lèvres intimes et Chance crut qu'il allait devenir fou. Rien qu'à la fluidité de son geste, il savait qu'elle était trempée.

Quand elle retira son doigt de la délicate fente, il luisait sous la lumière du soir.

Perdant toute conscience de lui-même, il continua à la photographier pendant qu'elle faisait aller et venir le doigt entre ses cuisses, caressant furtivement son clitoris. Il passa d'un zoom étroit sur le sexe de la jeune femme à un angle plus large qui englobait son corps entier, puis à son visage qui exprimait l'abandon total au désir.

Il savait qu'elle s'offrait pleinement en cet instant. Son sexe brillant, ses seins exposés sous la lumière du soir... Dieux du Ciel, il entendait même le bruit moite de ses doigts au contact de sa chair... Lorsqu'elle arqua le bassin en avant pour accentuer la pression de sa main, et qu'un soupir tremblé s'échappa de ses lèvres, Chance écarta l'objectif.

Il se rendit compte qu'il était essoufflé, comme s'il venait de courir un cent mètres. Haletant, il se détourna de cette image vivante de la beauté et du sexe. S'il continuait à la contempler, il allait perdre tout contrôle de lui-même.

— Chance ?

L'incertitude qui perçait dans la voix de la jeune femme fit un peu refluer son désir. Prenant une profonde inspiration, il se tourna vers elle.

— Je suis désolé. Vous êtes si… incroyable. C'est plus difficile que je ne l'aurais cru.

Il réinstalla l'appareil sur le trépied. Il ne voulait pas gâcher les photos à cause du tremblement de ses mains.

— Vous voulez continuer ? demanda-t-il après avoir rajusté le cadrage.

Elle le regarda sans mot dire pendant un moment, et il resta suspendu à ses lèvres. L'avait-il offensée en se détournant d'elle ? Ou effrayée ? Il se demanda soudain si elle avait remarqué sa monumentale érection. Elle entrouvrit les lèvres.

— Pour que je puisse bien jouer mon rôle, vous pourriez peut-être me menacer de quelque chose si je refuse de vous obéir, lâcha-t-elle avec calme.

Chance s'immobilisa.

— Comme quoi ?

Il vit qu'elle avalait sa salive.

— Comme m'obliger à vous prendre dans ma bouche.

Sherona trouva sa propre voix surréaliste dans la clairière calme. Venait-elle vraiment de suggérer à Chance de la forcer à lui faire une fellation ? Elle réfléchit à sa position – attachée, nue, les cuisses écartées, en train de se masturber devant un quasi-étranger – et se dit qu'elle avait perdu la tête.

Elle scruta le visage de Chance en attendant la réponse à sa question, le cœur battant, le sexe pulsant d'excitation. Elle avait tellement envie qu'il la touche à nouveau... Les traits harmonieux de son visage étaient graves et tendus, soudain.

— Vous voulez que je vous dise que si vous refusez de vous caresser devant l'objectif, je vous obligerai à prendre mon sexe dans votre bouche ?

Elle se mordit la lèvre et hocha la tête. L'incrédulité qui se lisait sur le visage du photographe la rassurait, tout en accentuant son désir.

— Je ne vais pas vous dire cela, Sherona.

— Non ? murmura-t-elle, frustrée.

Il secoua lentement la tête, les narines frémissantes.

— Non, parce que les choses vont se passer ainsi : vous allez continuer à caresser votre superbe petite chatte jusqu'à en hurler de plaisir. Ensuite, j'éteindrai l'appareil photo. Et *après*, vous prendrez mon sexe dans votre bouche.

Le cœur de la jeune femme se mit à battre à un rythme effréné.

— Vous savez ce qu'il vous reste à faire, dit Chance en se penchant à nouveau sur l'appareil.

Elle baissa de nouveau les mains, les positionnant de manière à ce qu'il puisse distinguer son sexe. Son clitoris pulsa de plaisir lorsqu'elle glissa de nouveau le doigt entre ses lèvres intimes. Elle arqua le bassin pour mieux se caresser, et son gémissement se mêla aux *clics* répétés de l'appareil photo qui capturait son image... son essence.

Cette posture inhabituelle, et l'audace incroyable de son acte, générèrent en elle une excitation singulière. Les terminaisons nerveuses de son sexe étaient si embrasées qu'elles semblaient diffuser des ondes de jouissance à travers tout son corps.

Même la plante de ses pieds était parcourue de picotements. Ses tétons étaient dressés vers le ciel, caressés par la brise du soir. Quant à ses lèvres… Sherona avait l'impression qu'elles étaient devenues hypersensibles, brûlant d'être touchées, possédées… malmenées. Elle avait les yeux fixés sur la bosse qui déformait le short de Chance.

Désespérée, elle se mit à bouger le bras entier pour stimuler son clitoris. Comme ses poignets étaient liés, les deux bras se mirent à effectuer un subtil mouvement de bas en haut. Elle sentit l'orgasme approcher, le regard vrillé sur le bas-ventre du photographe.

— Écartez davantage votre sexe, exigea Chance. Montrez-moi entièrement votre splendide chatte.

Elle l'entendit à peine tant elle était excitée.

— Faites ce que je vous dis, Sherona, reprit-il d'une voix plus dure.

Elle écarta ses lèvres intimes entre ses doigts, mais son sexe était si glissant qu'elle avait du mal à maintenir la position. Elle agita désespérément les doigts au creux de ses cuisses, caressant son clitoris et arquant les hanches en avant. Elle laissa échapper un hoquet, et ses yeux s'agrandirent.

— Aaah… aaah… ah !

Son cri jaillit de sa gorge tel un geyser, et l'orgasme déferla sur elle, la traversant de part en part, la ravageant, déchirant sa chair comme un coup de fouet. Son corps se mit à trembler, impuissant à contenir le plaisir.

Quelques instants plus tard, elle rouvrit les yeux, et eut l'impression de découvrir un monde neuf – la clairière enchanteresse, l'herbe tendre… l'homme magnifiquement viril qui se tenait derrière l'appareil photo, la contemplant telle une apparition miraculeuse.

Haletante, elle le regarda appuyer sur un bouton de l'appareil. En voyant l'objectif se refermer, elle sentit son cœur s'accélérer. Il s'avança juste devant elle, la ceinture à hauteur de ses yeux. Lentement, il tendit la main vers sa joue, et elle leva le visage vers lui.

— Je pourrais te répéter à l'infini combien tu es belle, articula-t-il d'une voix rauque. Les mots ne suffisent pas.

Elle ferma les paupières. Le regard de Chance la brûlait. En rouvrant les yeux, elle vit qu'il était en train de déboutonner son short. Un nouveau frisson d'excitation la parcourut. Elle avait envie de lui. Elle avait *désespérément* envie de lui.

Elle continua à agiter les doigts au creux de son ventre, stimulant sa chair gonflée..., s'excitant davantage encore. Son regard se posa sur le torse de Chance.

Comment aurait-elle pu ne *pas* être excitée en voyant le photographe retirer son short et s'avancer vers elle ? Il portait un boxer blanc qui contrastait avec sa peau bronzée. Ses jambes musclées étaient couvertes de poils bruns, et le contour de son érection se dessinait clairement sous l'étoffe moulante du sous-vêtement. Une vague de frissons la parcourut quand il fit glisser le boxer le long de ses cuisses, dévoilant ses testicules et son sexe durci. Le souffle coupé, elle le vit s'emparer de son membre.

Pendant un moment qui parut interminable à la jeune femme, il maintint son pénis à quelques centimètres de son visage tout en se caressant. Elle trouvait son sexe magnifique : une hampe épaisse, droite et longue, une base ferme et bien dessinée, un gland rose sombre proéminent à l'extrémité duquel perlait une goutte de semence. Elle n'en fut pas surprise : il avait l'air prêt à exploser. Elle s'humecta les lèvres et attendit patiemment.

— Tu es ma captive. Tu vas me prendre dans ta bouche, Sherona, dit-il avec un étrange mélange de tendresse et de rudesse qui électrifia le corps de la jeune femme.

Un fluide chaud afflua sous ses doigts. Bien qu'elle en fût la première étonnée, comment aurait-elle pu nier que ce scénario l'excitait ? Quand elle leva vers Chance ses yeux écarquillés et entrouvrit les lèvres, il esquissa une grimace et jura avec un accent australien si prononcé qu'elle ne le comprit pas.

Il s'avança d'un pas et introduisit brusquement l'extrémité de son sexe entre les lèvres de la jeune femme. Elle referma aussitôt la bouche autour de lui, avide de sentir sa chair sur sa langue. Il était si épais qu'elle en avait la mâchoire écartelée. Sans détacher les yeux des siens, il plaça une main derrière sa nuque et fléchit les hanches en avant, la forçant à l'accepter plus profondément dans sa bouche. Elle sentit son goût salé, et poussa un gémissement d'approbation.

Il resserra sa prise, crispant les doigts dans sa chevelure. À la hâte, il déboutonna sa chemise et en écarta les pans afin de mieux pouvoir distinguer Sherona.

— Suce-moi, petite captive, chuchota-t-il.

Elle obéit avec joie, le suçant énergiquement, serrant les lèvres si fort que ses joues commencèrent à l'élancer. Il se mit à donner des coups de reins, allant et venant dans sa bouche.

— Ahhh, qu'est-ce que c'est bon... murmurait-il au-dessus d'elle, le ventre durci par le plaisir. Tu vas avaler mon sperme jusqu'à la dernière goutte avec ta petite bouche chaude, hein ?

Elle se mit à le sucer encore plus fort, excitée par ses paroles, tout en continuant à stimuler son clitoris avec ses doigts. Chance allait et venait de plus en plus vite entre ses lèvres. Il l'emplissait totalement, et elle sentait pourtant qu'il se retenait d'aller jusqu'au fond de sa gorge. Alors que leur désir s'intensifiait, Chance se mit à caresser ses lèvres, mettant ses nerfs en feu. Elle gémit une nouvelle fois de plaisir et accéléra le rythme de ses propres doigts.

Il cessa brusquement ses va-et-vient.

— Tu es en train de te caresser, ma belle ?

Elle rouvrit lentement les paupières. Son accent australien était si prononcé et son souffle si heurté qu'elle mit un moment à comprendre ce qu'il venait de dire. Il la contemplait, une lueur flamboyante dans les prunelles. Au milieu du silence, le seul bruit audible était celui des doigts de la jeune femme contre son sexe humide. Le sexe déjà énorme de Chance se gonfla encore contre son palais, et elle écarquilla les yeux.

Il se retira tout d'un coup en esquissant une grimace. Elle essaya désespérément de le garder en elle, mais la pointe luisante du gland s'échappa de ses lèvres.

— Je veux ton sexe, souffla-t-il entre ses dents.

Il avait les lèvres serrées, et son expression avait quelque chose d'intimidant. Haletante, elle le fixa tandis qu'il se plaçait derrière elle.

— Allonge-toi de nouveau sur le côté. Je vais te détacher les chevilles.

Sa voix était tendue, mais ses gestes étaient doux quand il l'aida à se rallonger sur la couverture. Elle suivit ses instructions, perdue dans un brouillard de désir. Il s'agenouilla devant elle et défit les nœuds qu'il avait effectués plus tôt. Elle releva la tête, admirant son torse bronzé qui avait pris une nuance cuivrée sous la lumière du soir. Une petite cicatrice blanche courait le long de son abdomen.

Au lieu de lui écarter les cuisses et de s'enfoncer dans son sexe – ce à quoi Sherona s'attendait, après ce qu'il lui avait dit – il s'étendit à côté d'elle sur la couverture et retira son boxer. Son sexe dressé battait contre son ventre dur. Il caressa le bras de la jeune femme.

— Viens par là, dit-il avec une douceur qui la bouleversa. Chevauche-moi en tournant le dos à mon visage.

Elle batailla pour faire ce qu'il lui demandait, gênée par ses poignets entravés. Il posa ses larges mains autour de ses hanches et l'aida à se mettre en place.

— Assieds-toi sur mon visage, Sherona, fit-il en agrippant ses fesses, les doigts plongés dans sa chair tendre.

Le cœur battant à tout rompre, la jeune femme s'appuya sur les genoux, colla ses avant-bras contre sa poitrine, et positionna son sexe devant le visage de Chance. Lorsque sa bouche humide et chaude entra en contact avec sa féminité, elle laissa échapper un cri. Il enfouit la langue entre ses lèvres intimes et se mit à lécher son clitoris, et un long gémissement aigu retentit à travers la forêt.

Il se servit de ses doigts pour écarter les lèvres de son sexe et tourmenter la pointe de chair rose et gonflée. Sherona se cabra pour échapper à ce plaisir trop intense, presque insupportable. Mais il la maintint fermement et appliqua une ferme claque sur ses fesses. Le claquement résonna comme un coup de fusil dans la clairière. Il s'arrêta un instant pour baiser son sexe offert.

— Tu dégoulines sur mon visage, l'entendit-elle dire d'une voix rauque alors qu'elle essayait toujours de se dégager. (Elle sentait son souffle contre sa chair trempée.) Je crois que tu as besoin de quelque chose pour t'occuper pendant que je me repais de toi.

Il déplaça la main et s'empara de son membre, le soulevant pour indiquer à la jeune femme ce qu'il attendait d'elle.

Ce qu'il exigeait d'elle.

Sherona se pencha en avant, et ses doigts enserrèrent le sexe rigide et gonflé. Elle le reprit aussitôt dans sa bouche, avide de retrouver son goût exquis contre sa langue. Le photographe laissa échapper un grognement guttural et replaça les mains sur ses fesses. Il haussa légèrement le visage et lui écarta davantage encore les cuisses. Elle gémit quand il recommença à imprimer des coups de reins, faisant aller et venir son sexe dans sa bouche.

Elle sentait son regard vrillé sur son sexe.

— Jolie petite chatte rose…, crut-elle entendre juste avant de perdre toute conscience d'elle-même.

Il plongea la langue dans l'étroit tunnel de chair, la faisant rouler à l'intérieur, se gorgeant de son nectar. Il lâcha un gémissement rauque et elle se pencha vers l'avant pour qu'il s'enfonce encore plus profondément dans sa bouche, pour lui rendre le plaisir qu'il lui offrait. Leurs deux têtes bougeaient en rythme. Ils n'étaient plus que désir, un désir vorace et insatiable... Les doigts de Chance se crispèrent sur les fesses de la jeune femme en un étau douloureux. Il se mit à diriger les mouvements de ses hanches, et elle adopta avec enthousiasme le rythme qu'il lui imposait.

Arquant le bassin, il enfouit complètement le visage au creux des cuisses de Sherona, emplissant du même coup sa bouche avec son sexe. Les yeux de la jeune femme s'agrandirent alors que l'orgasme déferlait sur elle, et le membre de John sembla s'épaissir encore davantage. Il passa la langue sur son clitoris et introduisit deux doigts dans sa fente trempée pour la stimuler.

Le pénis gonflé de Chance étouffa le cri qu'elle poussa.

Elle sentit qu'il se répandait dans sa bouche étroitement resserrée. Un grondement fit vibrer son torse puissant et résonna à travers sa gorge, mais il continua à la dévorer. Elle convulsa presque de plaisir. Il maintint sa prise, refusant qu'elle se dérobe au plaisir presque insupportable. Aveuglée par sa propre jouissance, elle eut tout juste le réflexe de relever la tête de quelques centimètres pour empêcher la semence de Chance de se répandre dans sa gorge. Il éjacula sur sa langue, et le goût de son sperme se répandit en elle alors qu'un grognement désespéré jaillissait de sa gorge.

6

Son orgasme explosif lui donna l'impression d'avoir été déchirée en lambeaux. Elle s'effondra contre le corps de Chance, savourant la chaleur de son torse dur, la chaleur de ses muscles qui se détendaient lentement après son propre orgasme. Ils haletaient tous les deux au même rythme, leurs souffles ralentissant peu à peu. Le hululement d'une chouette retentit dans les bois. La jeune femme, hébétée, se rendit compte que le soleil avait atteint la cime des arbres, à l'ouest de la clairière.

Elle frissonna de plaisir quand Chance glissa la main sur son flanc en un geste caressant.

— Viens là, dit-il d'une voix rauque et sensuelle.

Elle fit passer ses genoux au-dessus de sa tête et roula contre lui, trop épuisée pour conserver une position assise. Il rit et s'appuya sur un coude pour lui délier les mains.

— Est-ce qu'on a fini avec les photos ? chuchota-t-elle avec une pointe de déception.

Chance la contemplait tendrement. En voyant son petit sourire, Sherona eut l'impression de fondre. Il finit de dénouer la corde et lui libéra les poignets.

— La lumière va commencer à décliner dans cinq minutes, quand le soleil plongera derrière la forêt. On pourra revenir demain pour finir la séance de photos, si tu veux. En attendant…

Il se lova contre elle sur la couverture, et Sherona se blottit dans son étreinte, émerveillée de sentir ses seins et son ventre glisser contre la peau lisse du photographe.

— Je te propose de venir avec moi dans la maison d'hôtes de Rill et Katie Pierce pour que nous puissions poursuivre la partie non photographique de notre projet.

Elle rit doucement contre lui, effleurant son torse de ses lèvres et respirant son parfum viril. Une vague d'euphorie monta dans sa poitrine. Prendre des risques avec un homme comme Chance Hathoway était un jeu qui en valait la chandelle.

— Je ne peux pas dormir avec toi chez Katie et Rill. Ce sont des amis, dit-elle à regret.

— Qu'est-ce qui te pose problème ? fit-il en lui caressant paresseusement les cheveux. La maison d'hôtes est séparée de leur résidence.

— Ce n'est pas ça. Ce serait… irrespectueux de ma part, d'une certaine façon, répliqua-t-elle, sans pouvoir s'empêcher de se sentir un peu stupide.

Pourtant, elle savait qu'elle avait raison. Elle avait aidé Katie à décorer la maison d'hôtes et avait assisté à tous les stades de sa construction. Ce serait ridicule de venir y dormir sans y être invitée. Chance lui effleura la joue, et elle releva les yeux vers lui. Ses cheveux étaient ébouriffés, et ses paupières mi-closes typiques d'un mâle comblé. Il était superbe. Elle se serra contre lui, collant les seins contre son torse solide.

— Tu es sérieuse ? Tu refuses vraiment de venir passer la nuit avec moi parce que tu ne veux pas t'imposer chez les Pierce ?

— Je n'ai pas dit que je refusais de passer la nuit avec toi. Tu peux venir chez moi, si tu veux. Derek s'est absenté pour plusieurs jours.

Ces mots prononcés avec douceur semblèrent s'attarder dans la chaude lumière dorée du crépuscule. Les narines de Chance frémirent, et il scruta son visage. Elle ne pouvait s'empêcher de se demander ce qu'il y voyait.

— Marché conclu, ma belle, marmonna-t-il avant de la faire basculer en arrière et de l'embrasser avec tant de passion qu'ils s'attardèrent dans la clairière jusqu'à ce que le jour commence à décliner.

Quand il pénétrèrent tous deux dans le petit pavillon de Sherona, situé à la lisière de la forêt, la nervosité de la jeune femme s'accrut à nouveau. Ça n'avait rien à voir avec une quelconque pruderie – après toute une vie passée à Vulture Canyon, elle considérait qu'elle avait tout à fait le droit de s'offrir du bon temps avec un homme aussi séduisant. Elle savait saisir sa chance quand cette dernière se présentait.

Non, ce n'était pas ça. Mais durant le trajet en voiture, alors qu'il se tenait à côté d'elle, elle avait commencé à réaliser à quel point elle le trouvait attirant – et pas juste sexuellement. Il était chaleureux, drôle, et avait visité les moindres recoins du globe. D'une certaine manière, il vivait la vie que Sherona avait toujours rêvé d'avoir tout en sachant qu'elle n'y aurait jamais accès.

Il gara la voiture sur le parking et contempla avec curiosité la façade du joli petit pavillon baigné par la lumière du soir.

— C'est charmant. Joli et propre comme un sou neuf.

— Merci, répondit Sherona, le rouge aux joues.

Elle le guida à l'intérieur en lui jetant régulièrement des coups d'œil anxieux, essayant d'imaginer ce qu'il pensait de son modeste foyer. En réalité, il se montrait juste curieux. Il fit quelques pas dans le salon, inspectant ses cadres photos et étudiant sa bibliothèque.

— Il y a un livre que tu dois connaître, dit la jeune femme en arrivant derrière lui pour lui proposer un verre de thé glacé. (Elle lui tendit le verre et désigna du doigt l'album des clichés de Chance.) C'est Derek qui me l'a offert pour Noël, l'année dernière.

Chance sourit.

— Drôle d'idée.

Il ouvrit l'imposant album et esquissa une grimace en voyant sa photo en page de garde.

Sherona s'approcha de lui et se pendit à son bras.

— C'est une jolie photo, dit-elle gentiment. (Elle lui jeta un regard en biais et avala une gorgée de thé.) Mais je préfère l'original.

— Merci, murmura-t-il en se penchant sur elle pour l'embrasser.

Alors que l'excitation de la jeune femme commençait à monter, Chance fit un mouvement de côté et renversa une partie de son verre de thé sur l'ouvrage.

— Je suis désolé, dit-il en essuyant les gouttes d'eau d'un revers de la main. Qu'est-ce qui a donné l'idée à Derek de t'offrir ce livre, au fait ?

— Oh, j'ai commencé à pratiquer un peu la photographie… Juste en tant que hobby, je veux dire, ajouta-t-elle avec l'embarras que la plupart des gens ressentaient lorsqu'ils admettaient pratiquer un art en présence d'un maître en la matière. Derek savait que je m'intéressais à la photographie de paysages, et il a pensé que j'aimerais ton livre. D'ailleurs, il avait vu juste. Ton talent m'a époustouflée.

— Merci, répéta-t-il avec la grâce chaleureuse et naturelle qui semblait aller de pair avec sa sensualité virile. Quel genre d'appareil utilises-tu ? dit-il en s'asseyant sur le divan situé entre la bibliothèque et la cheminée. (Il hocha la tête d'un air intéressé quand elle le lui dit.) Est-ce que je peux voir certains des clichés que tu as pris ?

Sherona sentit ses joues s'empourprer.

— Oh, non, je ne crois pas. Je ne suis qu'une débutante, Chance.

— C'est toi qui as pris celle-ci ? demanda Chance en désignant du doigt la photo encadrée d'un parterre de fleurs printanières – jacinthes, pissenlits et marguerites éparpillés dans une verte prairie.

— Oui, admit-elle.

Elle rougit de plus belle et souhaita furtivement que le sol s'ouvre sous ses pieds et l'engloutisse.

— C'est très bon. Tu as du talent, affirma-t-il d'un ton si assuré qu'elle haussa les sourcils.

— Tu dis ça pour me faire plaisir.

Il lui adressa son diabolique sourire de baroudeur australien, une lueur amusée dans ses yeux noisette, et sirota une gorgée de thé.

— Tu crois que j'essaie de te séduire pour te convaincre de m'amener dans ton lit ?

Elle leva les yeux au plafond.

— C'est déjà fait.

— Pas vraiment, fit-il en lui prenant la main. (Elle se tourna vers lui et contempla ses doigts, comme hypnotisée, tandis qu'il lui caressait la paume.) Je n'ai pas été au lit avec toi, et je suis loin d'avoir épuisé toutes les façons dont je voudrais te faire l'amour. Mais là n'est pas la question. Ta photo est belle, Sherona. Tu comprends d'instinct la lumière et la perspective.

— Merci, dit-elle, sincèrement flattée.

Elle se sentait comme en transe, fascinée par la main de Chance autour de la sienne, les moindres cellules de son corps en éveil.

— Je crois que tu as gagné un dîner.

— Moi qui croyais que la journée ne pouvait pas se révéler encore meilleure !

Elle lui jeta un regard ironique, mais sourit. Chance était de toute évidence un charmeur invétéré, et pourtant... Pourtant, c'était agréable de se laisser charmer, pour une fois. L'Australien avait raison. Un jour comme celui-ci ne se présentait pas souvent dans une vie.

Chance alla prendre une douche pendant qu'elle préparait un poulet au riz sauvage et aux petits légumes. Il sortit de la salle de bains à l'instant même où elle sortait le poulet du four et Sherona le trouva plus appétissant que le plat qu'elle avait cuisiné, avec sa chemise à moitié déboutonnée et ses mèches humides qui lui retombaient sur le front.

— Il y a quelque chose qui sent bon ici...

— Eh bien, ce n'est pas moi, répondit Sherona en souriant. Je vais aller prendre ma douche aussi.

— D'accord. Je vais mettre la table.

— Tu es toujours aussi aimable ? l'interrogea-t-elle en lui jetant un regard en biais alors qu'elle quittait la cuisine.

À sa grande surprise, il tendit la main vers elle et la retint par le poignet. Il l'attira vers lui et elle se retrouva soudain dans ses bras, les yeux vrillés dans ses iris d'ambre piquetés de vert et d'or.

— C'est un défi que je me suis lancé. Faire en sorte que tu me trouves aimable.

Elle haussa les sourcils.

— Eh bien, tu te débrouilles plutôt bien, quand on pense à ce qui s'est passé tout à l'heure dans la forêt. Je n'avais jamais rien fait de tel de ma vie, dit-elle, prise d'un accès soudain de franchise.

Il la dévisagea entre ses paupières étrécies et elle sentit son pouls marteler sa gorge.

— Alors, je suis vraiment l'homme le plus chanceux du monde.

Elle éclata de rire et se tortilla pour tenter d'échapper à son étreinte, mais il la serra contre lui. Son parfum boisé et viril lui emplit les narines.

— Pourquoi ne prends-tu jamais ce que je dis au sérieux ? reprit-il.

— Je n'ai pas envie que tu sois sérieux. J'ai envie que tu sois honnête.

L'expression du visage de l'Australien devint plus grave. Elle essaya de ne pas montrer la pointe de déception qui l'envahit quand il relâcha son étreinte.

— Et si c'était une seule et même chose, Sherona ?

Elle était incapable de trouver les mots pour lui répondre. Il semblait totalement sincère.

— Pourquoi est-ce que tu l'as fait ? demanda-t-il soudain.

— Pourquoi est-ce que j'ai fait quoi ?

— Pourquoi as-tu accepté de faire quelque chose d'aussi risqué avec un étranger ?

Elle se mordit la lèvre.

— Je ne sais pas vraiment.

Il se dirigea vers le bar et s'y adossa.

— Tu as dit que tu voulais que je sois honnête. Je ne mérite pas la même chose en retour ?

Elle détourna le regard, gênée. Un silence pesant se prolongea durant de longues secondes.

— Je suis coincée dans cette bourgade perdue depuis toujours, Chance. Je ne me plains pas. Comme tu l'as dit, c'est une région magnifique, peuplée de gens honnêtes et bienveillants. Mais ça ne veut pas dire que je ne désire pas voir autre chose, que je ne désire pas une simple *chance* de bousculer un peu les frontières de ma vie. Je ne veux pas vieillir et mourir en sachant que je ne suis jamais sortie de mon trou !

— C'est ça que je représente pour toi ? Un peu d'exotisme ? Un peu de danger ?

— Tu me rappelles que je suis en vie, dit-elle avant d'avoir pu censurer ses propres paroles. Que je suis toujours une femme attirante, même si j'ai passé toute mon existence dans ces collines perdues et que je suis responsable d'un autre être humain depuis mes dix-huit ans, alors que je n'ai même pas atteint mon trentième anniversaire. Oui. C'est peut-être tout ça que tu représentes.

Quand elle prit conscience de la gravité de ses paroles, elle releva le menton dans une posture de défi.

— Sachant la vie que tu mènes, tout ceci doit te paraître futile et naïf.

Il la contempla d'un air grave.

— C'est tout sauf stupide.

De nouveau, elle détourna les yeux, embarrassée par sa franchise. Chance s'écarta du comptoir de la cuisine.

— Les assiettes ? demanda-t-il, ayant manifestement perçu son sentiment de vulnérabilité.

Elle désigna un placard, se détourna, et s'élança vers la salle de bains.

— Tu es vraiment une cuisinière fantastique, lâcha Chance trois quarts d'heure plus tard en finissant avec enthousiasme son assiette de poulet aux légumes accompagnée de pain aux céréales. C'est toi qui devrais publier un livre. *La Cuisine du terroir*... non, *La Cuisine rustique*. Tu vois le concept ? Tous les produits frais que tu récupères à la coopérative remis au goût du jour grâce à des recettes nouvelles... (Il interrompit un instant sa réflexion en engloutissant une énorme bouchée de salade aux pommes.) Je m'occuperai des photos, si tu veux.

— Génial ! répondit Sherona d'un ton blasé en tartinant son pain de beurre. L'un des photographes les plus célèbres du monde mis à contribution pour un bouquin qui se vendra à dix exemplaires maximum ! Neuf, si je n'arrive pas à convaincre mon frère de l'acheter...

— Ce serait un outil de promotion idéal pour l'association, rétorqua Chance avec sérieux.

Elle reposa son couteau et dévisagea l'Australien. Ses yeux scintillaient de malice tandis qu'il enfournait une nouvelle bouchée de poulet.

— Tu as raison... Ça marcherait. Pourquoi n'y ai-je jamais pensé ? Les bénéfices reviendraient à *Food for Body and Soul*, mais le plus important...

— ... est que ça ferait connaître toutes les causes pour lesquelles vous luttez : de la nourriture saine et abordable pour les familles dans le besoin...

Une pensée vint à l'esprit de Sherona, douchant son enthousiasme naissant.

— Nous n'aurons jamais les moyens de financer une opération de ce genre, même si j'arrivais à convaincre les autres membres de l'association.

— Ça n'a rien d'insurmontable. Fournis-moi une présentation du projet – rien de très compliqué, juste une synthèse en une page ou deux que je pourrais soumettre à mon comptable, et je t'aiderai à établir un budget prévisionnel. Je pourrai aussi en parler à mon éditeur. Ça l'intéressera peut-être. Avec une distribution correcte, ça peut représenter une bonne source de fonds pour votre association.

Elle lui jeta un regard incrédule.

— Qu'est-ce qui te surprend ? J'étais déjà volontaire pour aider bénévolement l'association. Je t'ai dit que j'étais très sensible à votre cause.

— Mais tu réalises déjà les photos pour la brochure !

Il haussa les épaules.

— J'aurai terminé ça d'ici demain matin. Je peux faire plus. (Il se tut durant quelques instants.) En plus, ça me donnera une bonne raison de revenir bientôt à Vulture Canyon.

Toute idée de livre s'évanouit aussitôt dans l'esprit de Sherona.

— Quand as-tu prévu de partir ?

— Après-demain. J'ai une séance photo aux Émirats prévue de longue date.

Sherona but une gorgée de thé dans l'espoir de chasser le sentiment de tristesse et d'angoisse qui venait de lui étreindre le cœur. Elle avait toujours su qu'il ne resterait pas à Vulture Canyon bien longtemps. Chance était un nomade ; c'était lié à la nature même de son métier. Le problème, c'est qu'elle avait commencé à s'habituer à son charme simple et lumineux.

— Ça doit être très excitant, de voyager comme ça… de voir toutes ces cultures et modes de vies différents.

— J'imagine que tu n'as jamais pu voyager, en élevant Derek comme tu l'as fait.

Elle hocha la tête.

— Ce n'est pas seulement à cause de Derek. Il vient d'entrer à l'université et il sera majeur d'ici la fin de l'année. Mais le *diner* ne tournera pas tout seul. (Elle se rendit compte que son discours pouvait sembler un peu larmoyant, et esquissa un sourire.) Tu sais, le restaurant n'a pas fermé un seul jour depuis la mort de mes parents, en dehors des dimanches après-midi.

— Tu travailles beaucoup.

— Peut-être parce qu'il n'y a rien d'autre à faire dans cette fichue ville, répondit-elle en riant.

Après le dîner, Chance insista pour faire la vaisselle, affirmant qu'il devait gagner son repas, et la chassa jusqu'au salon, avec une tasse de thé à la menthe. Sherona feuilleta distraitement un magazine et rit sous cape lorsqu'elle entendit les bruits qui résonnaient depuis la cuisine – l'Australien s'était mis à chanter avec enthousiasme une rengaine populaire sur fond de tintements énergiques d'assiettes et de couverts.

Il la rejoignit dix minutes plus tard en apportant sa propre tasse de thé, et s'affala sur le divan, à côté d'elle. Un peu plus tôt, quand ils partageaient leur repas, la jeune femme avait été frappée par l'aisance avec laquelle ils conversaient, peut-être parce que la tension sexuelle entre eux s'était amoindrie depuis l'épisode de la forêt. Elle s'était même demandé si l'insouciance affirmée du photographe n'était pas la raison pour laquelle elle lui avait d'emblée fait confiance.

Maintenant qu'ils étaient installés côte à côte, cependant, elle se dit que l'attirance physique intense qu'elle éprouvait pour lui n'avait pas disparu – elle s'était juste émoussée temporairement après leurs ébats, très intenses. Assise en tailleur à quelques centimètres de lui, elle admirait son profil élégant et les lignes de ses longues jambes et de son torse musclé. En réalité, elle avait l'impression que son désir pour lui s'intensifiait au fil des minutes, dépassant même son attirance initiale.

— Alors, fit-il dans la lumière tamisée de la lampe qui éclairait ce coin de la pièce, tu pourras te libérer demain soir pour qu'on finisse la séance photo dans la forêt ?

— Je ne pense pas, répondit-elle calmement en scrutant sa tasse. (À la simple mention de la séance photo, elle sentit son sexe se contracter.) Il faudrait que je trouve quelqu'un pour me remplacer au *diner*.

Chance reposa sa tasse sur la table et se tourna vers elle.

— On pourra faire ça une autre fois, dit-il d'une voix si détachée que la jeune femme releva les yeux vers lui, surprise.

Elle aurait cru qu'il insisterait. Il sourit, comme s'il comprenait sa réaction.

— Je ne veux pas forcer les choses, Sherona, murmura-t-il. Tu sais que j'aimerais finir ces photos, mais ce n'est pas la chose qui compte le plus en ce moment.

— Quelle est la chose qui compte le plus ?

— T'aider à te sentir mieux. Te faire l'amour de la façon dont un homme normalement constitué fait l'amour à une femme quand il la rencontre pour la première fois.

Elle sourit.

— Et... de quelle façon ?

— Eh bien, je ne veux pas trop m'avancer, mais je suis presque sûr que ça n'implique pas des cordes et un simulacre d'enlèvement.

— J'ai pensé que les Australiens étaient peut-être moins à cheval sur les règles de bonne conduite durant les premiers rendez-vous, répondit-elle d'un ton taquin.

Chance eut un petit rire et tendit la main pour lui caresser le bras.

Il était vraiment très sexy.

— J'ai envie de te déshabiller entièrement et d'explorer chaque parcelle de ta peau, Sherona. (Il se rapprocha d'elle et passa un bras autour de son épaule. Elle releva les yeux vers lui, à quelques centimètres de son visage.) Je sais que je me souviendrai éternellement du jour où tu es sortie du lac devant moi. Mais je veux aussi me rappeler la douceur de ta peau. (Il effleura ses lèvres avec les siennes.) Je veux me souvenir de ton odeur... (Sa langue glissa dans sa bouche) ... et de ton goût.

7

Les mots et les caresses de Chance firent monter en elle une onde d'excitation. Elle posa sa main libre à l'arrière de sa nuque et l'attira contre lui, collant ses lèvres aux siennes. Il poussa un soupir de désir et approfondit leur baiser, écartant ses lèvres de la langue et explorant sa bouche. Elle sentit ses muscles durs contre les siens quand il resserra son étreinte et lui rendit passionnément son baiser, enroulant sa langue autour de la sienne et aspirant l'air de sa gorge. L'Australien laissa échapper un grondement de fauve. Il brisa soudain leur étreinte et reposa sa tasse sur la table.

— Qu'est-ce que tu… Chance ! s'exclama-t-elle soudain, tandis qu'il la soulevait dans ses bras comme si elle ne pesait pas plus lourd qu'un sac de provisions.

Le rouge lui monta aux joues. Sherona ne se considérait pas du tout comme grosse, mais il fallait regarder la réalité en face – elle n'était pas non plus une petite chose délicate. Elle mesurait un mètre soixante-quinze et elle avait des formes généreuses.

— Chance, repose-moi, *s'il te plaît*, l'implora-t-elle alors qu'il se dirigeait vers le couloir. Tu vas te faire mal !

Il éclata de rire, dévoilant ses dents blanches dans la pénombre. Un frisson d'excitation parcourut Sherona. Au milieu des ombres, le visage de son amant semblait un peu effrayant.

— Me faire mal en te portant ? Tu ne pèses rien ! (Il s'arrêta devant la première porte sur sa gauche.) C'est celle-là ?

— Non, la suivante, répondit-elle, hébétée.

Il pénétra dans la chambre et la déposa sur le bord du lit. Avant qu'elle ait pu recouvrer ses esprits, il la fit basculer en arrière et s'empara à nouveau de sa bouche.

— J'ai porté des sacs dans l'Himalaya qui pesaient le double de toi, lui dit-il un peu plus tard sans cesser de jouer avec ses lèvres.

— Je ne suis pas vraiment la Fée Clochette, marmonna-t-elle.

— Non, en effet, dit-il en se redressant. (Elle entrevit la blancheur de son sourire tandis qu'il se penchait vers la lampe de chevet pour baisser la luminosité.) Tu es faite exactement comme une femme doit l'être. Est-il possible que tu ignores que tu as le corps d'une déesse, Sherona Legion ?

Le léger ton de défi qui perçait dans sa voix fit rougir Sherona. La vérité, c'est qu'elle appréciait *vraiment* son corps tel qu'il était. Pas assez pour le partager avec des étrangers, cela dit. Elle n'avait que deux liaisons amoureuses sérieuses à son actif, et aucun de ses amants n'avait exacerbé sa sensualité comme Chance le faisait.

— Je t'ai observée, dans le lac, avant que tu t'aperçoives de ma présence. Tu aimes ton corps, Sherona. Tu es en paix avec toi-même. C'est ce qu'il y a de plus fascinant sur toutes ces photos.

La jeune femme n'arrivait pas à trouver quoi répondre tant sa gorge était sèche. Le son de la voix de l'Australien l'hypnotisait complètement.

— Je crois aussi que tu aimes que je te regarde. Ça t'électrise de savoir que je contemple ton beau visage, tes longues jambes, tes hanches rondes et tes adorables seins. Tu aimes savoir que tu me tiens à ta merci, n'est-ce pas ?

Elle déglutit avec peine. Chance la fixait avec un petit haussement de sourcils, et elle voyait bien qu'il attendait sa réponse.

— Oui, fit-elle d'une voix rauque.

Il sourit.

— Il n'y a aucune honte à avoir. Pourquoi une déesse devrait-elle avoir honte de son corps ? (Il s'assit sur le lit à côté d'elle.) Ça te plaît de me plaire, Sherona ? (Elle le regarda et hocha la tête sans rien dire.) Alors, relève-toi, et enlève tes vêtements. Montre-moi toute cette beauté.

Elle fit comme il le lui demandait, l'excitation pulsant dans ses veines. Elle n'avait pas choisi de tenue particulièrement sexy après s'être douchée. Chance savait très bien ce que dissimulait sa mise décontractée, et semblait la trouver tout aussi attirante.

Elle ôta d'abord ses sandales, consciente à l'extrême du regard perçant avec lequel il suivait le moindre de ses mouvements. Elle passa les mains derrière le dos pour défaire sa jupe d'été. Le crissement métallique de la fermeture Éclair résonna dans le silence ouaté comme un bruit interdit. La jupe tomba sur ses chevilles, et elle fit un pas en avant. Comme elle déboutonnait son court boléro en jean, elle surprit le regard de Chance vrillé sur ses cuisses nues. Ses narines frémissaient légèrement. Ses yeux remontèrent vers le haut de son corps tandis qu'elle faisait glisser l'étoffe sur ses épaules et ses bras. Lorsque le boléro tomba à son tour sur le sol, l'Australien détailla les courbes de ses hanches et de son ventre. Sa peau était parcourue de frissons. Saisie d'une impulsion, elle caressa langoureusement sa propre peau en suivant le parcours du regard de Chance. Il eut un petit sourire, et la jeune femme sentit un fluide moite affluer au creux de ses cuisses.

— Ta culotte, maintenant, dit-il. Et tourne bien sur toi-même pendant que tu l'enlèves.

Un nouveau frisson la traversa. Elle tourna le dos à son amant et fit glisser sa culotte blanche le long de ses fesses, guettant sa réaction par-dessus son épaule. Un sentiment de triomphe l'envahit quand elle vit la lueur fauve qui brillait dans ses yeux. Elle se pencha un peu pour retirer le sous-vêtement et l'entendit pousser entre ses dents un juron admiratif.

— Maintenant, regarde-moi, Sherona, reprit-il d'une voix qui semblait plus rauque, plus dure.

Elle se tourna vers lui et vit qu'il avait écarté les jambes. Son érection était évidente sous le tissu de son short brun. Ses yeux brillaient, comme si un brasier couvait en lui.

— Enlève ton soutien-gorge et montre-moi tes magnifiques seins.

Elle passa une main dans son dos et détacha l'agrafe. Elle vit la pomme d'Adam de Chance monter dans sa gorge et la bosse de son entrejambe grossir encore tandis qu'elle dévoilait lentement ses seins. Il esquissa une grimace et posa la main sur son membre à travers le tissu.

— Tu sais ce que je veux que tu fasses.

Elle n'en était pas sûre, mais elle avait sa petite idée sur la question. Elle posa les paumes sur son ventre lisse et se caressa, savourant comme elle ne l'avait jamais fait la sensation de sa peau chaude et douce. Elle prit ses seins en coupe entre ses mains, et les pressa.

— Oh, Seigneur… murmura Chance. (Il paraissait de plus en plus excité, et son ardeur se communiquait à Sherona.) Maintenant, pince-toi les seins. Durcis-les avant que je les lèche.

Sans réfléchir, elle fit ce qu'il disait ; le plaisir montait en elle par vagues alors qu'elle pinçait légèrement ses seins qui se durcissaient et se dressaient. L'Australien avait l'air si tendu de désir qu'elle ne fut pas surprise quand il se redressa et s'avança vers elle. Elle avait cru quelques minutes plus tôt être trop grande pour qu'il le porte, mais à cet instant, elle avait l'impression qu'il la dominait de toute sa taille, sombre, puissant et mâle. Il lui entoura la taille de ses mains et la renversa sur le lit. Elle trébucha et retomba sur le matelas moelleux.

Il s'allongea sur elle presque aussitôt et sa bouche se referma sur la pointe d'un sein tandis qu'il caressait l'autre. Sherona eut l'impression que le creux de ses jambes s'embrasait littéralement. Elle contempla le plafond pendant qu'il caressait ses seins, passant d'un téton à l'autre avec sa bouche, agaçant tendrement les petites pointes de chair d'une façon à la fois subtile et possessive. La jeune femme crispa les doigts dans ses cheveux, l'attirant à elle. Elle hoquetait et gémissait de plaisir. Chance semblait à la fois tendu à l'extrême et bienheureux alors qu'il lui dévorait les seins, déplaçant sa tête blonde d'une douce colline à l'autre, malaxant sa chair d'une manière lascive qui mettait Sherona au comble de l'excitation.

Elle laissa échapper un petit geignement de protestation quand il releva la tête.

— Maintenant, je vais me gorger de ton sexe, dit-il d'une voix rugueuse, les traits crispés de désir.

Par une pression de la main sous son dos, il lui fit comprendre qu'il voulait qu'elle se retourne. Lorsqu'elle s'exécuta, il attrapa un oreiller et le plaça sans cérémonie sous son ventre, ce qui fit saillir son postérieur. Ensuite, il lui écarta fermement les jambes et plongea le visage entre ses cuisses.

Sherona poussa un cri aigu de plaisir en sentant la bouche de Chance se coller contre son sexe. L'Australien correspondait très bien à l'image d'aventurier hardi qui lui collait à la peau. Il faisait l'amour de la même façon qu'il aurait abordé une falaise escarpée ou une immense vague – avec une audace et un enthousiasme à couper le souffle.

Il poussa un grognement mâle et guttural en introduisant sa langue dans le sexe de Sherona. Elle cambra désespérément le bassin pour accentuer la friction de sa bouche avec sa chair. Comme il l'avait fait dans la forêt, il assena une claque sur ses fesses pour lui ordonner de se tenir tranquille pendant qu'il la dévorait lascivement. Il utilisa ses mains pour écarter davantage ses fesses et ses cuisses et retira sa langue de l'étroit fourreau pour stimuler son clitoris. Elle poussa un cri perçant quand il se mit à sucer la pointe délicate. Il continua à stimuler le bouton de chair et à lécher l'intérieur de ses lèvres intimes jusqu'à ce qu'un orgasme explosif la submerge.

Ses convulsions de jouissance semblaient ne jamais vouloir s'arrêter.

À travers un brouillard épais de plaisir et de sensualité, elle entendit son rire et se rendit vaguement compte que son corps ne pesait plus sur le matelas. Un instant plus tard, il la fit rouler sur le dos avant de l'attirer vers la tête du lit. Elle haletait, éperdue, tandis qu'il la soulevait par la taille. Les lèvres de Chance affichaient toujours ce petit sourire prédateur, et il avait enroulé un préservatif autour de son membre durci.

— Ça fait une éternité que j'attends ça, dit-il en se plaçant au-dessus d'elle et en lui écartant les cuisses.

— Au moins deux jours, tu veux dire ? répliqua-t-elle d'une voix amusée en commençant à défaire fiévreusement les boutons de sa chemise.

Elle mourait d'envie de sentir sa peau lisse et ses muscles durs contre sa poitrine… Elle se mordit la lèvre pour étouffer un hoquet d'appréhension lorsqu'elle sentit l'extrémité de son membre épais pressée contre l'orée de son sexe. Il lui releva les cuisses jusqu'au torse afin qu'elle fût totalement ouverte.

— *Bon Dieu…* jura-t-il entre ses dents en glissant son membre dans l'étroit fourreau.

La jeune femme écarquilla grand les yeux. Seigneur, il était énorme et dur… Elle n'avait jamais senti un homme enfoncé aussi profondément en elle.

— Non, pas deux jours, Sherona. J'ai attendu ce moment durant toute ma putain de vie !

Il commença à aller et venir en elle, faisant tanguer le lit… et l'univers entier de la jeune femme.

De nouveau, elle entra dans une sorte d'état second, un univers où le temps n'avait plus cours, ou tout n'était plus que plaisir. Il ne la traitait pas comme une créature délicate ; il la baisait avec toute l'énergie virile et primale qui le caractérisait. À chacun de ses coups de reins, le claquement de leurs chairs libérait une décharge de plaisir dans le clitoris de la jeune femme, et elle ne pouvait s'empêcher de pousser un petit cri chaque fois. Un rictus sauvage déformait les lèvres de l'Australien tandis qu'il allait et venait en elle encore et encore, sans merci, la forçant à abdiquer devant la jouissance.

— Seigneur, qu'est-ce que c'est bon ! Je baise enfin cette chatte humide et rose. Dans les bois, j'ai cru que j'allais devenir fou à force de te regarder, siffla-t-il entre ses dents. Tu es si étroite que ç'en est presque un crime.

Son accent australien résonnait de manière de plus en plus prononcée, et il la pilonnait avec tant d'énergie que le corps de la jeune femme se déplaça d'une dizaine de centimètres sur le matelas.

— Reste avec moi, ma belle, fit-il en immobilisant d'une main la cuisse fléchie contre le torse de

Sherona, et en lui agrippant une épaule de l'autre. (Il se remit à imprimer un mouvement de va-et-vient rapide, et elle ne put retenir un cri de plaisir.) Oui… Pas la peine de chercher à m'échapper.

Un nouvel orgasme explosa en elle, et les muscles de son vagin se contractèrent convulsivement autour du membre érigé de Chance.

— Ahhh… gémit-elle, les paupières écarquillées, submergée par une vague de jouissance.

Il poussa un rugissement. Elle perçut les spasmes de son sexe tandis qu'il poursuivait ses coups de reins et éjaculait dans le préservatif.

Dans les secondes qui suivirent, elle perçut son souffle haletant tout contre son visage. Elle essayait elle aussi de reprendre sa respiration, bouleversée par cette expérience.

— Alors, murmura-t-elle au bout d'un moment, le sang battant toujours à ses tempes, c'est comme ça qu'un Australien fait l'amour à une femme pour la première fois ? Tout en douceur, délicatesse et retenue ?

Il éclata d'un rire haletant, toujours essoufflé. Le sourire de Sherona s'évanouit quand il l'embrassa à pleine bouche.

Après quelques secondes, il lui releva le visage et la contempla gravement.

— C'est comme ça que je t'ai fait l'amour pour la première fois. C'est tout ce que je sais.

Elle passa les doigts dans ses cheveux et l'attira à elle pour un autre baiser.

C'était tout ce qu'elle avait besoin de savoir, elle aussi, pour le moment.

8

Sherona jeta un coup d'œil plein d'espoir vers la porte d'entrée quand elle entendit la clochette tinter, mais ce n'était pas la silhouette grande et mince qu'elle espérait voir. Non que Chance fût censé arriver, bien sûr. Il n'avait rendez-vous au *diner* que dans cinquante minutes.

Ce fut la petite et ronde Olive Fanatoon qui pénétra dans le restaurant presque vide, suivie par Errol.

— Salut, vous deux ! les salua Sherona tandis qu'Errol se glissait sur sa banquette favorite.

Cet après-midi, il était venu avec une petite voiture de course rouge qu'il étudiait attentivement. Sherona ne connaissait pas ce modèle, mais elle ne doutait pas qu'Errol allait très vite l'informer en détail de l'historique et du palmarès de la voiture.

— Bonjour, fit Olive en souriant et en s'approchant du comptoir. C'est calme, je vois.

— Oui, les clients du soir ne commenceront à arriver que d'ici une demi-heure. J'ai tout préparé pour toi. J'espère que ce ne sera pas trop stressant.

Olive fit un geste rassurant de la main.

— Ne t'inquiète pas. Je suis venue assez souvent ici pour savoir qu'en cas d'affluence, il me suffira de dire à tout ce petit monde de patienter un peu. Ils finiront tous par avoir leur repas, en fin de compte.

Sherona retira son tablier.

— Je ne sais pas comment te remercier.

— Il n'y a pas de problème. En plus, Errol est ravi de pouvoir manger au *diner* ce soir.

La jeune femme jeta un coup d'œil vers le jeune homme en train d'étudier la petite voiture. Tous les habitants de Vulture Canyon veillaient plus ou moins sur Errol, mais c'était Olive qui s'occupait de lui avec le plus de dévouement – elle passait plusieurs heures tous les après-midi dans la petite maison d'Errol à côté du fleuve, lui préparait ses repas et s'assurait qu'il suivait les règles d'hygiène de base.

Sherona regarda sa montre, puis l'entrée du *diner.* Olive le remarqua, car elle dit :

— Tout à l'heure, on a croisé le photographe australien à l'épicerie. Il m'a dit qu'il avait rendez-vous avec toi à cinq heures. Que dirais-tu d'aller te préparer un peu dans l'arrière-salle ? Pour un gaillard comme lui, j'imagine que tu as envie de te faire belle.

La jeune femme adressa à la quinquagénaire un regard acide.

— J'imagine que c'est ta façon subtile de me dire que j'ai de la farine dans les cheveux ou des épinards sur les joues.

Olive éclata de rire.

— Absolument pas. Je ne suis peut-être plus toute jeune, mais je connais la vie. Je sais ce qu'une femme a envie de faire avant de sortir avec un homme comme Chance Hathoway.

— Ce n'est pas un rendez-vous galant, marmonna Sherona en se détournant pour que son interlocutrice ne voie pas ses joues empourprées.

Elle connaissait Olive depuis qu'elle était enfant. Bien sûr, cette dernière était une sorte d'éternelle hippie et elle avait une vision assez libérale des mœurs. Pourtant, elle penserait forcément que Sherona était folle si elle apprenait ce qu'elle s'apprêtait à faire dans la forêt avec le photographe.

Elle suivit cependant son conseil et se rendit dans la salle de bains pour se recoiffer et se mettre du rouge à lèvres. Elle n'avait pas revu Chance depuis le matin. Ils s'étaient tous les deux levés tôt – Sherona pour ouvrir le *diner* avant le service du matin, et Chance pour retourner chez les Pierce et préparer son travail à la ferme et à la coopérative. Il lui avait demandé de l'appeler sur son téléphone portable si elle trouvait quelqu'un pour la remplacer au *diner* le soir, afin qu'ils puissent terminer leur séance photo en forêt.

Et passer notre dernière nuit ensemble avant qu'il ne quitte Vulture Canyon, se dit-elle avec un pincement au cœur. Durant leur longue veillée, l'Australien avait plusieurs fois parlé de travailler avec elle sur le livre de cuisine. Mais la jeune femme évitait délibérément de trop croire à cette possibilité. Chance était sans doute un homme qui avait de grands rêves et faisait en permanence de grands projets. Même si seule une petite partie d'entre eux se réalisait, il menait tout de même une vie plus riche et plus excitante que la plupart des gens sur la planète. Elle ne devait pas accorder trop de crédit à cette promesse faite sur l'oreiller.

Elle devait rester concentrée sur le présent. Cette nuit serait sans doute la dernière qu'elle passerait avec Chance Hathoway. Et elle avait bien l'intention d'en savourer au maximum chaque seconde.

Quand elle revint dans la salle du restaurant quelques minutes plus tard, Chance venait de franchir le seuil. Il était magnifique, bronzé et les cheveux légèrement ébouriffés après sa séance photo. Sherona s'arrêta derrière le comptoir, les yeux fixés sur lui, se rappelant des centaines de détails de la nuit précédente – certains tendres, certains drôles, certains si érotiques qu'elle en frémissait encore. En la voyant, il se figea et laissa la porte se refermer en heurtant son coude. La clochette tinta.

— Salut, beauté, dit-il en souriant.

— Salut, beau gosse, répliqua-t-elle en contournant le bar.

Elle se rapprocha de lui avec ce qu'elle espérait être une démarche calme et posée, et perdit toute contenance quand il posa la main sur sa joue et l'attira à lui pour l'embrasser. Avec passion.

— Passez un bon moment tous les deux ! lança Olive, une étincelle dans les yeux. Et ne t'inquiète surtout pas pour le *diner.*

Sherona eut à peine le temps de battre des paupières que déjà, Chance la prenait par la main pour l'entraîner dehors. Le baiser de l'Australien lui avait fait temporairement oublier qu'elle se trouvait sur son lieu de travail, mais elle était trop excitée pour s'en préoccuper.

Tandis que Chance la conduisait en voiture jusqu'au parking isolé dans la forêt, elle se dit qu'elle aurait dû être moins nerveuse que la veille. Mais quand ils pénétrèrent finalement dans la clairière fleurie au milieu des bois, elle dut reconnaître qu'elle ressentait *davantage* d'anxiété.

Cette fois, elle savait à quel point l'expérience pouvait se révéler intense.

Le contact de la corde de nylon noir lui parut encore plus érotique alors qu'il l'enroulait autour de ses membres. C'était comme si, en l'attachant, il la *libérait*. Cette fois, il ne lui lia pas les poignets en avant comme la veille, mais les joignit derrière son dos. Cette position lui donna l'impression d'être encore plus vulnérable. Les caresses de Chance sur son corps étaient à la fois tendres et possessives. Elle n'aurait pas cru la veille que cela fût possible, mais son visage paraissait encore plus concentré et tendu pendant qu'il l'entravait.

— Comment veux-tu me prendre ? demanda-t-elle une fois qu'il eut fini.

Elle était allongée sur le ventre, la joue contre la couverture.

— De toutes les manières imaginables, fit-il d'un ton bourru en se redressant et en s'avançant vers l'appareil photo.

— Je voulais dire… Comment dois-je me positionner ?

— Je sais, répondit-il en réglant l'objectif.

Le simple fait de le voir en train de la scruter à travers l'objectif fit affluer un fluide moite entre les cuisses de Sherona. Prendre conscience qu'elle possédait cette sensualité torride, que c'était ainsi qu'il la voyait, l'émerveilla une fois encore.

L'Australien commença à la mitrailler de clichés.

— Sois naturelle. Continue à me regarder, dit-il d'une voix tendue.

C'était comme si l'appareil photo les reliait magiquement l'un à l'autre. Elle le regardait derrière son trépied, il capturait son image, et cette simple interaction augmentait l'excitation de la jeune femme. La lumière du soir réchauffait sa peau nue, et Sherona était comme un brasier.

Chance se redressa au bout d'un moment et essuya d'un revers de la main la sueur qui perlait sur son front. Il se rapprocha, et se pencha au-dessus d'elle sur la couverture.

— Je veux que tu te mettes sur les genoux, et que tu colles les épaules sur la couverture.

Il l'aida à se positionner, car les mains entravées de la jeune femme la gênaient. Lorsqu'il eut rejoint l'appareil posé sur son trépied, elle se sentit plus vulnérable que jamais. Ses fesses étaient tendues vers le ciel, ses épaules et ses joues pressées contre la couverture. Les flancs de ses seins étaient totalement exposés, et ses tétons durcis frôlaient l'étoffe douce de la polaire.

L'Australien la contempla à travers l'objectif, se redressa un peu, et caressa son membre en érection à travers le tissu de son short. Devant cette vision érotique, Sherona ne put retenir un petit gémissement. Elle sentait l'air du soir caresser ses parties intimes, mais ses jambes étaient étroitement liées ensemble par les cordes. Elle mourait d'envie d'écarter les cuisses…

… de sentir les lèvres de Chance sur sa féminité. En repensant aux talents de l'Australien dans ce domaine, elle sentit une onde de chaleur l'envahir.

— Ça va ? fit-il tout en continuant à la photographier.

— Oui.

— Il y a une seconde, j'ai eu l'impression que tu trouvais la position un peu inconfortable.

— Je pensais juste à quelque chose, murmura-t-elle en le dévorant des yeux.

C'était la pure vérité : voir son amant à quelques mètres d'elle sans qu'il la touche était très inconfortable.

Quand il se redressa au bout d'un moment pour s'approcher à nouveau d'elle, elle se rendit compte qu'elle haletait déjà d'excitation. Ses tétons, stimulés en permanence par le frottement avec la couverture, étaient devenus hypersensibles.

— Je vais te déplacer de manière à ce que tes fesses soient face à l'appareil.

Une décharge aiguë de désir fit pulser le clitoris de la jeune femme. Elle tourna le visage, le front collé contre la couverture, et se mordit la lèvre pour étouffer un cri. Chance allait utiliser son appareil pour capturer l'image de ses chairs les plus intimes. Elle se sentait un peu honteuse d'être aussi excitée par cette idée.

Après qu'il l'eut positionnée, elle se retrouva sur les genoux, le postérieur dressé à plusieurs dizaines de centimètres au-dessus de ses chevilles entravées, les épaules et la tête pressées contre la couverture. Chance s'agenouilla à sa droite et glissa les mains sur ses épaules. Elle brûlait d'envie qu'il la touche à nouveau. Les moindres fibres de son corps réclamaient ses caresses.

Comme il ne bougeait pas, elle sentit son cœur se serrer. Le rythme de ses pulsations cardiaques s'accéléra quand il glissa sa main entre ses cuisses et inséra un doigt entre ses lèvres intimes.

— Tu es si excitée que ton clitoris dépasse de tes grandes lèvres.

Son doigt se mit à jouer avec la pointe de chair.

— Chance… lâcha-t-elle d'une voix étouffée.

Il ne répondit pas, et se releva. Elle ne put pas le voir se positionner derrière le trépied, mais elle entendit les clics répétés de l'appareil photo, consciente qu'il zoomait sur son corps entravé, ses fesses, le creux de son ventre – et récoltait les preuves évidentes qu'elle aimait *visiblement* être tenue captive.

Quand le cliquètement du déclencheur cessa, elle retint son souffle. Une seconde plus tard, elle sentit le poids de son corps sur la couverture. Elle tourna la tête autant qu'elle pouvait et vit qu'il s'était agenouillé à côté d'elle. Il lui caressa les fesses, effleurant la peau délicate, faisant glisser ses ongles en une lente promesse.

— Est-ce que tu serais d'accord pour que je te donne la fessée ? Pas rudement. Juste assez pour que ton derrière rosisse.

Elle se contorsionna pour voir son visage. Une légère couche de sueur luisait sur son front, mais son regard était tendre.

— Oui…

Il eut un petit sourire, et releva la main au-dessus de ses fesses. Sherona écarquilla grand les yeux quand sa paume s'abattit en une claque sèche sur son postérieur. Il recommença à plusieurs reprises, jusqu'à ce qu'elle sente sa peau s'échauffer. Il ne frappait pas fort, mais la cadence était rapide.

— Tu aimes que je te fesse, petite captive ? murmura-t-il.

— Non, souffla-t-elle entre ses dents pour jouer le rôle qu'elle était censée jouer. (Il s'interrompit et caressa doucement sa chair cuisante ; elle reprit d'un ton plus doux :) *Oui...*

— C'est bien ce qu'il me semblait, dit-il avec arrogance.

Par fierté, la jeune femme continua à tenter d'éviter sa main, remuant les hanches à tel point qu'elle faillit basculer sur le côté. Chance la rattrapa par la taille et la maintint en place tout en continuant à faire pleuvoir les coups.

Sherona constata que des larmes mouillaient sa joue et la couverture, mais ces larmes n'étaient pas dues à la souffrance. Elle étaient causées par la frustration sexuelle pure. Elle avait tellement envie de jouir qu'elle était sur le point de hurler.

Quand Chance se releva, ses fesses la brûlaient, et son sexe lui-même semblait s'être embrasé.

Elle entendit un clic en provenance de l'appareil, et se mordit la lèvre pour étouffer un gémissement. Quand l'Australien mettrait-il fin à cette torture ?

Lorsque Chance la rejoignit une fois encore sur la couverture, elle le supplia doucement, abandonnant toute fierté.

— Chance, je t'en prie...

— Je sais, fit-il d'une voix sombre. Tu crois que ce n'est pas une torture pour moi aussi ? Juste une dernière position, quelques clichés de plus, et on aura fini.

Elle sentit qu'il déliait ses chevilles, et gémit contre la couverture. Ses joues étaient brûlantes et inondées de larmes et de sueur. Elle savait ce qu'il allait faire, et elle avait vu juste.

Il lui fit écarter grand les cuisses, toujours en position penchée, les fesses dressées, le sexe entièrement exposé.

— Bon Dieu, Sherona… l'entendit-elle souffler.

Elle serra les paupières, dans un mélange de honte, d'appréhension et d'excitation. Elle pouvait seulement imaginer de quoi elle avait l'air, le sexe trempé, gonflé et rougi de désir, sa sexualité débridée mise en scène pour les yeux de Chance et pour l'objectif de son appareil.

Elle garda les yeux fermés en permanence pendant qu'il la photographiait dans cette posture de prosternation. Elle s'était dit qu'elle serait soulagée de sentir l'air rafraîchir son intimité exposée, mais il n'en était rien. C'était une torture supplémentaire – mais c'était le regard de Chance sur sa féminité qui la tourmentait le plus.

C'était en cela qu'il l'avait transformée : une femme vivante, sensuelle, libérée, qui n'accepterait jamais d'être captive que d'une seule et unique personne.

Lui.

En prenant conscience de cette réalité poignante, elle laissa échapper un cri perçant et rauque. Sombrer ainsi dans l'abîme du plaisir la remplissait à la fois d'un sentiment d'extase, et d'une souffrance telle qu'elle n'en avait jamais connu – celle de savoir que cela ne durerait pas. Qu'il était *impossible* que ça dure.

— Chut… murmura-t-il.

À travers un voile d'hébétement, elle se rendit compte qu'il avait cessé de la prendre en photo et qu'il était revenu s'agenouiller auprès d'elle sur la couverture. Il caressa doucement de sa paume son dos baigné de soleil.

— J'ai éteint l'appareil photo, Sherona.

— Alors, *dépêche-toi*, souffla-t-elle d'une voix rauque entre ses lèvres gonflées par le désir.

Considérant l'état d'excitation extrême dans lequel ils se trouvaient tous les deux, elle aurait cru qu'il la prendrait comme un taureau en rut, mais ce ne fut pas ainsi que les choses se passèrent. Il la pénétra avec lenteur, écartelant l'étroit fourreau de son sexe, et la jeune femme serra les dents sous l'effet du plaisir intense mêlé à une pointe de douleur. D'une main, il lui caressa les fesses et le dos d'un geste tendre, comme s'il voulait apaiser ses nerfs brûlants tout en les excitant.

Son membre dur et gorgé de sang l'emplissait tout entière, vibrant dans sa chair, et ses testicules étaient collés contre l'orée de son sexe. L'orgasme déferla sur le corps de Sherona. Elle tremblait sous les convulsions de jouissance qui la libéraient enfin des entraves du désir et l'asservissaient pourtant à tout jamais.

Perdue dans les brumes du plaisir, elle l'entendit tout juste murmurer à son oreille :

— C'est ça… Jouis sur ma queue. Je t'ai capturée, ma belle. Maintenant, je t'appartiens comme tu m'appartiens, et je vais te baiser comme si tu étais à moi. Entièrement à moi.

Alors, joignant le geste à la parole, il se mit à bouger en elle. Elle était à lui, et il le lui prouvait en lui faisant l'amour avec l'énergie débridée qui le caractérisait, marquant son âme au fer rouge.

9

Après leurs premiers ébats frénétiques, ils refirent l'amour, Sherona cette fois libérée de ses liens, aimant Chance dans la lumière dorée du couchant tout autant qu'il l'aimait. Une fois leur désir apaisé, il la serra contre son torse nu en lui caressant les cheveux.

— Viens avec moi demain, dit-il.

Sherona rouvrit brusquement les yeux, tirée de sa douce hébétude. Il lui effleura la joue comme pour l'inciter à le regarder. Le soleil nimbait ses cheveux d'un halo cuivré.

— À l'aéroport de Saint-Louis ?

Il eut un petit sourire.

— Non. Au Moyen-Orient. Mais pas seulement là-bas, ajouta-t-il d'un ton soudain sérieux. Je veux te montrer le monde. Je veux voir ton visage quand tu verras les pyramides pour la première fois, les monastères grecs sur la péninsule d'Athos, la côte italienne, la baie d'Halong... Ce sera comme découvrir le monde une nouvelle fois. Je veux tout revoir à travers tes yeux.

Pendant quelques brèves secondes, elle se représenta cela – tous les deux, côte à côte, contemplant avec émerveillement les miracles de l'homme et de la nature, faisant l'amour en des terres exotiques, un parfum d'épices et d'aventure dans l'air. Elle avait rêvé toute sa vie de voyages. Accomplir ce rêve en compagnie de Chance était quelque chose qu'elle n'aurait même jamais osé imaginer.

Mais évidemment, ce n'était qu'un rêve.

— Tu es adorable de me le demander, lâcha-t-elle enfin.

— Alors, dis oui.

— Chance, je ne peux pas !

Elle grimaça en voyant le superbe visage de son amant s'assombrir.

— Pourquoi ?

— Je n'ai pas les moyens de me payer un voyage de ce genre même en économisant pendant un siècle, et même si c'était le cas, je ne pourrais pas laisser Derek tout seul.

— Pourquoi pas ? Il ne se débrouille pas seul quand il est à la fac ?

— Eh bien, oui, mais c'est différent. À l'université, il y a quand même une sorte de surveillance. (L'Australien la regarda avec incrédulité.) *Si*, il y en a une. Et au pire, si jamais il a un problème, il peut toujours trouver de l'aide ici.

— Sherona, répliqua Chance avec un soupir, tout en lui caressant les cheveux, tout le monde à Vulture Canyon serait prêt à venir en aide à Derek s'il en avait besoin. Si tu ne peux pas m'accompagner cet été, tu pourrais peut-être me rejoindre à l'automne, quand Derek aura fait sa rentrée. Je reviendrai pour m'occuper des photos du livre de cuisine, et on pourra partir tous les deux après ça, dit-il en fixant le ciel comme s'il élaborait déjà le projet dans sa tête.

— Chance, je ne peux pas faire ça.

— Je ne comprends pas ce qui t'en empêche.

Elle haussa les sourcils, irritée. Héritier d'une grande fortune et photographe à succès, Chance ne réfléchissait même pas aux questions financières avant de prendre une décision. Bien sûr, les choses étaient différentes pour Sherona.

Très différentes.

— Je ne dispose pas de ressources illimitées comme toi, énonça-t-elle lentement, comme si elle expliquait quelque chose à un enfant.

— Je te l'ai dit, ça n'a aucune importance. *Moi*, je les ai.

Elle secoua la tête et éclata d'un rire amer.

— Tu penses vraiment que je vais tout plaquer et laisser toute ma vie derrière moi ?

— Je croyais t'avoir entendue dire que tu avais toujours voulu voir le monde, fit-il d'une voix sombre.

— C'est vrai, mais…

— C'est à cause de moi, alors ? Tu ne veux pas partir avec moi ?

— Non ! s'exclama-t-elle. (Elle s'interrompit, la poitrine haletante contre le torse de Chance.) J'adorerais voyager avec toi à travers le monde. Ce serait… extraordinaire.

L'expression de l'Australien s'adoucit. Il lui effleura la joue.

— Je suis heureux qu'on soit d'accord sur ça, au moins. Donc, il n'y a pas de problème.

Elle ferma un instant les yeux, rongée par la frustration, et s'écarta de lui en regrettant déjà le contact de sa peau douce et lisse.

— Il *y a* un problème, Chance. Je refuse de dépendre de toi financièrement. Je ne peux même pas *imaginer* d'accepter une proposition aussi dingue alors que je n'ai pas l'argent nécessaire.

Il se redressa en voyant qu'elle commençait à se rhabiller.

— Je t'ai dit que j'avais plus d'argent qu'il n'en faut pour…

— Je ne vivrai pas à tes crochets, Chance, coupa-t-elle. Je ne serai jamais une femme entretenue !

Elle regretta aussitôt sa brusquerie en voyant l'expression du visage de son amant. Un sentiment atroce de manque l'envahit, si intense qu'elle en eut le souffle coupé. Elle réajusta son soutien-gorge et enfila sa robe, essayant de recouvrer sa voix. Lorsqu'elle se retourna vers lui, l'Australien n'avait pas bougé ; il était toujours assis sur la couverture.

— C'est toi l'aventurier, Chance. Je suis juste une femme qui vit sa petite vie dans une petite ville. C'est chez moi, ici, dit-elle, les larmes aux yeux.

— Ton univers est aussi vaste que tu veux qu'il le soit, répondit-il sombrement.

Elle lui adressa un sourire tremblé.

— Je n'ai pas défini les frontières de ma vie. Elles sont là depuis ma naissance. Toi, tu es né dans un monde sans limites. Et c'est comme ça que ça *doit* être, dit-elle en le contemplant avec chaleur, avec amour. Tu es la personne la plus libre sur Terre, Chance Hathoway.

— Alors, c'est vraiment ça ? demanda-t-il après un silence tendu. Tu refuses de venir avec moi ?

— Je ne *peux pas*, répéta-t-elle, désespérée.

— Je suis tombé amoureux de toi, lâcha-t-il. Je crois que c'est arrivé à la seconde même où je t'ai vue sortir du lac. Ne mets pas fin à cette histoire avant qu'elle ait eu une chance de commencer, Sherona.

— Je ne mets pas fin à quoi que ce soit de ma propre volonté. C'est juste que ma place est ici, et que la tienne… *non.* Nous le savons tous les deux.

Quand il se releva pour ramasser ses affaires, le visage de Chance était fermé et sombre.

10

Il quitta la ville le lendemain matin. Dire que Sherona se sentait malheureuse était en deçà de la vérité. Ils avaient passé la nuit tous les deux, à se toucher et à faire l'amour presque en permanence, comme s'ils voulaient faire le plein de caresses, de murmures et d'extase pour toute une vie.

Ce qui était peut-être *effectivement* ce qu'ils avaient fait, songea la jeune femme alors qu'elle ouvrait le *diner*.

Elle laissa la porte se refermer derrière elle. Pendant quelques secondes, elle resta plantée là, immobile au milieu du restaurant plongé dans la pénombre, à regarder autour d'elle. Elle aurait pu se déplacer les yeux fermés dans la salle de neuf mètres sur quinze. C'était la que ses parents avaient travaillé côte à côte toute leur vie. C'était là qu'elle avait appris la valeur du travail et qu'elle avait préparé des milliers de repas.

Ces murs constituaient son seul univers, et elle s'était toujours sentie réconfortée de le savoir.

Elle ne savait pas si elle devait remercier ou maudire Chance pour lui avoir donné soudainement l'impression que Vulture Canyon était une prison.

Plus tard, ce jour-là, après une journée de travail épuisante, elle consulta ses mails une fois rentrée chez elle. Ses yeux furent aussitôt attirés par un message de Chance. Ils avaient échangé leurs adresses mail, mais elle ne s'attendait pas à recevoir des nouvelles de lui aussi vite.

Je ne vais pas te rendre la tâche facile si tu veux m'oublier. Attends-toi à recevoir un message tous les jours. Tu me manques déjà à en crever.

Elle ouvrit la pièce jointe d'une main tremblante, et contempla sa propre image – nue et attachée. Ses yeux paraissaient immenses. Comment Chance avait-il fait pour saisir les moindres nuances de son expression, étonnant mélange de crainte et de curiosité, d'angoisse et de désir ?

Elle ferma les paupières et sentit les larmes lui monter aux yeux. Elle lui en voulait. Il savait qu'elle désirait plus que tout accepter sa proposition, le rejoindre, entrer dans son rêve... voir le monde. Croyait-il que la tenter de cette façon repousserait les frontières de son univers ?

L'image de ses yeux sur la photo la hanta toute la nuit, perturbant son sommeil.

Heureusement, Derek rentra le lendemain matin, permettant à Sherona de se concentrer sur autre chose qu'elle-même et ses pensées morbides. Son frère était de bonne humeur après sa partie de pêche, et lui donna un coup de main sans rechigner pour décharger une livraison que le restaurant venait de recevoir.

— Tu te souviens que le père de Mike est comptable à Carbondale ? lui demanda-t-il tout en l'aidant à transporter des cartons de papiers jusqu'à son bureau. Eh bien, il m'a proposé de me prendre en stage l'été prochain. Je ne serai pas payé, ni rien, mais il dit que je pourrais loger chez lui. Je crois que ça pourrait être une expérience super, pas toi ? fit-il en déposant la ramette de papier sur l'étagère du bureau avec un bruit sourd.

— Oui, certainement, opina Sherona. Je ne m'attendais pas à ce que tu commences à travailler dans la comptabilité si tôt !

— Je sais. C'est pour ça que c'est super, s'enthousiasma Derek. Qu'est-ce qu'il y a ? ajouta-t-il en voyant le petit sourire sur les lèvres de sa sœur.

— Oh, rien. C'est juste que tu grandis si vite…

Il fronça les sourcils.

— J'entre juste en deuxième année, Sherona. Le diplôme est encore loin.

— Je sais. Ne t'en fais pas, dit-elle en esquissant un geste nonchalant de la main pour évacuer la tension de ce moment. Dépêchons-nous de finir avant que les clients arrivent.

— OK, répondit le jeune homme en s'arrêtant à côté du tableau en liège. Eh, ils ont tiré aujourd'hui les numéros pour la super-cagnotte du loto. J'ai entendu les numéros dans la voiture de Mike, quand on rentrait de Prairie Lake.

— C'est vrai ? fit distraitement Sherona, déjà concentrée sur le service du soir qui allait commencer. Je vérifierai ça.

— Pas la peine. Je les ai mémorisés.

Elle se tourna vers lui. Quelque chose, dans la voix de son frère, avait attiré son attention. Elle n'était pas surprise qu'il ait retenu les chiffres par cœur. Derek avait un talent exceptionnel pour tout ce qui concernait les nombres et les mathématiques ; c'était pour cela qu'il avait opté pour un cursus de comptabilité. Était-ce un effet de son imagination, ou le jeune homme avait-il pâli en regardant le ticket épinglé sur le liège ?

Elle s'efforça de plaisanter :

— Ah-ah… Laisse-moi deviner. J'ai choisi tous les bons numéros ?

— Non, pas tous.

— Évidemment. On pourrait résumer ma vie comme ça, dit-elle en souriant et en se dirigeant vers la réserve.

— Tu en as quand même choisi cinq.

Sherona se figea sur le seuil du bureau au son de la voix calme du jeune homme.

— C'est impossible.

Le visage de son frère était devenu blanc comme la craie, remarqua-t-elle. Il se tourna vers elle, les yeux écarquillés. En le voyant hocher la tête, Sherona eut l'impression qu'elle venait d'être frappée par la foudre.

— Tu as payé un supplément pour ajouter un multiplicateur à ton ticket. Je crois qu'ils ont dit à la radio que les gagnants à cinq chiffres remportaient deux cent cinquante mille dollars. Avec le multiplicateur par quatre, je crois que tu viens de gagner un million de dollars, Sherona.

Deux semaines plus tard, Chance accélérait sur la route du comté, plein d'espoir et d'appréhension. Sherona l'avait appelé quatre jours auparavant, mais il se trouvait en pleine séance photo au milieu des dunes, dans les Émirats, et le réseau téléphonique était inexistant. Il n'avait reçu son message qu'en rentrant à son hôtel à Najrân.

Six heures plus tard, il était dans l'avion.

Elle lui disait qu'elle avait reçu des nouvelles importantes et qu'elle espérait pouvoir lui en parler aussi vite que possible. Il avait continué à lui envoyer un e-mail et une photo par jour, comme promis, mais elle n'avait jamais répondu à ses messages. Son appel téléphonique avait constitué un choc pour lui. Il avait essayé de la rappeler, mais la ligne était mauvaise. Il n'avait pas pu lui parler de vive voix avant d'arriver à l'aéroport d'Heathrow, où il avait attendu sa correspondance pour les États-Unis.

— Tout va bien ? avait-il demandé quand la voix de la jeune femme avait enfin résonné directement dans le haut-parleur de son téléphone.

Il commençait à soupçonner que les caprices du réseau téléphonique ne provenaient pas de son côté, mais des collines qui entouraient Vulture Canyon.

— Je vais bien.

Il avait laissé échapper un soupir de soulagement.

— Je suis désolée, je ne voulais pas t'inquiéter, avait-elle dit. J'ai juste… j'ai juste reçu des bonnes nouvelles.

— Est-ce que tu veux me les dire de vive voix ?

— Quoi ? Je veux dire… bien sûr, j'adorerais.

— Parfait. Parce que je suis dans la salle d'embarquement pour le vol vers Saint-Louis.

Il l'avait rappelée après l'atterrissage, alors qu'il s'installait au volant d'une voiture de location pour rejoindre Vulture Canyon.

— On peut se retrouver sur le parking de la forêt ? avait-elle demandé.

— Ce parking-*là* ?

— Oui. Je peux y être dans... quarante-cinq minutes.

— J'y serai, avait répondu Chance.

Et ce moment était sur le point d'arriver.

Il s'engagea sur la route étroite au cœur de la forêt, dévoré par la curiosité et empli d'excitation à l'idée de revoir la jeune femme. Il ne pouvait pas s'empêcher d'être optimiste après avoir entendu la voix tremblante et pleine d'espoir de Sherona.

Il la vit, debout à côté de sa Ford, quand il pénétra sur le parking. Il gara la voiture de location à côté de la sienne, et sortit en toute hâte pour la retrouver.

Elle était adossée contre la carrosserie et le regardait avec des grands yeux. Il eut aussitôt envie de la serrer dans ses bras à l'en étouffer. En la quittant, quinze jours plus tôt, il avait eu l'impression d'abandonner derrière lui l'un de ses organes vitaux. Il voulait la toucher à nouveau, se fondre en elle... mais quelque chose dans l'expression sérieuse de la jeune femme tempéra ses ardeurs. Il s'arrêta à quelques pas d'elle, plein d'appréhension.

Un petit sourire relevait le coin de ses lèvres. Ses cheveux auburn flottaient librement autour de ses épaules. Elle était si jolie, avec son short en jean qui laissait apparaître ses longues jambes fuselées, et son tee-shirt ample aux couleurs passées qui soulignait la courbe de ses seins. Elle n'avait pas l'habitude de s'habiller de manière si sexy, non ?

— Salut, dit-il.

— Salut.

— Merci d'être venu.

— Bien sûr que je suis venu. Je viendrai chaque fois que tu m'appelleras.

Le sourire de la jeune femme s'élargit, et Chance en resta estomaqué. Il s'élança vers elle, toute prudence écartée, les bras ouverts. Elle l'esquiva et disparut si vite de sa vue qu'il écarquilla les yeux sous la surprise.

— Sherona ? lança-t-il en se retournant.

— C'était très cruel de ta part, de m'envoyer chaque jour une photo.

— Ce n'était pas cruel, répliqua-t-il. Je voulais juste te rappeler ce qui s'était passé entre nous.

— Tu crois que j'ai besoin qu'on me le rappelle, Chance ?

Les paupières de l'Australien s'étrécirent tandis qu'il la scrutait. Il n'arrivait pas à déchiffrer son expression.

— Tu sais que je serais venue avec toi si je l'avais pu, n'est-ce pas ? reprit-elle.

Il avala péniblement sa salive.

— Je sais. Je voulais juste te convaincre que tu *pouvais* toujours, si tu le voulais.

— Ce n'était pas possible. Pas encore.

Les narines de Chance frémirent.

— Qu'est-ce que tu veux dire par « pas encore » ?

— J'ai un secret, Chance.

Il la contempla, bouche bée, et sentit une vague de désir le submerger. La voix de la jeune femme avait une teinte joueuse et un peu chantante. Il comprit soudain que l'expression qu'il n'était pas parvenu à déchiffrer sur son visage était de l'excitation pure. Elle *vibrait* littéralement d'excitation. La façon dont elle avait esquivé ses bras était une forme de défi audacieux, comprit-il en voyant la lueur qui brillait dans ses yeux d'ambre et le petit sourire sur ses lèvres roses.

— Dis-le-moi, alors, fit-il en se tournant vers elle et en avançant de quelques pas dans sa direction.

Elle fit un pas en arrière, et son sourire s'élargit encore.

Cette femme était une sorcière.

— Il va falloir que tu *m'obliges* à te le dire. Mais tu devras m'attraper d'abord.

En une fraction de seconde, elle s'élança vers les bois. Ses longues jambes musclées et ses superbes fesses le défiaient à chaque foulée.

— *Espèce de petite...*

Il se rua à sa poursuite.

Au début, Sherona arrivait à peine à réprimer son rire en courant dans la pénombre du sous-bois. Elle n'avait pas prévu de lui lancer un tel défi avant de le voir arriver. Mais les quelques minutes qu'elle avait passées debout sur le parking, à se rappeler tous les détails érotiques de leurs rencontres dans la forêt – y compris la première fois – avaient fait grandir son excitation jusqu'à un degré presque insupportable. Revoir son visage qui lui avait tant manqué et son corps mince et souple avait décuplé sa passion à un point extrême.

Son sourire disparut au bout de quelques minutes de course sur le sentier, cependant.

Elle entendait le bruit de ses enjambées derrière elle ; la cadence rapide de ses foulées, de plus en plus proche. Elle accéléra, à la fois désireuse de lui échapper et excitée au plus haut point à l'idée qu'il la rattrape. Elle avait de plus en plus de mal à respirer.

— Je vais jouer avec toi, ma belle, exactement comme tu joues avec moi. Je vais te *capturer*.

Elle laissa échapper un gémissement d'effort et accéléra encore. Le ton calme de la voix de Chance l'effrayait et l'excitait à la fois. Elle comprenait. Il n'avait même pas l'air essoufflé. Il jouait avec elle, sachant pertinemment qu'il était capable de la rattraper à tout moment.

Ses bruits de pas se firent plus proches. Elle avait l'impression de sentir son souffle sur sa nuque, bien qu'elle sût que c'était impossible. S'il avait été proche à ce point-là, il aurait pu l'attraper…

… la prendre.

Un frémissement la parcourut. Le mouvement rapide de ses jambes stimulait son sexe déjà humide de désir. Elle tenta d'accélérer encore, mais c'était difficile sur le sentier qui s'élevait en pente, rendant chaque foulée plus éprouvante. Les enjambées de Chance paraissaient plus régulières et plus rapides que les siennes. Elle jeta un coup d'œil par-derrière son épaule, les yeux écarquillés. Une onde de panique l'envahit quand elle se rendit compte qu'il était juste derrière elle.

Il l'attrapa et l'arrêt brutal de la course la surprit. Chance l'obligea à faire volte-face, l'attira contre lui et s'empara de sa bouche.

C'était un baiser de conquérant, indéniablement, un baiser brutal et avide. Elle gémit en reconnaissant son odeur familière. Les mains de Chance se posèrent sur son corps, réclamant leur dû. Il prit ses seins, la serra par la taille, lui caressa les fesses et assena une gifle cuisante sur son postérieur.

— Tu ne peux plus t'échapper, maintenant, hein ? souffla-t-il tout en dévorant sa gorge de baisers.

Elle se tortilla contre lui en riant, savourant la dureté de ses muscles contre sa chair douce. Il captura ses poignets et les bloqua d'une main derrière son dos avant de la faire basculer en arrière, les seins pressés contre sa poitrine. Elle frissonna à l'idée qu'il était capable de la réduire à sa merci si facilement. Lorsqu'il pencha la tête pour lui baiser les seins, elle poussa un cri d'excitation. Il saisit un téton entre ses dents et le mordilla à travers l'étoffe de son tee-shirt et de son soutien gorge. Le cri de plaisir que laissa échapper Sherona retentit comme celui d'un animal sauvage au milieu de la forêt.

Il releva la tête, mais continua à l'embrasser et à la mordiller tendrement tout en l'entraînant à l'écart du sentier. Le monde se mit à tournoyer autour de la jeune femme, et elle se retrouva le ventre plaqué contre l'écorce d'un grand chêne. Les mains de Chance lui entouraient la taille et déboutonnaient son short avec une aisance diabolique. Il se colla derrière elle, et elle sentit son érection pressée contre ses fesses.

— Qu'est-ce que je vais faire de toi ? souffla-t-il d'un ton rauque.

Elle se mordilla la lèvre.

— Me baiser ? demanda-t-elle en tremblant.

— Ça, tu ne vas pas y couper, dit-il en faisant glisser le short de la jeune femme jusqu'à ses genoux. Pose tes mains sur le tronc.

Sa voix semblait chargée de colère, mais Sherona savait que c'était juste un effet de l'excitation. Elle obéit tandis qu'il la maintenait par la taille, s'assurant qu'elle ne tenterait plus de s'échapper. Elle sentit son souffle brûlant contre son dos, et sa main lui caresser les fesses pendant qu'il déboutonnait la braguette de son jean.

Quelques instants plus tard, il glissa les doigts entre ses cuisses et la toucha avec douceur. La jeune femme poussa un cri aigu quand il caressa son clitoris d'un geste précis et rapide.

— Tu es complètement trempée, marmonna-t-il. Ma petite captive aime être poursuivie.

Sherona avait toujours le visage collé contre l'écorce, mais sa bouche forma un grand O lorsqu'elle sentit l'extrémité épaisse du membre de Chance pressée contre l'orée de son sexe.

— Tu n'essaieras plus jamais de m'échapper, hein ? souffla-t-il en enfonçant les doigts dans la chair tendre de ses fesses.

— Ça, je ne peux pas te le promettre, articula-t-elle entre ses dents, sa mâchoire serrée.

Elle se colla contre lui, brûlant de sentir son sexe imposant au plus profond de son ventre. Il assena une claque sur ses fesses, et elle cessa de se tortiller.

— Si je ne fuis pas, tu ne pourras pas m'attraper, chuchota-t-elle.

— Bonne réponse. Parce que je te rattraperai toujours, Sherona. Toujours…

Elle cria. La seconde suivante, le membre de John l'emplissait entièrement. L'écartelait. Il se mit alors à donner de puissants coups de reins, sans lui laisser le temps de se remettre de son abrupte pénétration. Sherona, aiguillonnée par la brûlure de sa possession, se consumait de plaisir. Le bas-ventre de Chance heurtait ses fesses en rythme tandis qu'il la prenait, produisant un bruit excitant qui se mêlait aux pulsations effrénées du cœur de la jeune femme et aux grognements de plaisir de son amant.

À ce moment, ils étaient tous les deux comme des animaux sauvages, un mâle possédant sa femelle, deux créatures de chair vibrante et vivante, comblant un besoin primal jusqu'à l'extase finale. Il la martela de son sexe, et la retint captive entre l'étau implacable de ses mains, jusqu'à ce qu'elle pousse un cri plaintif et désespéré.

Elle savait qu'elle se réveillerait épuisée le lendemain, mais pour l'instant, son sexe la brûlait douloureusement, réclamant toujours davantage. Elle se mit à bouger les hanches d'avant en arrière avec le peu de marge que lui laissait sa position. Il répondit en giflant ses fesses chaque fois qu'il s'enfonçait davantage, la possédant jusqu'au bout. Un cri incrédule jaillit de la gorge de la jeune femme quand l'orgasme la transperça de part en part.

Après un moment d'extase suprême, elle revint à elle, toujours frémissante sous les vagues du plaisir.

Elle gémit en sentant le membre de Chance au plus profond d'elle.

Il crispa les doigts dans ses fesses en un étau désespéré et poussa un rugissement en jouissant à son tour, se vidant de sa semence au creux de son étroit fourreau.

Elle ne l'avait jamais entendu haleter si bruyamment après qu'ils avaient fait l'amour. Il respirait comme si l'air lui brûlait la gorge, comme s'il avait été touché par la foudre. Son membre pulsait toujours à l'intérieur du sexe de Sherona alors que les ondes de jouissance refluaient. Elle sentit sa paume se poser sur ses fesses, et il assena une légère claque sur son postérieur comme si le désir était déjà en train de renaître en lui.

— Dis-moi ton secret, fit-il.

La jeune femme sourit, sans lui montrer son visage. Elle était elle aussi à bout de souffle.

— Laisse-moi te regarder, répondit-elle.

Il lui caressa les fesses, et son pénis se remit à pulser dans son ventre. Sherona ouvrit la bouche et regretta ce qu'elle venait de dire à l'instant où il se retira. Elle se redressa, un peu désorientée. Il l'aida à retrouver son équilibre et la fit pivoter vers lui.

Quand elle le regarda, elle aurait pu jurer qu'un petit sourire angélique déformait le coin de ses lèvres. Elle se dressa aussitôt sur la pointe des pieds et embrassa ce sourire, le cœur battant.

— T'ai-je dit à quel point j'étais heureuse de te revoir ? murmura-t-elle tout contre sa bouche.

— J'ai supposé que le petit défi que tu m'as lancé voulait dire la même chose, répondit-il d'une voix ironique.

Il se pencha sur elle et l'embrassa à nouveau. Alors que son baiser se faisait plus exigeant, et qu'elle sentait de nouveau son membre se durcir contre son bas-ventre, elle brisa leur étreinte avec regret.

— Je t'ai dit que je te révélerais le secret si tu arrivais à me capturer, souffla-t-elle.

Il cligna les paupières, comme s'il essayait d'accommoder sa vision.

— Oh. Oui. Alors, qu'est-ce que c'est ?

Elle afficha un large sourire et effleura la joue ombrée de barbe de Chance. Il était superbe – le *bad boy* australien dans toute sa splendeur.

— J'ai gagné un million de dollars.

— *Quoi ?*

Elle hocha la tête et éclata d'un rire nerveux. Dire cela à Chance était comme d'entendre elle-même cette nouvelle pour la première fois. Elle détailla les circonstances – le ticket de loto qu'elle achetait tous les ans pour donner une chance à ses rêves, et le cadeau inexplicable et mystérieux que le destin avait finalement décidé de lui faire.

Chance semblait incapable d'articuler un mot.

— C'est la vérité, dit-elle, les larmes aux yeux. Je veux voyager avec toi, Chance. Je veux voir le monde. Si... si ton offre tient toujours, ajouta-t-elle d'un ton hésitant, incapable de déchiffrer l'expression figée du visage de son amant.

Un éclat de rire incrédule jaillit de la gorge de Chance. Il la dévisagea d'un air de plus en plus intense, comme pour s'assurer qu'elle ne le menait pas en bateau. Elle soutint simplement son regard, sans chercher à dissimuler la joie qui brillait dans ses yeux.

— Tu vas venir avec moi ? Tu vas rester avec moi, Sherona ?

— Oui. J'ai déjà fait refaire mon passeport. Et je me suis arrangée pour que quelqu'un s'occupe du *diner*, à court terme en tout cas. Mais il faudra que je revienne prochainement pour régler les choses, malgré tout. Je ne peux pas briser tous mes liens avec Vulture Canyon.

— Ça, je le sais. Je n'ai pas envie que tu le fasses. En plus, il faudra aussi qu'on s'occupe de ton livre de cuisine. Tu te souviens ?

Elle secoua la tête, les yeux inondés de larmes.

— Tu étais vraiment sérieux à ce sujet, hein ? l'interrogea-t-elle, émerveillée.

— Bien sûr que je l'étais. C'est une idée épatante, tu ne trouves pas ?

Elle hocha la tête, et une larme roula sur sa joue, qu'il essuya du bout des doigts.

— Tu vas adorer ça, voir le monde, souffla-t-il à quelques centimètres de ses lèvres. Et *je* vais adorer le redécouvrir avec toi, Sherona.

Elle hocha la tête, scrutant intensément la lueur qui scintillait dans ses yeux noisette.

— Tu as rendu mon univers bien plus vaste et plus beau, Chance.

— Tu m'as fait ressentir la même chose.

Elle sourit, réchauffée par cet aveu, même s'il lui semblait presque absurde.

— Ton univers, *petit* ? Tu as arpenté tous les recoins du globe, le taquina-t-elle en lui mordillant la lèvre.

Il secoua la tête et redevint brusquement sérieux.

— Depuis deux semaines, j'ai l'impression que le globe est l'endroit le plus étriqué qu'on puisse imaginer, quand on le regarde sans toi.

Sherona demeura bouche bée. Chance sembla prendre ses lèvres entrouvertes pour une invitation et se pencha vers elle pour l'embrasser avec passion.

Découvrez les prochaines nouveautés des différentes collections J'ai lu pour elle

AVENTURES & PASSIONS

Le 5 mars

Inédit **_Les demoiselles de Spindle Cove - 2 - Une semaine de folie_** **Tessa Dare**

Minerva Highwood, passionnée de géologie, rêve de se rendre en Écosse pour présenter ses travaux à des scientifiques. Pour y parvenir, elle décide de conclure un marché avec lord Colin Payne, débauché notoire. S'il accepte de l'accompagner, elle lui donnera de l'argent pour qu'il puisse regagner Londres et quitter définitivement Spindle Cove. Un voyage d'une semaine qui sera propice aux rebondissements et aux rapprochements…

Inédit **_Les gentlemen séducteurs - 1 - Double scandale_** **Ashlyn MacNamara**

Après avoir vu sa sœur, Sophia, se languir pendant des années pour le même homme, sans que ce dernier ne lui accorde la moindre attention, Julia St.Clair s'est jurée de rester célibataire. Mais c'était sans compter sur ses parents, bien décidés à la marier au nouveau comte de Clivesden. L'homme dont est amoureuse sa sœur ! Pour se sortir de ce mauvais pas, elle demande de l'aide à son ami d'enfance Benedict Revelstoke. Et découvre rapidement que leur affection va bien au-delà de la simple amitié…

Les Carsington - 1 - Irrésistible Mirabel **Loretta Chase**

Le comte de Hargate s'arrache les cheveux. Son fils Alistair est un dandy qui, non content d'être toujours célibataire à vingt-neuf ans, dilapide la fortune familiale. Excédé, le comte lui lance un ultimatum : il a six mois pour trouver une épouse convenable ! Alistair va alors faire la connaissance de Mirabel Oldridge dont il tombe immédiatement amoureux. Mais la réciproque est loin d'être vraie !

Le 19 mars

Inédit *À la recherche du plaisir*

ఆ **Elizabeth Essex**

Angleterre. 1794. Lizzie Paxton rêve d'une vie où elle pourrait être indépendante. Quand son ami d'enfance, le capitaine James Marlowe, lui propose un mariage qui n'a de mariage que le nom, elle accepte, sachant qu'elle pourra avoir toute la liberté qu'elle souhaite lorsqu'il sera en mer. James est le seul homme en qui elle a confiance, et pourtant elle ne peut croire au violent désir qu'elle éprouve pour lui.

Inédit *Les chevaliers des Highands - 5 - Le Saint*

ఆ **Monica McCarthy**

Magnus MacKay est l'essence même du Highlander : dur, fier, intrépide et conquérant. On le surnomme « Le Saint » parce qu'il refuse de parler des femmes mais également pour son commandement froid et rigoureux. Sa réserve cache en réalité une profonde blessure amoureuse et un deuil qui l'ont meurtri au point qu'il ne supporte pas d'en parler. Jusqu'au jour où, Helen, la femme qui l'a éconduit se retrouve fiancée avec un de ses compagnons de la Garde. Dès lors, Magnus va alors devoir livrer la bataille la plus difficile de sa vie : celle des sentiments..

L'idylle interdite ఆ **Teresa Medeiros**

Être enlevée par le redoutable capitaine Doom est une expérience abominable et cela même si le pirate en question n'est pas dépourvu de séduction. Depuis qu'elle est rentrée à Londres, Lucy ressasse ce souvenir avec une certaine nostalgie. En revanche, l'amiral Snow, son père, ne décolère pas. Désormais, il faut veiller sur Lucy nuit et jour. C'est ainsi qu'il engage un garde du corps : Gérald Claremont. Lucy le déteste instantanément car malgré sa haute stature, sans ses lunettes, Gérald ressemble étrangement au capitaine Doom…

PROMESSES

Le 5 mars

Retour à Cedar Cove - 1 - La maison d'hôtes

Debbie Macomber

Meurtrie par la mort de son mari, Jo Marie a ouvert une maison d'hôtes à Cedar Cove, non loin de Seattle. Une expérience nouvelle pour la jeune femme qui espère ainsi se reconstruire et reprendre goût à la vie.
Elle n'est pas la seule à traverser des moments difficiles. Ses tous premiers clients semblent eux aussi hantés par le passé. Josh vient s'occuper d'un beau-père mourant qui le hait depuis un sombre malentendu. Et Abby revient dans sa ville natale rongée de chagrin et de remords après la tragédie qui a brisé sa jeunesse.
Dans cette maison qui fleure bon le pain chaud et l'amitié, les âmes en peine retrouveront-elles le chemin du bonheur et de l'amour ?

CRÉPUSCULE

Le 19 mars

Inédit ***Les ombres de la nuit - 10 - Lothaire***

Kresley Cole

Guidé par son insatiable appétit de vengeance, vampire sanguinaire, Lothaire s'est juré depuis son plus jeune âge qu'il s'emparerait un jour du trône de la Horde. La haine qui le dévore depuis toujours inspire la terreur, et on le croit volontiers un être sans âme ni cœur. Pourtant, sa rencontre avec la jeune et innocente Elisabeth est sur le point de bouleverser sa vie…

Passion intense

Des romans légers et coquins

Le 5 mars

Inédit ***Houston, forces spéciales - 4 - Douce obsession*** ❧ **Maya Banks**

Dans le club libertin *The House*, Micah Hudson tombe sous le charme d'une inconnue, dont le visage est dissimulé sous un masque. Quand il reconnaît Angelina, la petite sœur d'un ami d'enfance jadis décédé, il est furieux. Angelina, qui hier encore avait 16 ans, fréquente ce genre d'endroit ! Micah se met alors en tête de la protéger, mais la gamine d'autrefois est devenue une beauté plantureuse, qui lui inspire un désir ardent…

Le 19 mars

Inédit ***H.O.T. - 3 - Délicieuse ivresse*** ❧ **Lacey Alexander**

Policier et membre des H.O.T., Rogan Wolfe est un éternel bad boy en quête de nouvelles expériences. Il est envoyé à South Beach, à Miami, pour enquêter sur une affaire de drogue et de mafia. Son investigation l'amène au *Café Tropico*, où il fait la rencontre de la séduisante April Pediston, une avocate ultra professionnelle, qu'il rêve de détourner de son sérieux exemplaire...

Romantic
Suspense

Le 5 mars

Piège fatal ❧ **Allison Brennan**
Ancien agent du FBI devenu auteur, Rowan est à Los Angeles pour suivre le tournage d'une adaptation de l'un de ses romans policiers à succès. Mais bientôt, des meurtres reproduisant fidèlement des passages de ses livres commencent à se produire. Face au danger, l'agent de Rowan fait appel à la société de sécurité des frères Flynn. Le plus jeune, Michael, s'installe chez la jeune femme pour assurer sa protection. Mais c'est de son frère John qu'elle tombe amoureuse, tandis que le tueur rôde...

Le 19 mars

Inédit ***Black OPS - 4 - Complice*** ❧ **Cindy Gerard**
Membre de la DIA, B.J. Chase est contactée pour une mission de la plus haute importance : enquêter sur une faille dans le système de sécurité du pays. Quelques jours plus tard, un membre éminent du gouvernement trouve la mort, corroborant l'hypothèse d'un complot à éradiquer au plus vite... Pour ce faire, B.J. va former un duo avec le séduisant Raphael Mendoza, membre des Black OPS. Plus encore, elle va devenir sa complice en se faisant passer pour sa fiancée...

Et toujours la reine du roman sentimental :

Barbara Cartland

« Les romans de Barbara Cartland nous transportent dans un monde passé, mais si proche de nous en ce qui concerne les sentiments.
L'amour y est un protagoniste à part entière : un amour parfois contrarié, qui souvent arrive de façon imprévue.
Grâce à son style, Barbara Cartland nous apprend que les rêves peuvent toujours se réaliser et qu'il ne faut jamais désespérer. »

Angela Fracchiolla, lectrice, Italie

Le 5 mars
Un paradis pour Wanda

10619

Composition
FACOMPO

Achevé d'imprimer en Italie
par GRAFICA VENETA
Le 5 janvier 2014

Dépôt légal : janvier 2014
EAN 9782290077771
L21EPSN001116N001

ÉDITIONS J'AI LU
87, quai Panhard-et-Levassor, 75013 Paris

Diffusion France et étranger : Flammarion